청춘이고 싶다
청춘이 아니어서

# 청춘이고 싶다
# 청춘이 아니어서

**초판 1쇄 발행** 2016년 4월 15일

지 은 이    정철수
발 행 인    권선복
편집주간    김정웅
디 자 인    최새롬
마 케 팅    정희철
전 자 책    신미경
인    쇄    천일문화사
발 행 처    행복한 에너지
출판등록    제315-2013-000001호
주    소    (07679) 서울특별시 강서구 화곡로 232
전    화    0505-613-6133
팩    스    0303-0799-1560
홈페이지    www.happybook.or.kr
이 메 일    ksbdata@daum.net

값 15,000원
ISBN  979-11-86673-47-8  03810

Copyright ⓒ 정철수, 2016

행복한 에너지는 독자 여러분의 아이디어와 원고 투고를 기다립니다. 책으로 만들기를 원하는 콘텐츠가 있으신 분은 이메일이나 홈페이지를 통해 간단한 기획서와 기획의도, 연락처 등을 보내주십시오. 행복한 에너지의 문은 언제나 활짝 열려 있습니다.

'행복'이란 상상하고 꿈꾸며 소망하는 것!

# 청춘이고
# 싶다
# 청춘이
# 아니어서

정철수 지음

행복한에너지

# 목차

Part 1

# 내 기억 속에 영원한 고향

Part 2

# 정든 타향에서

Part 3

# 사랑할 수 있어 행복하다

Part 1

# 내 기억 속에
# 영원한 고향

# 사건리 용수목을 아시나요

*— 상상하고 꿈꾸며 소망하는 행위 모두를 '행복'이라 한다 —*

·
·

남들도 나처럼 고향을 두세 곳씩 가지고 있다가 상황에 따라 다르게 말하는지는 알 수 없는 일이다. 일일이 물어본 적도 없고, 특별히 조사하여 통계로 남겨놓은 자료도 없을 것 같으니 말이다.

탄생지가 고향이어야 한다면, 내 고향은 전라남도 진도군 의신면 돈지리 123번지다. 일부러 기억하려거나 외우려고도 하지 않았는데 잊었던 적이 없는 출생지의 주소다. 황해도 앞바다 작은 섬으로 피난 나와 머물다, 미군의 아구리함(어머니가 배에 붙여 부르시던 이름으로 추측해 보면, 배의 앞부분이 열리는 상륙함이 아니었을까 하는 짐작이 맞을 것 같다.)에 실려 남도의 섬 진도에 부려졌고 피난민을 수용했던 수용소의 주소지가 탄생지로서의 내 고향이다. 개구멍바지를 입고 돼지우리 앞 오줌통에 무거운 수박을 떨어뜨리고 울던 장면이 선한 곳. 잡은 돼지의 오줌통을 재에 비벼 공처럼 차고 노는 형들을 부러워했던 기억이 생생한 내 고향이다. 다섯 살까지 살았던 곳임에도 누나가 다니던 의신초등학교 운동회 날의 만국기, 머리통에 꿀밤을 먹이면 무지 아픈 동그란 열매가 열려있던 운동장가의 아름드리 플라타너스까지 선명하게 떠오르는 곳이다.

몇 가지 기억이 있을 뿐이고, 유난스레 호남의 사람과 풍물을 못마땅하게 여기는 고장이라 내놓고 내 고향이라 말하지는 않는 탄생지로서의 고향이다. 서너 번은 남도의 사투리를 쓰는 사람에게 나도 댁과 동향에서 태어났다 말하며 친밀하게 어울리려고 이용했던 적이 있는 고향이기도 하다.

대부분의 사람들은 자신이 주로 성장하고 자란 곳을 고향이라 여기는 것 같다. 그래서 나는 누가 나에게 고향을 물으면 '춘천'이라고 대답한다. 초, 중, 고, 대학을 졸업한 고장이고 친구들이 가장 많이 살고 있는 곳이다. 돌아가신 부모님의 집터가 남아있는 곳. 40년 전에 떠나온 곳이어서 기억과는 겉모습이 많이 달라졌어도 정다운 곳이다. 하지만 춘천은 '내 고향은 춘천이야.'라고 말로만 하는 고향이다. 고향이라 말할 곳이 필요해 붙여진 고향으로 '찡'하는 느낌은 없는 곳이다. 춘천에게는 정말로 죄송하고 미안하지만, 나도 내 맘을 어쩌지는 못한다.

누구에게도 말하지 않았고 나만 아는 내 고향은 '사전리 용수목'이다. 부모님의 고향처럼 갈 수 없는 곳이고 사람들이 알지 못하는 곳이다. 너무 소중하고 아름답고 그리워 말해주기 싫은 곳이기 때문에 나는 지금까지 말하지 않았었다. 아내와 딸도 글을 읽고서야 알게 된 곳이다. 아주 짧은 기간. 7년 정도를 살았어도 내 생에 가장 행복했던 시절이기 때문에 마음속에 숨겨둔 고향 마을이다. 글을 쓰는 이 순간에도 내 코가 찡해지고 목젖이 뻣뻣해진다. 다른 고향들에게는 미안한 일이지만, 사실 내 고향은 '사전리 용수목'뿐이다.

양구 방면에서 강을 따라 구불구불 신작로라 불리던 비포장도로가 마을 앞을 지난다. 10여 호의 초가집이 옹기종기 모여 있는 마을은 일제 강점기에 놓은 콘크리트 다리로 신작로와 연결되어 있었다. 신작로와 마을 사이를 흐르던 수량 많은 냇물은 용소에서 흘러왔다. 마을 뒷산 넘어 오음리 방면부터 시작된 냇물은 장작골과 횟골이라 부르던 마을을 지나 폭포를 만들며 용소로 떨어져 내렸다. 용소에 살고 있는 용의 보호를 받는 마을, '용수목'이 마을 이름이다. 마을의 북쪽 끄트머리(콘크리트 다리부터 600m쯤 하류 지점) 신작로에는 주황색 철골에 콜타르 먹인 나무를 얹어서 만든 검은색 다리가 있었다. 나무다리라 불렸던 다리 아래 개울을 따라 500m쯤을 내려가면 양구 쪽에서 흘러오는 강물과 만난다. 양구에서 추곡리 대동리 사전초등학교 앞. 그리고 우리 동네를 지나 춘천으로 흘러가는 소양강 상류의 강줄기다. 같은 사전리인데도 학교는 마을에서 빤히 보이는 커브 진 신작로를 따라 한 시간(등굣길은 20분쯤 걸렸었다.)쯤 걸려서 걸어 다닐 거리의 산중턱 언덕 위에 있었다. 용소가 있어 용수목이라 불리던 길가의 작은 마을이 내 마음속의 진정한 고향이다.

마을 앞 너른 모래사장을 지나면, 강 양편에 연결한 와이어 줄에 배를 걸고 당겨 건너던 강 건너 마을 조교리가 있었다. 일제강점기에 규모가 제법 컸을 금광이 있던, 우리 마을 개울보다 조금 더 큰 내를 따라 자리 잡은 골이 상당히 깊었던 마을이다. 근동에서 유명한 가리산의 한 골을 차지하고 자리 잡은 두메산골로 60년대까지도 서당을 열어 천자문을 가르치던 역사 깊은 산골마을이다.

용수목에서 강을 끼고 난 큰 신작로 길을 따라 십리쯤 내려가면 내평리와 출렁다리(까마득한 높이에 와이어 줄로 묶고 나무를 깔아서 사람이 지나면 출렁거리는 참 겁나는 다리)를 건너면 물로리(야매 치과가 있던 마을로 충치와 덧니 때문에 몇 번 갔던 무서운 동네)라는 마을이 있었다. 그 생긴 모습이나 규모는 조교리와 비슷하였다. 거리로는 이십오 리 정도 떨어져 있는데 이 마을의 끝도 가리산이라고 했다.

내평리는 북산면 소재지로 크리스마스 무렵에만 다녔던 큰 교회와 지서, 우체국 같은 관공서와 정말이발소(사전리에 있던 야매 이발소는 머리칼의 절반은 바리캉으로 뽑았고 미군용 식칼을 갈아 만든 면도칼은 살점을 뜯어내는 것처럼 아파서 형과 나의 투쟁으로 가끔 이용하던 신식 이발소)가 있던 마을이다.

내평초등학교는 규모가 내가 다니던 사전초등학교에 비하면 엄청나게 크고 학생들도 많았다. 일요일 예배가 끝날 무렵에는 전도사님의 싸우지 말라는 당부 말씀도 잊고 마을 어귀에서 돌팔매질을 하며 싸움을 벌였다. 숫자는 적었지만 용수목 아이들이 항상 밀어붙이고 이겼다. 내평리 아이들은 희멀겋게 살찌고 좋은 옷을 입었지만 돌멩이를 멀리 던지지 못해서 숫자의 우세 속에서도 항상 쫓겨 다니는 꼴이었다. 신나고 짜릿했던 돌싸움에서 양편 모두 돌에 맞아 상처를 입은 아이는 한명도 없었다. 먼 거리에서 포물선을 그리게 돌을 던졌고 돌을 보고 피할 수 있는 시간을 두고 다음 사람이 던지고는 하였기 때문이다. 누가 나서서 한 약속은 아니지만 서로가 상대방을 해코지할 마음은 없었던 것 같다. 돌을 던지며 '얏! 받아라.', '도망치지 마!', '메롱' 정도의 소리만 질렀지 욕을 하여 서로를 자극하지도 않았다. 누군가 나서서 다른 놀이를 제안했더라면 두 마을 아이들이 한결 가깝게 지낼 수도 있었을 걸 하는 마음이 들기도 했었다.

사실 예수님 말씀보다는 풍요롭게 보이는 소재지 아이들(남자아이는 절대 아닌 계집아이들만)을 훔쳐보고 함께 찬송가를 부르는 것과 예배 끝나고 나누어 주던 진귀한 외제 그림카드와 간식이 더 좋았었다. 거기다 집으로 돌아오는 길에 벌이는 돌싸움놀이가 재미져서 매년 10월 중순쯤부터 크리스마스까지 교회에 다녔던 시절이다.

고만고만한 규모의 마을들이 강변과 냇가를 따라 따개비 붙듯 몇 호씩 모여 있었다. 지금은 물속에 잠긴 지 40여 년이 넘어 내 나이 또래 기억력이 좋은 사람이거나 나이 많고 그 마을들과 조금은 관계가 있던 사람들의 기억 속에만 남아있는 마을들이다. 사실은 나도 내 기억이 정확하다고는 자신하지 못한다. 사전리를 떠날 때가 초등학교 5학년이 막 되었을 무렵이었기 때문이다. 대부분의 사람들은 사라진 마을 사전리 용수목을 모른다. 하지만 눈을 감고 TV속에서 보았던 네팔이나 차마고도에 등장했던 히말라야 산맥의 그림 같고 전설 같은 마을을 떠올려 보시라, 그곳이 바로 사전리 용수목이다.

얼음장을 밀면 맛난 개구리가 지천이고 뒷동산에(사실은 옆 동산) 오르면 진달래꽃, 찔레나무, 강변엔 삘기, 개울가를 따라 뽕나무, 오디 그리고 산벚나무, 버찌, 산딸기……. 그중에 가장 즐겼던 알 칡뿌리와 돌밭의 똥딴지, 쌍 붙은 벼메뚜기, 방아깨비. 먹을 게 지천에 널려있었다. 하루 종일 돌아쳐도 배고플 일 없던 천당 같은 마을이다. 사전리는 생각만 해도 가슴이 뛰는 마을이다. 누구나 가슴속에 품어 보고 싶을 그런 동네다. 지금이라도 연필을 들어 사진처럼 그려낼 자신이 있을 정도로 또렷하게 기억하는 내 고향 마을이다.

마을의 왼편 끝엔 시멘트 다리가 있고 오른쪽으로는 나무다리가 신작로와 이어져있다. 개울 이편 신작로 쪽에는 나무다리 옆으로 민호네 집과 두 다리 사이에 자리 잡은 우리 집이 있을 뿐, 다른 집들은 모두 개울 건너 산비탈에 자리 잡고 있었다. 사람들은 차량 통행이 적고 마을의 중심과 가까운 시멘트 다리를 주로 이용하였고 다리 위는 저녁나절 마을 사람들의 쉼터 역할을 하던 만남의 광장이었다.

다리 건너 첫 집은 규모가 제법 큰 'ㄱ'자와 'ㄴ'자를 포개놓은 형상의(전체적으로는 'ㅁ'자에 가깝다.) 초가집이 있었다.(용수목과 조교리, 물로리의 모든 집은 다 초가지붕이었다. 기와집에 살 정도의 부자가 근동마을에는 없었나 싶다.) 맘씨는 좋지만 둔하고 미련하게 생긴 아저씨와 마을에서 제일 예쁜 새댁이 살던 집이다. 어른들도 태어나 처음 보았다는 큰비로 우리 집이 떠내려가 춘천으로 이사 나오기 전까지 사랑채를 빌려 살던 집이다. 집 없는 가족으로 마을 사람들의 동정을 받는 것은 자존심상했으나 예쁜 아줌마를 자주 볼 수 있어서 내심 무척 좋기도 했던 시절이었다.

광장 역할과 타작마당으로 쓰이던 예쁜 아줌마 집 대문 앞 넓은 마당 오른쪽으로 돌아가면 말구네 집이 있었다. 말구는 걸음마 정도를 하는 제법 귀엽게 생긴 사내아이였다. 성이 배씨라 배말구다. 우리는

내 기억 속에 영원한 고향

'배말구 사과'라고 놀리며 놀았고 동네 사람들도 모두 사과라고 불렀다. 말구네 옆집은 국수를 뽑는 국숫집이다. 볕 좋은 날은 키 작은 부부가 하루 종일 롤러를 돌리며 국수를 뽑아 말렸다. 전부 수동이라 기계를 돌리던 아저씨의 힘줄 솟은 굵은 팔이 아직도 눈에 선하다. 동네 사람에게는 파치국수를 덤으로 얹어주던 맘이 넉넉했던 부부였다.

국숫집 다음엔 기름집이 있었다. 주로 들기름과 참기름을 짰다. 아주 가끔 땅콩기름도 짜는데 땅콩 깻묵이 맛나서 그날은 동네 아이들이 기름집 근처에서 맴돌며 놀았다. 어항으로 피라미를 잡을 때에는 들깻묵을 얻어다 절구에 찧어 밥에 잘 비벼 어항 입구에 붙여서 놓아 잡았다. 잠깐 사이에도 한 사발씩 들어가고는 하던 재미난 고기잡이였다. 호야처럼 얇은 유리로 만든 어항은 살짝만 부딪혀도 쉽게 깨져서 오래 재미를 즐기지는 못했다.

마을 중앙의 언덕 위에 있는 집은, 진도에서 이사와 우리 집을 짓는 동안 마루 달린 앞쪽의 방 한 칸을 잠시 빌려서 점방을 열었던 집이다. 전쟁 때 총상을 입어 다리를 절던 상이군인 아저씨 집이기도 한. 그 시절 무섭던 방첩대 군인들도 아저씨를 피해 다닐 정도로 눈매가 날카롭던 아저씨였다. 사실은 맘씨가 좋은 아저씨인데 어른들만 무서워하였던 것 같았다. 여름날 종다래끼를 옆에 차고 군용트럭과 탱크가 건너는(나무다리로는 탱크가 지나지 못해서 강 옆으로 난 길로 우회하여 다녔었다.) 자리에서 파리낚시로 피라미를 잡았다. 삐딱한 모습으로 꼬나보면 탱크도 멀리 돌아 비켜갈 정도였던 나름 멋진 아저씨다.

횟골과 장작골로 이어지던 마을 길 끝부분에 정미소가 있었다. 발동기 소리가 '시을컹~텅텅!' 나는 날이면 구경을 가서 놀던 정미소는 밀가루도 만들고 쌀도 만들어 내던 신기한 곳이다. 밀 타작을 끝내면 다리 위에 멍석을 펴고 말려 정미소에서 밀가루로 찧어온다. 질 좋은 하얀 가루로는 칼국수와 수제비를 해먹고 밀기울이 섞여 갈색의 꺼칠한 찌꺼기 가루로는 반대기를 만들어 밥을 지을 때 위에 얹어 간식으로 먹었다. 봄철에 말려놓았던 쑥을 넣으면 쑥 반대기가 되어 맛이 더 좋아진다. 가난한 집의 가루는 흰 가루는 뽑지 않고 통으로 갈아내서 갈색이 나는 가루였다. 지금 생각해보면 건강에 좋은 가루지만 그 시절에는 집안의 형편을 말해주는 슬픈 밀가루였다.

우리 마을 최고의 부잣집은 정미소집이다. 춘천에도 집이 있어서 대부분을 춘천에서 지냈다. 중학교에 다니던 형들은 구두 달린 스케이트를 신었고 진짜 야구공을 글러브 낀 손으로 주고받았다. 나를 무척 좋아했던 막내딸은 지금도 눈에 선하다. 하루에도 몇 번씩 나에게 시집온다고 혼자서 다짐했던 아인데 지금은 할머니 소리를 듣고 지낼지도 모르겠다. 나보다 먼저 춘천으로 전학 갔고 춘천에서 한 반이 되어 다시 만났었다. 다 큰 처녀가 되어 부끄러웠는지 나를 보고도 아는 체도 하지 않아 어색하게 지냈었다. 몇 년 전 앨범을 구해(그 시절 가난한 집 아이들은 졸업 앨범을 살 수 없었고 나도 그 중의 한명이었다.) 찾아보니 그 아이가 없었다. 또 전학을 갔었는지 이름은 뭐였었는지 전혀 기억이 나지 않는다. 쌍갈래로 땋아 내렸던 머리 모양과 배시시 웃던 얼굴은 기억이 나는데 말이다.

개울을 따라 계단식으로 논이 있었고 밭은 산비탈에 화전으로 일군 것이 전부였던 마을. 소를 기르고 논을 갈던 집들은 마을에서 형편

내 기억 속에 영원한 고향

이 좋았던 집이다. 대부분의 마을 사람들은 늦은 가을부터 겨우내 산에 올라 톱으로 나무를 베어내고 봄철에 불을 놓아 화전을 만들어 옥수수나 조를 심어 생활했다. 틈틈이 고철을 캐거나 산판에서 나무를 자르는 일도 하였고 그때그때 닥치는 대로 일하며 살던 가난한 마을이다. 토박이는 거의 없고 신작로를 끼고 전후에 생긴 마을이었다. 골짜기 마을들은 대를 이어 살아온 혈족의 마을로 사람들이 온순하고 순하였다. 타지에서 굴러 들어와 자리 잡고 사는 우리 마을 사람들은, 버스에서 내리는 산골 사람들을 꼬드겨 이문을 남기는 장사를 벌이기도 하고 괜히 시비를 걸어 사과술을 얻어먹기도 하는 영악한 사람들이었다.

인원수는 적었지만 학교에서도 우리 마을 아이들이 주도권을 잡고 대장노릇을 하며 지냈다. 애향단별로 줄을 지어 다니던 시절이라 마을끼리 경쟁이 심했다. 덩치는 작았지만 싸움에서는 우리 마을 아이들이 항상 이겼다. 그 중심에는 내가 있었고 나는 뭐든지 내 맘대로 할 수 있는 대장으로 인정받고는 했다. 기골이 장대하셨고 미남이시기까지 하셨던 아버지의 힘이 아이들에게도 전해졌는지 어른만 한 덩치의 아이도 내 눈을 피했다.

'용수목' 동네 이름처럼 용소가 마을 위에 자리했다. 벼랑을 감아 돌아 떨어지는 물소리로 근처에만 가도 오금이 저릴 정도였다. '꽈과쾅! 꽈꽈광!' 천둥치는 소리가 나는 물소리에 질려서 감히 물밑을 볼 수 없을 지경이다. 아이들과 떼를 지어 용기를 내야 간신히 볼 수 있었다. 물결이 출렁이며 맴돌아서 보기만 하여도 가슴이 서늘해졌다. 옛날 옛적 용이 구멍을 뚫어 강과도 연결 되어 있다고 전해지는 무시무시한 용소가 있던 마을이다.

어른이 된 요즘 옛일을 되짚어 보면 전설 속의 용이 소양호로 나와 깊은 물속에서 용궁을 건설하여 잘 살고 있지 않나 하는 생각이 들기도 한다. 소양호 나루에서 여객선을 타고 양구방면으로 한 시간 반쯤 올라가다 보면 으스스한 기운이 감돌고 풍경이 예사롭지 않게 보이는 곳에 다다르게 될 것이다. 처음 가는 사람도 바로 알 수 있다. 그곳이 바로 '용수목' 용소가 있던 우리 마을 자리다. 느낄 수 없는 사람이 있다면 병원으로 가보시라 황천행이 가까운 환자가 분명할 테니.

'사전리 용수목'은 물속에 잠겼지만 아직 그 기운은 허공에 살아있는 마을이다. 지금도 내 가슴 한편이 저릿저릿한 것이 분명한 사실임을 증명해 준다. '사전리 용수목'이 내 고향인 것이 나는 무척 좋다. 너무 좋아서 나 혼자 감추고 간직하던 고향의 이야기를 털어놓으니 더 아리고 그립다. 내 마음의 고향 '강원도 춘성군 북산면 사전리'는 인터넷 지도에도 존재하지 않는 곳이다. '용수목'은 풍광 좋은 곳으로 전국에 몇 곳이 있다고 한다. 이름은 흉내 내어 같지만 '사전리 용수목'은 아니다.

# 태극기 휘날리며

— '개똥밭에 굴러도 이승이 낫다'는 말에 절대 공감한다 —

 

잘생긴 배우 원빈과 장동건이 주연으로 나오는 6·25 전쟁 영화 제목이다. 정선 산골에서 원빈 같은 배우가 태어나다니. 산 좋고 물이 맑은 동네라 그런가? 그렇다면 그 마을 사람 대부분이 원빈? 그럴 리가, 절대 아니다. 그냥 시골 사람들이다. 관광객이 많아 이젠 그리 순박한 맛도 덜한, 우리나라 어디서나 흔하게 볼 수 있는, 그렇고 그런 산촌마을들과 별반 다르지 않은 마을이고 사람들이다. 내가 하고 싶은 말은 배우 얘기나 산촌 이야기가 아닌, 전쟁터였던 우리 마을 이야기다. 영화에 등장했던 처절했던 전쟁터의 이름 모를 마을이 어쩌면 사전리 용수목은 아니었을까? 하는 나의 상상이 어린 시절 기억들을 되살려 놓았다.

사전리 용수목은 휴전선에서 그리 멀지 않아 다른 곳보다 더 많은 전투가 벌어졌던 그런 마을이다. 산에 오르면 산등성이에 전쟁 때 파놓은 교통호와 진지들로 골이 패이고 파여 이곳저곳으로 얽혀 있는, 상처투성이 산으로 둘러 쌓여있는 산촌이다. 낙엽을 치우고 조금만 파면 탄피와 포탄의 파편을 쉽게 찾을 수 있는, 산 전체가 전쟁의 흔적인 고물과 군수품 찌꺼기로 덮여있는 무섭고 으스스한 사전리 용수목 산의 모습이다. 전쟁을 겪은 세대에겐 끔찍한 기억의 산이겠지만 전후 세대인 우리에게는 먹을거리가 풍성하고 탄피와 고철을 캐내서 푼돈을 챙길 수 있던 보물창고와도 같았던 산이다.

한가한 농한기 때 우리 마을에는 고물을 수집하는 사람들이 떼로 몰려들어 머물다 가고는 했다. 대부분 신작로와 강가 탱크길 주변을 탐지기로 삐삐 거리며 커다란 고물을 캐냈다. 각종 전쟁 무기와 포탄 잔해가 참 많이도 나왔다. 어떤 곳에서는 아직도 반짝이는 탄알이 탄통에 담겨 무더기로 발견되기도 했다. 그런 횡재를 만난 날은 일을 일찍 끝내고 숙소로 돌아왔다. 이른 저녁밥을 지어 먹고는 아저씨들이 둘러 앉아 총탄에서 총알을 뽑아 탄피를 만들었다. 탄피 속에서 나온 화약을 모아 불꽃놀이 하는 재미에 우리도 아저씨들의 일을 거들어 드리고는 했다. 돌멩이에 톡톡톡 몇 번 두드려서 잡아 당겨 뾰족한 탄알을 뽑아냈다. 엠원 총알이라고 했다. 구리로 씌워졌지만 속에는 강철의 뾰족한 탄알이 박혀있는 철갑탄이다. 칼빈총 탄알이나 권총 탄알은 속에 납이 들어있어 소중하게 다뤘지만 엠원 총알은 우리가 가지고 놀도록 버려두었다. 나중에 날이 궂어서 일을 못하게 된 날이나 할 일이 없을 때 망치로 두드려 철심을 빼내고 구리만 분리하기도 했지만 대부분은 내다버렸다.

내 기억 속에 영원한 고향

돈이 귀하던 산촌의 아이들은 부모로부터 용돈이라는 개념으로 돈을 받는 일이 좀처럼 없다. 설날 세뱃돈을 받거나 운동회 날이나 소풍 날 몇 푼씩 얻어 쓰기는 했어도 용돈이라는 말은 알지 못했던 시절이다. '용돈'은 나중에 커서 알게 된 단어 중 하나다. 부잣집 아이들이 부모로부터 쓸 돈을 받는데, 그 돈을 '용돈'이라 부른다는 것이다. 하지만 용돈이라는 말의 뜻을 알았다는 것 말고는 아무 의미도 없고 변화도 없이 그만이었다.

나와 내 친구들은 필요한 용돈을 스스로 만들어서 썼다. 아쉬울 때마다 산에 올라 탄피를 캐다 고물장수에게 팔았다. 탄피는 돈이나 엿 또는 강냉이로 교환할 수 있는 현금이나 마찬가지였다. 고물을 캐러 가서도 무겁고 부피가 큰 고철은 모두 버렸다. 든 힘에 비해 손에 들어오는 돈이 너무 적어 도움이 안 되었다. 가끔 고철에 구리나 양은이 붙어있기도 하여 뜯어다 팔았지만, 그런 일은 어쩌다 한번 있는 횡재수와 같이 드문 일이었다. 지금도 기억하고 있는 탄피가격은 칼빈 탄피 2개에 5원, 엠원은 1개에 5원, 기관총탄피: 중 10원, 대 20원, 어른 팔뚝만한 탄피는 100원을 받았다. 5원이면 호떡을 두 개나 사먹을 수 있었던 시절이니 아이들의 용돈으로는 부족하지 않았었다. 아쉽고 꿉꿉할 때마다 개울가 산등성이에 올라 호 주변을 헤집으면 엠원 탄피 열댓 개는 쉽게 캘 수 있었다. 한 번도 허탕 친 적이 없는 산은 우리의 보물 상자와도 같았다.

도시에서 멀리 떨어진 산촌이 분명한 마을인데 국도가 지나가고, 이 골 저 골의 깡촌 마을 길이 연결된 교통의 요지였던 우리 마을은 촌이기는 하나 촌스러움은 면한 실리에 밝은 사람들이 살던 그런 동네다. 농사를 지을 논밭이 적어 자급자족이 어려웠던 마을. 돈벌이 되는 일은 닥치는 대로 무엇이든 하며 사는 마을이다. 어느 날 산나물을 뜯어 팔아 용돈 벌이를 하던 누나가 커다란 나물 종다래끼 가득 클립에 끼운 엠원 탄알을 주워 와, 횡재했다며 좋아하던 모습은 지금도 생생하고 기분 좋은 기억이다. 큰 바위 아래 차곡차곡 쌓여있던 실탄을 발견했다고 했다. 누나 말을 들은 나와 친구들은 몇 번이나 그 산을 이 잡듯이 뒤졌지만, 아쉽게도 더는 찾아내지 못했다.

마을의 여자들은 봄에는 산나물을 뜯어 팔았고, 여름부터 가을까지 누에를 쳤다. 초등학교만 졸업해도 사내아이들은 남자 대접을 받으며 어른들과 함께 화전과 다락 논에서 농사일을 했다. 농사일을 끝낸 겨울철에는 산판에서 나무를 자르거나 사냥꾼의 몰이꾼으로 돈을 챙겼다. 화전과 천수답의 농사는 든 힘에 비해 소득이 박해서 대개가 가난에 찌들어 하층민을 자처하며 희망 없이 뭉개며 살아갔다. 셈이 빠르고 이문에 눈 뜬 사람은 농사를 짓지 않았다. 신간이 좋은 사람들은 대부분 여러 가지 잡일을 했다. 철마다 돈 되는 일을 찾아 빠르게 움직인다. 대부분 중간상으로 거래 품목이 다양했던 만물상이다. 나물, 약초, 고철, 산판나무, 풋옥수수, 산짐승 가죽 등 돈이 되는 것은 빼지 않고 취급했다.

탄피 캐기는 낙엽이 떨어진 가을부터 눈 내리고 흙이 얼기 전까지와 얼음이 풀리는 봄부터 수풀이 우거지고 더위가 오기 전인 이른 여름철까지가 적기다. 한여름에는 벌레가 많고 너무 더워 숲속에는 가지 않았다. 사실 아이들에게는 돈벌이보다 강가에서 놀기가 더 재미나고 흥미로웠기 때문에 탄피 캐기는 안중에도 없는 일로 까마득히

내 기억 속에 영원한 고향

잊고 지냈다. 그러다 시큼하고 향긋한 냄새가 일품인 돌배가 익는 때가 되면 다시 산에 올랐다. 서리 맞은 머루와 다래는 맛이 좋아 대부분은 즉석에서 먹고 돌배와 도토리는 자루에 넣어 집으로 가지고 왔다. 돌배는 어머니가 쌀독에 넣어놓았다가 푹 무른 후 꺼내주셨다. 술 냄새가 향긋하게 나는 물렁한 돌배를 '쪼~옥, 쪽' 빨아서 먹었다. 냄새가 더 좋았던 돌배. 그 냄새가 아직 코끝에 생생하다.

보자기나 마대 자루를 허리에 두른 후 주머니칼을 챙기고 군용 야전삽을 들고 앞산에 오른다. 10분 정도면 오르는데 매번 빈손으로 내려오지는 않았다. 국도변을 따라 이어진 호를 따라가며 낙엽을 들춰내고 괭이로 겉흙을 긁어내면 심심찮게 탄피가 나왔다. 호 주변은 어른들이 마구 쑤시고 캐내어 탄피를 찾을 수 없지만 호 밖의 언저리에는 흩어진 탄피가 자주 발견되었다. 재수가 좋으면 한 곳에서 열 개가 넘게 발견되어 우리를 흥분시키기도 했다. 총을 쏘아 봤거나 탄피가 튀는 전쟁 영화라도 본 적이 있었다면 소득이 훨씬 많았겠지만, 그 시절 나는 전쟁의 결과물이 탄피라는 것도 정확하게 인식하지 못하던 어린 시절이었다. 하지만 형들을 따라다니며 보고 배웠고 여러 번의 경험으로 탄피를 잘 찾아냈었다.

탄피를 캐다보면 무너진 참호나 규모가 제법 큰 진지 터 부근에서 종종 군용 담요에 덮여 있는 뼈를 볼 수 있었다. 하지만 그때는 그 뼈가 전사자의 시체였다는 것도 알지 못했었다. 개울가 천렵 터에서 보았던 개뼈다귀와 비슷해서 뼈를 보고도 별 느낌 없이 지나쳤었다. 좀 더 자라서야 그 뼈의 주인이 전쟁에서 사망한 군인이라는 걸 알았다. 학교에서 배워 알고 있는 빨갱이는 손톱이 길고 털이 났으며 얼굴은 늑대 같다는 허황한 지식이 전부이던 때였으니 사람이 죽을 수 있다는 것도 알지 못했었다. 하지만 어린아이의 눈에도 공산군의 뼈는 쉽게 구별이 되었다. 덮여있는 옷가지가 요즘 볼 수 없는 모양으로 남루한 누비옷인 경우가 많았다. 늘 보아 오던 국군 아저씨들의 복색과는 다르게 초라해 보였다. 고물로 탄피를 캐던 우리에게도 빨갱이는 쓸모없는 존재였다. 공산군의 탄피는 발견해도 필요가 없었다. 놋쇠 성분이 적어 녹슬고 삭아 있거나 온전히 있다 해도 사는 사람이 없는 재수 없는 탄피일 뿐이었다.

쓸모없는 총알을 사용하는 빨갱이 뼈는 발견하면 야전삽으로 흩어버리고 오줌을 갈기는 아이도 있었다. '죽어라 빨갱이 새꺄', '두구두두두−' 입으로 총소리를 내며 오줌을 갈기고 낄낄거렸다. 그 시절 또래들은 인민군이나 빨갱이는 우리와 다른 종족의 괴물로 알고 있었다. 북쪽에서 내려온 인민군도 우리와 같은 사람이라는 걸 나는 알고 있었지만 모르는 척했다. 북에서 피난 내려 온 부모님과 아버지 대신 인민군에 들어갔다던 본 적 없는 작은아버지도 우리와 같은 사람이기 때문이었다. 작은아버지가 빨갱이 군대인 인민군이었어도 인민군 편만은 들 수가 없었다. 공산당은 우리 집안의 철천지원수로 함께할 수 없는 사람이라는 걸 어려서부터 느끼며 자란 나는 아이들의 행동에 쾌감을 느끼기까지 했었다.

고물을 캐고 지나쳤던 어른들도 우리와 그 느낌은 별반 다르지 않았던 것 같다. 고물을 캔 후 국군의 뼈로 보이는 뼈는 잘 모아 그가 지녔었던 것 같은 철모나 군화 군복과 함께 담요에 쌓여 잘 갈무리되어 있었으나, 대부분의 빨갱이 뼈로 짐작되는 뼈는 허옇게 사방으로 흩어져 부서져 있었다. 뼈 이야기를 들은 엄마가 말해주셨다. 모두 불쌍한 사람들이라고, 죽어서도 가족에게 돌아가지 못하고 있는 불쌍한 영혼이라고 하셨다. '잘 모아 묻어 주면 고마워할 거야, 좋은 일이고 복 받을 만한 아주 착한 일이야'라고. 그 뒤로 뼈를 보면 엄마의 말을 따라 땅에 잘 묻어 주었다. 뼈가 무섭거나 더럽다고는 느껴지지 않던 것은 엄마의 말을 듣고부터였다.

그 시절 내가 알던 공산당은 빨갱이와 인민군 중공군이다. 인민군이나 중공군은 비록 적이지만 큰 적개심은 없었다. 운동회 때 '백군'에 속한 얄미운 친구 정도로 생각했던 것 같다. 직접 전쟁을 경험하지 못했으니 골수에 사무칠 원한도 없었다. 학교에서 도덕 시간에 싸우면 반드시 무찌르고 이겨야하는 철천지원수라고만 배웠을 뿐이다. 마을의 어른들 중에는 마음씨 착한 인민군이나 중공군 덕분에 목숨을 건지게 되었다는 이야기를 스스럼없이 하여 피아가 헷갈릴 때도 있었다. 아마도 인민군이나 중공군 중에도 우리 작은아버지처럼 집안을 구하기 위해 자신을 희생해서 징집된, 그래서 공산군이 된 사람들도 적지 않았던 모양이다.

아주 악질이고 늑대로 표현되던 무리는 빨갱이다. 착한 사람들을 끌어다 전쟁에 내보내고, 죽이고, 빼앗고, 잔인하고, 못된 짓은 다 저지르는 악마와 같은 놈을 빨갱이라 불렀다. 욕을 잘하던 어린 시절에도 빨갱이라는 욕은 함부로 하지 못할 아주 더럽고 나쁜 욕으로 여겼다. 그래서 어지간히 화가 난다고 해도 절대로 해서는 안 되는 욕으로 금기시하였다. 혹시라도 빨갱이로 소문이라도 났다간 마을과 집안이 거덜이 났다. 한밤중에 쓰리 쿼터를 타고 나타난 경찰도 군인도 아닌 복색의 전투복에 커다란 군대 권총을 허리에 찬 표정 없는 사람들이 두드려 잡아끌고 갔다. 인정 없는 주먹질과 군홧발에 차이며 비명도 지르지 못했다. 모두들 며칠 지나 초주검으로 돌아왔지만 마을의 그 누구도 그 일을 입에 담지는 않았다. 한동안 '다 빨갱이 때문이야!'라며 공산당 욕만 해대다 그만이었다.

너무 많은 사람이 죽은 전쟁의 끝이라 살아있는 사람도 힘에 겨워 죽은 자를 돌아볼 생각조차 하지 못하던 시절이다. 탄피 캐기는 초등학교 3, 4학년 때, 2년 정도의 기억이다. 5학년 봄 도시로 전학을 한 후에 잊고 지내던 일이다. 아리도록 짠하게 그리운 시절의 많은 기억들이 지금의 시간으로는 고작 2, 3년 정도의 기억이었다는 게 믿기지 않는다. 어린 시절의 시계는 너무도 천천히 갔었나 보다.

요즘도 계속되는 6·25 전사자 찾기 활동은 기적 같은 이야기가 되어 가끔 뉴스에 오르기도 하지만, 며칠 지나면 모두가 잊어버리는 신화 같은 이야기가 된다. '태극기 휘날리며' 같은 영화로 살아나 잊혀가는 자신들을 찾아달라고 외치기도 하지만 예나 지금이나 산 사람도 살기 힘들어 자주 잊힌다. 전쟁이 끝나고 30년이 넘는 시간을 힘센 장군 출신들이 대통령을 했는데도 전장에서 죽은 부하에겐 관심이 적었나 보다. 나름 핑계와 이유는 다 있었겠지만. 그러니 많은 시간이 흐른 지금까지도 사람들로부터 손가락질 당하고 멸시받으며 살아가나 보다.

단일 민족이라는 우리나라가, 이산가족 상봉이 뉴스가 되고 이산의 아픔을 그린 영화 '국제시장'이 대박을 치는 슬픈 민족이 되었다. 내 아버지와 어머니는 이산가족이 분명한데도 상봉 대기자 명단에도 올라보지 못했다. 아버지 말씀 왈 '우리 같은 반공 월남 가족은 대상에 낄 수 없어. 다 죽었을 테니. 월북 가족만 만나는 거야.'하셨다. 본인은 물론 알고 있는 많은 반공 월남 가족들이 한 번도 후보로도 오르지 못하니 그렇게 믿으시는 것도 무리는 아니었나 싶다. 설마하니 그럴 리는 없겠지만, TV로 중계되는 장면과 사연만 들어봐도 아버지 말씀이 맞는 것 같다는 생각이 들었다. 이젠 두 분 다 돌아가셔서 행사 자체에서 관심이 멀어졌다. 같은 민족이지만 '참, 나쁜 사람들이다.' 이 편이건 저 편이건 도찐개찐(도긴개긴)이다.

혼돈의 시대를 살았던 그들은 흔들던 깃발의 의미를 알고는 있었을까? 서로가 서로를 죽여야만 될 만큼의 원한이 사무쳤었는지도 묻고 싶다. 태극기 휘날리던 이들은 자신들의 죽음을 어떻게 생각할지 궁금하기까지 하다.

'내가 죽고서 네가 산다면, 내가 죽고서 네가 산다면'

산자로 남았던 이들이 죽은 이 곁으로 돌아가는 시간이 되었다.

'눈이 부시게 푸르른 날은 그리운 사람을 그리워하자'라고 노래만 불렀노라고 말하고 있지는 않을는지 알 수 없지만, 그 시절을 살지 않았던 나로서는 짐작조차 못할 아득히 먼 옛일일 뿐이다. 전장의 2세대인 나도 모를 일을 어찌 3세대, 4세대가 알 수 있겠으며 책임질 수 있겠는가. 내 아이와 또 그 아이의 아이들에게는 전해지지 않아도 좋을 이야기로 남았으면 좋겠다. 정말로.

# 미안해요, 고기 씨

– 미안하다는 말을 자주하는 사람은 착한 사람이 아니다 –

.

.

고기잡이는 내가 주변의 동료들보다 잘하는 몇 안 되는 일 중에 한 가지다. 주로 놀이로 재미삼아 잡았지만, 나중에는 먹기 위해서 잡기도 했다. 그 시기를 대강 살펴보면, 친구들보다 많이 잡고 우쭐거리게 좋았던 어린 시절과 안주거리로 먹기 위해 낚시를 했던 성인시절로 나눠진다.

어린 시절의 낚시는, 그 방법은 원시적이었으나 재미는 무척 쏠쏠했던 흥미진진한 놀이였다. 요즘 생각해 보면 나름 과학적인 면도 있는 돌땅치기와 얼음 위에 떡메치기, 물의 흐름을 이용한 개울 막아 물 돌리기, 된장에 밥 버무려 보쌈 놓기, 독약 풀어 잡기, 족대질로 잡기와 같이 여러 가지 방법으로 잡았었다. 예나 지금이나 방법이 비슷한 낚시질을 빼고도 다양한 방법으로 물고기를 잡으며 놀았다. 고기에겐

내 기억 속에 영원한 고향

미안한 일이지만, 지금도 가끔 아련하게 그 시절이 한없이 그리워질 때가 있다.

무지막지한 돌땅치기는 내 힘으로 들어 올려 내리치기에 알맞은 돌을 골라들고, 머리위로 높이 쳐들어 고기가 들었을 만 한 돌을 골라 힘껏 내리치는 고기잡이 방법이다. '꽝' 물이 튀고 돌이 갈라지기도 하여 야단법석을 떤 후 돌멩이를 들치면 끝. 주로 꺽지 새끼, 빠가사리 새끼(동자개), 탱가리 새끼가 침을 게게 흘리며 뻗어 나왔다. 버드나무 꾸러미에 아가미를 꿰어 일행 중에서 졸병 급의 아이가 들고 다녔다. 누가 큰 걸, 누가 많이 잡느냐가 가장 중요한 문제였다. 옷이 젖고 팔이 아플 때까지 했다. 하지만 잡은 고기는 양이 적고 귀찮아져서 대부분은 중도에 버리고 돌아왔다. 아주 가끔은 모닥불을 피우고 구웠으나 싱겁고 맛이 없어 먹는 흉내만 내고는 대부분을 버렸었다. 굽는 냄새는 일품이었으나 소금기가 없어서인지 맛은 별로 없었다.

떡메치기는 겨울에 하는 고기잡이 방법인데 재미는 있었지만 성과는 없었다. 날씨가 쨍하게 추워지면 얼음이 유리처럼 투명하게 얼고 물속이 다 들여다보였다. 나무로 만든 떡메를 어른들 모르게 광에서 들고 나와 강으로 나갔다. 슬슬 미끄럼을 타며 물속을 살피다가 추위에 멈춰있는 누치나 메자, 끄리 같은 커다란 물고기 찾아 떡메로 내리친다. 역시 돌땅처럼 '꽝', 하지만 기척이 없다. 다시 꽝, 꽝, 꽝. 돌아가며 두드려 댄다. 죽어 넘어가는 놈이 없다. 어쩌다 얼음에 갇혀있는 물고기를 발견하여 도끼로 얼음을 깨고 꺼냈던 일 말고는 잡은 적이 없었다. 3, 4학년 아이들에게는 힘에 부치는 방법이지 않았나 생각된다. 그래도 얼음 위에서 물속의 모습을 보며 커다란 물고기를 쫓아 다

넜던 떡메치기 놀이는 신나고 재미난 놀이였다. 강가에 피워 놓은 모닥불이 한층 더 재미를 부추겼다. 대부분 놀이의 마지막을 장식하던 불장난이 고기잡이보다 재미난 경우가 많았을 정도로 불장난은 떡메치기와 궁합이 잘 맞는 놀이였다.

개울 자치기 또는 개울 말리기라 불렀던 고기잡이는 과정이 흥미롭고 결과도 좋았던 놀이다. 개울물이 흐르다 물길이 둘로 갈라져 흐르는 부분을 찾아 한 쪽을 막아 물길을 돌려 잡는 방법이다. 어른들은 큰 물길을 작은 쪽으로 돌려 많은 고기를 잡았지만 우리는 힘이 들어 작은 물길을 돌려막아 잡았다. 어른들은 어느 정도 물길이 잦아들면 아래에 반도를 설치하여 모조리 다 잡았으나 우리는 손에 잡히는 놈만 잡았다. 잡는 고기의 종류도 느려터진 빠가, 탱가리, 꺾지, 뚝지, 메기 정도였다. 떠다니고 빠른 놈들은 개울을 막느라 난리를 치면 이내 눈치 채고 달아나 물이 잦아드는 때에는 볼 수도 없었다. 살아있는 고기를 맨손으로 잡다가 쏘이면 쓰라리고 몹시도 아팠다. 빠가는 참을 만하나 탱가리는 팔이 저리게 아팠고 깍지와 쏘가리는 새끼인데도 창처럼 세운 등지느러미로 손바닥을 깊숙이 갈라놓았다. 하지만 잡는 재미가 아픔보다 더 커서 문제가 되지 않았다.

된장 풀어 보쌈 놓기는 별 재미가 없어 나는 잘하지 않았지만, 놓았다하면 많이 잡기로는 내가 최고였다. 큰 대접 안에 된장과 밥알을 풀어 밑밥을 깐 후 구멍 뚫은 보자기를 덮고 고무줄로 묶어 씌운 후 물에 넣어 고기를 잡는 방법이다. 나만의 비법은 밑밥을 만들 때 꼬네기를 잡아 함께 주물러 넣는 것이었다. 꼬네기는 물고기의 종류에 관계없이 환장하게 좋아하는 먹이다. 흐르는 물속에서 크고 작은 자갈들을 거미줄 같은 실로 엮어 집을 만들어 그 속에서 살았다. 꼬네기는 주둥이가 길쭉한, 검은 빛깔의 다리가 많이 붙은 징그러운 유충이다. 지렁이보다 고기들이 열 배는 좋아 한다. 어른이 되어 정선 미탄에서 잡은 꼬네기로 놓았던 보쌈에서는 탱가리가 한 번에 한 양동이씩 잡혔다. 당시 임계면 골지리 임계천엔 탱가리가 살아도 너무 많이 살았다. 봄철 산란기에 이 마을에서는 탱수(임계에서 부르는 탱가리 이름) 축제를 열기도 했었다. 2002년 태풍 루사로 모두가 휩쓸려 가기 전 이야기다.

과정이 흥미진진한 독약 풀어 잡기는 결과가 항상 기대에 못 미쳤다. 하지만 긴 여름방학 중 하루를 보내기엔 꽤 괜찮은 놀이였다. 어른들은 싸이나(청산가리)라 부르는 큰 좀약처럼 생긴 하얀 약을 빨래비눗물에 녹여 고기가 많은 냇물에 약을 풀었다. 물속에 살던 모든 종류의 물고기가 삽시간에 죽어 물 위로 떠올랐다. 약이 얼마나 독한지 '쏙~' 물의 흐르는 속도로 고기가 죽었다. 모두가 신이 나서 고기를 주워 담기에 정신이 없다. 내장을 손질하여 흐르는 물에 씻어서 먹으면 아무 탈 없다고 했다. 지금 생각하면 참으로 오싹하고도 무식한 방법이 아니었나 생각된다.

옛날의 싸이나(청산가리)는 여름엔 강가 천렵에 고기잡이용으로 쓰였고, 겨울엔 콩에 구멍을 뚫어 싸이나를 넣고 초로 구멍을 감쪽같이 메워 꿩이 잘 내리는 양달의 덤불가에 놓아 꿩과 콩을 잘 먹는 새들을 잡아먹는 데 사용하였다. 양잿물을 설탕으로 알고 먹었거나 죽으려고 먹다가 식도를 태워 말을 못하게 되었다는 이야기와 복어 알을 먹고 죽었다는 이야기는 가끔 들었어도 싸이나를 실수로 먹고 죽었다는 이야기는 들어 본 적이 없다. 너무나 독성이 강해서 무척 조심들을 하였었나 싶다. 아이들은 옆에서 얼씬도 못하게 하는 물건이라 멀리서 구경만 했다.

동네 친구들이 괭이와 낫, 지렛대, 톱 같은 연장을 들고 모여든다. 앞산 벼랑을 따라 오르면 신작로 절개지인 절벽이 나오고 그 옆을 전쟁 중에 파놓은 호가 산등성이를 따라 이어져있다. 한참을 오르다 계곡으로 내려가면 커다란 가래나무 군락을 만나게 된다. 뿌리를 캐기 좋은 나무를 골라 큰 돌을 지렛대로 밀며 괭이로 파냈다. 큰 뿌리는 다 캘 수 없어 톱으로 잘라 내거나 껍질을 벗겨 낸다. 뿌리껍질에 독이 있다고 한다. 뿌리를 한 아름씩 안고 개울가 큰 바위 위에 자리를 잡고 앉아 돌멩이로 뿌리를 잘게 부순다. 거무튀튀한 물이 나오며 흰 뿌리가 갈색으로 변한다. 모두 찧으면 손에 모아들고 냇물에 일렬로 서서 한꺼번에 물에 풀어 넣는다. 어른들이 하는 싸이나 풀기와 같은 방법이다. 효과는 미미했다. 아주 작은 피라미 몇 마리가 아가미를 뻐끔거리며 떠오르고 어쩌다 가끔 새끼 빠가나 탱가리 정도가 몸을 꼬며 물가로 나오는 정도였다. 대단찮은 전과에도 모두가 흥분하며 약효가 약한 원인을 찾아 제가끔 재잘댄다. 손바닥이 꺼멓게 변색되나 며칠 지나면 허물이 벗어지며 원래대로 돌아왔다. 번번이 실패를 하여도 여름방학에 한두 차례 했던 즐거운 놀이였다.

족대 또는 반도라고 부르던 작은 그물을 이용하여 잡는 방법도 있다. 반찬거리가 될 정도의 고기를 잡으려면 족대질이 최고다. 물론 재미도 엄청나다. 그 크기가 2m 정도 되는 그물의 양변을 손으로 잡기 좋을 정도 굵기의 나무에 묶고, 납을 촘촘히 달아 물에 뜨지 않도록 만든 족대는 고기잡이에 더 없이 좋은 장비다. 당시의 가격으로는 고가였었는지 어른들이 무척 소중하게 아껴서 어른 몰래 꺼내다 잡곤 하였다.

물살이 어느 정도 센 곳 돌멩이들 아래 족대를 받치고 아이들이 난리치며 돌을 들추고 텀벙대면 돌 아래 숨어있던 고기들이 놀라 족대로 들어가 잡혔다. 주로 메기, 빠가, 뚝지, 꺽지, 미꾸리 등을 잡을 수 있었다. 물 위로 떠다니거나 빠른 놈은 잡히지 않았다. 깨끗한 물에서는 볼 수 없는 붕어가 가끔 잡히면 모두가 환호하며 좋아했다. 붕어는 집에 가지고 와 유리병이나 그릇에 넣어 놓으면 아주 오래 살아서 인기가 좋았다. 하지만 다른 고기에 비해 맛이 떨어지는 편이어서 맛으로의 순위에선 인기가 가장 없는 고기였다.

진정으로 재미난 족대질은, 비가 많이 와 불어난 강가나 시냇가에서 하던 족대질이 최고였다. 홍수로 황토물이 넘실거리는 물가에서 물에 잠긴 풀숲을 발로 밟아대면 숨어있던 물고기가 족대로 가득 잡혔다. 맑은 물에서는 잡히지 않던 빠른 물고기도 모두 잡을 수 있어 좋았다. 불어난 물에 힘이 들어 물고기들이 정신이 없는지 텀벙거리면 아래에 대놓은 족대로 모조리 들어와 잡혔다. 아주 커다란 메기나 그렇치(어른 팔뚝만한 동자개) 쏘가리가 잡히면 기쁨으로 소리치며, 족대질의 참 재미에 힘든 줄도 모를 정도로 기분이 좋았었다. 집에 가지고 가도 야단맞지 않을 수 있는 유일한 고기들이었다.(작은 고기나 양이 적은 물고기는 비린내만 풍겨 환영받지 못했다.)

어른이 되어서도 친구들보다 월등히 고기를 잘 잡았으나 매운탕을 맛나게 끓이지는 못했다. 다행으로 맛을 아주 잘 내는 친구가 있어 나는 고기만 잡으면 되었다. 하지만 그 누가 끓여도 어린 시절 어머니가 형이 잡아온 고기에 파, 풋고추 숭숭 썰어 넣고 매콤하게 자글자글 끓여주시던 맛은 느낄 수 없었다. 형이 주낙을 놓아 잡아오던 큰 메기, 그렇지, 쏘가리는 내가 잡아먹던 손가락 크기의 물고기와는 차원이 달랐다. 2살 많았던 형의 세계는 어린 시절 내게는 오지 않을 꿈같은 동경의 대상으로 우러러만 보였었다. 친구들 앞에서 잘난 체할 수 있던 대부분의 일들은 형의 어깨너머 눈썰미로 보고 배운 덕분이었다.

물에 들어갈 정도의 날씨만 되면 물고기를 잡으며 놀았다. 대부분 살려주려고 했지만 그런 맘도 모르고 일찍 죽어버렸다. 죽은 물고기를 보면 맘이 짠해지고 미안해져서 괜히 심통을 부리며 냇물 속에 던져 버렸다. 오래 살아있지 못하는 물고기가 야속했지만 예나 지금이나 미안하기는 한 가지이다. '난 너무 어렸고 심심했어.'라고 변명해보아도, 마음 한구석으로 스며드는 죄스런 마음은 매한가지다.

죽을 운명에 처한 물고기를 구입하여 방생하는 장면을 TV를 통해 보았다. '남들은 생명을 살리는 일을 하는데 나는 재미로 죽였구나.' 생업의 수단으로 하는 고기잡이와 취미로 하는 고기잡이는 다르다. '재미로 남의 생명을 빼앗다니, 정말 고약한 놀이가 아닌가?' 어쩌다 가끔 TV 낚시 채널을 보면 대부분은 어렵게 잡은 물고기를 살려 보내주었다. 잡은 물고기를 들고 요리조리 살피며 자랑하다가 넓은 마음을 지닌 대인의 표정을 지으며 놓아 보냈다. 자연을 사랑하고 생명을 존중하는 마음이 충만해 보이는 장면이다. 하지만 입장을 바꾸어 생각해보면 꼭 그렇지만은 않다. 미끼로 속여 낚시를 물도록 꼬드겨서 입이 찢어져라하고 끌어당겨 물 밖으로 끌어내어 주물럭거리다 놓아

주면. '그래, 댁은 고마운 마음이 들겠소?'

　남성의 힘을 상징하던 사냥을, 양성평등의 세상에서는 여자들도 즐기나보다. 며칠 전 신문에 실린 사진 속의 여자는 멋있어 보이지 않았다. 사냥한 사자와 기린을 배경으로 포즈를 취한 장면이 충격적이었다. 큰 물고기를 낚고 찍은 사진과 함께 가장 비도덕적인 인간의 모습을 보여주는 것 같아 마음이 무거워졌다. 인간의 잔혹한 모습의 끝이 어디까지인지 무섭기까지 하다. 인간의 입장으로는 동물의 생각을 알 수 없는 일이고, 이해하지 못하는 것이 당연하다고 생각한다. 동물과 인간의 입장을 이해하려면 '역지사지易地思之'의 마음이 중요하다고 생각된다. 하지만 입장 바꿔 생각해 봐도 어쩌겠는가. 지난날의 행위는 반성할 수는 있어도, 결코 되돌릴 수 없는 일인 걸. 지금으로서는 어찌해 볼 도리가 없다. 그저 진실 된 마음으로 용서를 빌고 다음 생을 축원해줄 수밖에는.

　'미안해요. 고기 씨'

# 귀신이 산다

- 신이 있다고 믿는 것은 존재한다는 의미다 -

·

·

    나만 그렇게 느끼는 것은 아닌 것 같다. 주변의 아는 이들과 별 의미도 없고 주제도 없는, 그저 시간 죽이기로 하는 오가는 잡담 중에 가끔은 귀신 이야기도 등장을 한다. 대개의 경우 비슷한 경험을 이야기하는 걸 봐서는 귀신이 주변에 상당히 많이 있기는 한 가보다.

    귀신은 혼자 멍하게 있거나 저녁 무렵 인적이 없는 길을 걸을 때 느껴지는 경우가 많다. 산을 끼고 커브를 돌아 모퉁이를 돌 때 뒷목이 서늘해지며 누가 있는 듯하여 나도 모르게 휙 돌아보게 된다. 주변을 두리번거리며 대상도 없는 뭔가를 찾게 되고. 이유 없이 등골이 오싹해지고 발걸음이 빨라진다. 가끔 겁먹은 자신이 창피하게 생각되어 큰소리로 노래를 부르기도 한다. 그러다 자기도 모르게 흥이나 휘파람 반주로 신바람까지 내지만, 휘파람 불면 뱀이나 귀신이 나온다는 이야기들이 생각나 다시 멈추고 발밑을 살피게 된다.

대부분의 산촌 마을은 계곡을 끼고 개울을 따라 드문드문 집들이 흩어져서 형성되어 있다. 개울물이 흐르다 큰 바위를 감싸고 절벽 밑을 따라 검은 빛을 띠며 음침하게 흐르는 곳이 있다. 커다란 바위와 깊은 소가 어우러져있고 큰 밤나무나 참나무가 물 위로 굵은 가지나 몸통을 기울이고 있어, 여름 낮엔 친구들과 멱 감으며 다이빙하기 좋았던 곳들이다. 맑은 날 즐겁게 놀던 장소도 날이 흐리고 스산하게 바람이 불면, 기분이 우울해지고 머리카락이 쭈뼛 서며 뭔가가 있는 것 같은 분명한 느낌이 드는 장소로 바뀌는 곳들이다. 대개 그런 장소에는 전해오는 전설 같은 이야기들이 서너 개씩은 있다.

인제읍과 기린 사이에 하추리라는 오지 마을이 자리하고 있다. 요즘은 내린천에서 래프팅과 각종 수상 레포츠 활동을 하여 전국적인 명소가 되었다. 래프팅의 출발지가 수량에 따라 하추리 앞이나 원대다리 부근이 되어 옛 모습은 짐작조차 어렵게 변화하였다. 하추리에서 고사리까지 보트를 저어 내려오는데 계곡이 깊고 험해 짜릿하기가 그만이다. 두 번을 타보았지만 매번 스릴이 다르고 재미났다.

고사리 앞 피아시라는 곳은 강바닥이 암석으로 이루어져 물살이 빠르고 소용돌이쳐서 굉장히 무섭고 위험한 곳이다. 사람들이 물놀이하기에는 좋지 않은 장소다. 이곳은 30여 년 전만 하더라도 쏘가리와 메기 같은 맛좋고 커다란 고기가 많아, 작살꾼들의 좋은 사냥터였었다. 물살이 거세어 상류로 이동하려는 고기들이 쉽게 오르지 못해 애를 먹는 장소였다. 고기가 많이 모여 육식성 어류의 사냥터로 제격이라 거대한 쏘가리나 꺽지, 메기 같은 대어들이 많았다. 작살꾼들이 삐삐 선으로 만든 꾸러미에 팔뚝만한 고기를 꿰어 들고 건들거리며 오는 모습은 남자다운 힘이 느껴지던 광경으로 참으로 볼만했다.

이곳도 비가 부슬부슬 내는 날이거나 땅거미가 내릴 무렵이 되면 무척이나 괴기스럽고 으스스해지는 곳이다. 사람 몇 십 명은 족히 죽었다는 이야기가 전해지기 때문에 무서움이 배가되는 곳이기도 하다. 고기잡이하다 죽고, 뗏목이 여울에 휩쓸려 부서져서 죽고, 전쟁 때 도강하다 빠져죽고, 요즘은 레포츠하다 죽기도 한다. 사람이 물에 빠져죽은 장소들 대부분은 물귀신이야기가 전해지는 곳들이다. 시간이 흐르며 무서움은 도를 더해가고, 어떤 이야기들은 지나치게 살을 붙이다가 '뻥'이 되어 웃음거리로 회자되고, 진정성을 의심 받아 사라지기도 한다.

누구에게나 귀신에 관한 귀신같은 경험담이 많이 있겠지만, 나처럼 확실한 경험을 한 사람은 많지 않을 것이다. 자신하는 많은 경험들은 겁먹은 상태에서 반딧불을 보았거나, 나무그루터기를 마음속의 두려움이 사실인 양 형상화한 헛것인 경우가 대부분이기 때문이다.

1976년 7월 중순. 정확한 날짜는 76년 달력을 찾아보면 알 수도 있다. 그날은 공교롭게도 여름방학을 일주일 앞둔 '금요일'이었다. 춘천에서 친구들이 놀러왔다. 그 친구들은 차례로 입대를 앞둔 때라 대학 여름 학기를 끝내고 몰려다니며 망나니짓으로 입영의 두려움을 잊고자 할 때였다. 입영을 앞둔 젊은이에게는 웬만한 짓궂은 장난질은 다 용서가 되던 시절이었다. 거기다 부모와 친척들로부터 놀이 자금도 넉넉하게 지원받아 경제적으로는 축복 받은 기간이기도 하다. 친구들이 하추리로 온 것은 춘천에서의 술타령과 놀이에도 싫증이 났고, 몰려다니던 내가 하추리 산골짝에 있어 방학 때까지 같이 지내다 함께 춘천으로 몰려 나가기 위해서였다. 물론 산골에 있는 친구 위문이 그들의 목적이라 했지만, 내심 새로운 장소에서 질펀하게 뒹굴기 위해 온 것이라는 걸 숨기지는 않았다.

학교는 큰(?) 길에서(그때는 비포장이었고 곳곳의 커브길은 큰 트럭 두 대가 교행이 안 되던 길이다.) 골짜기 냇물을 따라 5리(2km)쯤 올라간 산비탈면에 자리하고 있었다. 힘껏 공을 차면 상대편 축구 골대를 넘어 한참이나 더 날아갔던 좁디좁은 운동장과 교실이 4칸인 작은 학교다. 아이들의 통학 거리가 멀어 거의 모든 날을 4교시까지만 하던 산촌 학교였다.

친구들이 마을 구경을 나간 사이에 수업을 서둘러 끝내고 아이들을 하교시켰다. 라면으로 점심을 대강 때우고 종다래끼(싸리나무로 만든 작은 어항처럼 생긴 바구니. 끈이 있어 허리에 동여매고 이용한다. 나는 고기 잡을 때 고기를 넣는 도구로 누군가에게서 하나 얻어 사용했다.)를 허리춤에 찬 후 낚싯대를 들고 개울로 나섰다. 낚시는 익상이와 나만 했다. 나머지 3명은 먹기만 잘하는 친구들이다.

평소에도 혼자서 계발이 낚시(파리 모양의 낚시를 5cm정도 목줄로 30cm 정도의 간격으로 6개쯤 달아 흐르는 물에 띄워 보내며 피라미, 버들치, 끄리 등 육식성 물고기를 잡는 낚시 방법)를 하며 큰길가 구멍가게에 다다르면 거의 종다래끼의 반 정도가 차도록 잡혔었다. 마릿수로는 100여 마리 정도(뺑이 좀 포함된 마릿수). 가게 아주머니에게 고기를 넘겨주고 빛깔 좋은 놈은 회로, 나머지는 피라미 조림을 하여 술안주로 먹는다. 맛? 설명할 수 없다. 먹어본 경험이 없는 사람에게는 설명이 불가능하기 때문이다.

익상이와 경쟁을 하니 그날은 고기가 너무 많이 잡혔다. 다섯이 먹고 지나가는 동네 아저씨들을 붙잡아 너덧 잔씩 대접하고도 남았을 정도였다. 시내의 술집에서는 2홉들이 소주를 마셨지만, 하추리 사람들은 4홉이거나 됫병을 마셨다. 예전의 소주는 30도에 가까운 독주였다. 대포알이라 부르던 됫병을 서너 병은 마신 것 같았다. 2홉으로 시작한 술자리가 촌로들이 끼어들며 4홉으로, 이어서 대포알로 바뀌었다. 술잔으로 마시는 우리를 보고는 깨작대어 목이 더 마르다며 사발을 청해 마셨다. 촌사람이라 얕잡아 보지 말라는 무언의 시위인 셈이었다. 참, 어이없이 순진하고 착한 사람들이다.

제 꾀에 제가 당해서 촌로들이 대취하여 서로를 부축하여 집으로 돌아갔다. 촌로들의 도발에도 '어이, 대단들 하십니다.'하고 인정해주며 우리는 소주잔으로 마셨다. 그들은 취하기 위해 술을 마셨고, 우린 즐기기 위해 마셨으니 결과가 뻔했다. 동네의 어른들과 인사를 텄으니 하추리는 우리 세상이 되었다.

밤은 깊었고(산골 마을은 마지막 버스가 지나가고 어두워지면 모든 활동이 끝났다. 그 동네엔 아직 전기가 들어오기 전이어서 호야불을 켜고 생활했다.) 주인 부부가 몹시 힘들어해서 숙소에서 계속 마시기로 했다. 각자의 주머니에는 소주 두 병씩과 꽁치 통조림이나 과자 봉지를, 양손에는 샴페인 한 병씩을 들고 길을 나섰다. '깡촌에서 샴페인?' 지금은 없어졌지만 당시 복숭아로 만든 샴페인이 있었다. 값이 싸고 아침에 머리가 아파 우리는 마시지 않았던 술이다.

산촌에서는 우리를 부잣집 도련님들로 알았고, 그 시절 내 친구들은 그렇기도 했었다. 구멍가게의 물건을 다 들어 먹어도 될 만큼의 돈들이 주머니에 있었으니. 사실 돈이 많은 게 아니라 물건이 적었다는 게 더 정확한 기억일 것 같기는 하다. 산촌의 삶은 초근목피를 간신히 면할 정도였었다. 새마을 운동이 이곳에서도 시작되고 있었지만 가난은 면하지 못하였던 시절이다. 지금은 말도 안 되는 일들이 가능했던 때였고, 몰염치할 만큼 순수하기도 했던 시절이었다.

구멍가게와 학교의 중간쯤에 깊고 큰 소가 있다. 절벽을 끼고 도는 좁은 길 아래에 제법 큰 소나무가 소 쪽으로 기울게 자라서 경치가 그런대로 볼만했다. 여러 명이 함께 지나갈 때에는 좋았던 경치가 혼자이거나 밤이 되면 무섭게 보였다. 나는 매번 술 취해 돌아오는 날은 샴페인 두 병을 손에 들고 그 음침한 기분 나쁜 소에 도착하면 벼랑에 던져 깨부수며 소리치고 발광을 했었다. 젊은 날 객기라고 생각된다. '난 귀신을 이길 수 있다'는 '무섭지 않다'는. 거창한 것 같아도 겁먹어서 한 행동이라고 기억된다.

그날도 포탄 터지는 소리를 내며 샴페인이 깨졌다. 다섯 명이 던져 깨는 샴페인 터지는 소리가 절벽과 골짜기에 울려 퍼졌다. 소리에 흥분한 우리는 바락바락 괴성을 지르며 노래를 부르고 어깨동무를 하고 겅중거렸다. 알고 있는 못난 행동을 모두 펼쳐놓았다. 숨이 차서 헐떡거리며 악쓰고 날뛰다 힘이 빠져 멈추었다. 다 함께 둘러서서 시원스레 오줌을 개울물에 내갈기고는 숙소로 돌아왔다. 들고 온 술을 방구석에 던져 놓고, 모두가 이리 저리 곯아 떨어졌다.

아침이 되어 하나둘 일어나 대강 몸을 추리고 운동장에 나가 바람 쐬며 담배를 피워 물었다. 나는 속이 니글거리고 담배 냄새가 싫어 멀리 떨어져있었다. '야~! 그래도, 공기 좋고 물 좋아 살만 하네.', '걸어오며 술이 많이 깨어 그럴 걸?' 모두 한마디씩 하여 아침부터 소란하다. 어제의 흥분이 아직 좀 남았나 보다.

세면도구를 챙겨서 세수하러 가자고 친구들을 개울로 몰고 나갔다. 아까부터 뭔가 께름칙했다. 한 명이 없다. 서운이가 보이지 않는다. 아침 내 없었다. 서운이가 사라졌다. 모두 어제의 기억을 더듬어 기억의 조각들을 맞추어 나갔다. 샴페인 깨며 놀 때까지는 함께였다고 기억들을 해냈다. 거기까지가 다였다. 누구 옆에서 잠을 잤다거나 집에서 본 기억은 모두에게 없었다. 큰일이었다. '술에 취해 개울 짝에 처박혔나?' 우리는 길가 덤불을 헤집어 찾으며 기분 나쁜 소까지 가보았다. '없다.' 큰길 상점까지 찾아보았으나 행방을 알 수 있는 작은 단서도 발견하지 못했다. 화장실에서 잠들었나? 빈 교실에 들어가 잠든 것은 아닌가 하며 우리는 학교로 올라가며 다시 한 번 주변을 찾아보았다. 역시 없었다. 학교를 다 뒤지고 주변을 살폈으나 없다. 서운이 행방불명, '오줌 누다 물에 떨어져 빠져 죽었나?' 등을 타고 소름이 온몸에 돋았다.

그 음침하고 기분 나쁜 소. 우리가 너무 소란을 떨고 난리를 피워 귀신이 홀려간 것만 같았다. '6·25' 때 어린 병사가 땔감을 구하려다 굴러 떨어져 죽었다던 이야기. 옛날 눈 오는 날 읍내 장에 갔다 돌아오던 마을 아낙이 홀려서 밤새 주변을 헤매다 아침에 시체로 발견됐었다는 이야기. 소에 내려오는 그간 들었던 기분 나빴던 얘기들이 더 마음을 혼란스럽게 했다. 시냇가를 오르내리며 강까지 찾아도 흔적도 찾을 수 없었다.

내 기억 속에 영원한 고향

'그래, 집으로 갔나 보다.', '아침에 일어나 첫 버스로 떠났나 보다.', '원래 멋대로 행동하는 놈이니까.' 모두 한마디씩 말하며 그렇게 생각하기로 했다. 오후쯤에 집으로 전화해 확인해 보자고 했다. 지금 잘못 전화했다가는 집안을 쑥대밭으로 만들 수 있으니 자연스럽게 전화해 보자고 했다.

라면을 끓여 아침을 때우며 모두가 서운이를 욕하고 성토했다. 나쁜 놈이라 의견을 모으고, 다음에 한번 죽여 놓자 약속까지 했다. 어딘가 찜찜했지만 방법이 없었다. 아침을 먹고 마당에 둘러 앉아 담배를 피우며 서운이를 성토하고 오늘의 놀이를 의논했다. 이 동네는 낚시 외에는 놀이 거리가 없었다. 모두 열심히 일하는데 대낮부터 술타령도 그렇고, 오전 수업 후 인제읍으로 나가 놀기로 의견이 쉽게 모아졌다. 인제읍엔 다방과 당구장, 꽤 괜찮은 작부가 있는 술집에 방석집도 제법 많았다. 군인 도시라 퇴폐한 문화는 시내보다 더 발전된 듯하였다. 서운이 사건은 이미 옛이야기가 되었고 저녁 나들이에 벌써부터 마음이 들떠 야단들도 아니었다.

기분 나쁜 소를 지나 개울 건너에 사는 얌전하고 수줍음 많은 우리 반 단발머리 여자아이가 다가왔다. 평소엔 마당을 피해 학교로 들어가던 아이인데 오늘은 긴장한 표정으로 곧바로 우리에게 다가오더니 인사를 하고 책 읽듯이 말했다.

"선생님 친구 분 우리 집에 있는데요."

"……."

아무도 단발머리의 말을 이해하지 못했다.

"조금 있으면 오실 거예요. 걱정하시지 말래요. 아빠가요."

영문을 물어볼 사이도 없이 얼굴이 빨개져서 학교로 뛰어가 버렸다. 어이가 없어 모두가 얼굴만 쳐다본다.

"그 새끼 돌았나 보다." - 익상

"또라이 자식." - 섭성

"아~씨! 내가 못살아! 쪽팔려서 어떻게 살라고?" - 나

모두 반가운 마음에 건성으로 욕을 하나 얼굴은 안도감으로 활짝 펴졌다.

멀리서 서운이가 터덜거리며 나타났다. 기다리는 우릴 보고는 요란하게 반가움을 나타냈다. 팔을 들어 아주 크게 감자를 먹이며 다가왔다.

"밥 먹었냐? 난 잘 먹었는데."

서운이가 다가서며 계면쩍은 듯 거드름을 피우며 한마디 한다.

"귀신이 있어. 내가 홀렸었나 봐. 내가 잘생겨 귀신이 반했나 봐."

서운이가 어제 있었던 일을 변명 반 설명 반으로 장황하게 털어 놓았다. 믿을 수 없고 있을 수도 없다는 이야기를……

오줌을 누며 낄낄거리는데 개울 건너에서 어서 오시라며 부르는 소리가 들려 자신도 모르게 통나무 다리를 건너 어떤 집으로 들어갔단다. 분명 밤이었는데 낮처럼 밝아 걷는 데 어려움이 없었단다. 잔치가 벌어지고 있는 집은 사람들로 왁자지껄 소란스럽고 흥겹더란다. 예쁘게 꽃단장한 새색시가 어서 오시라며 한상 가득 차려진 음식상 앞으로 안내하고 술을 따르며 시중을 들어 주어 맛있게 먹었더란다. 음식을 먹고 깨끗한 잠자리가 준비된 방으로 안내되어 잠을 자고 일

어났단다.

　누군가 깨워 일어나니 처음 보는 사람들의 집에 자기가 누워 있어 깜짝 놀랐단다. 괜찮다며 개울에 내려가 세수하시고 아침 먹고 가시라 하더란다. 영문을 몰라 수건을 받아 들고 세수하고 아침을 먹으며 어찌된 영문이냐 물으니 기억이 없냐며, 어제의 황당했던 이야기를 들려주더란다.

　어제는 그 집 할아버지의 제삿날이라 제사를 마치고 식구들이 둘러 앉아 제사 음식을 먹으려 하는데, 서운이가 불쑥 방으로 들어와 사이에 껴 앉더란다. 아이가 낮에 보았던 선생님의 친구 분이라 했고. 의아했으나 행동이 이상해서 그냥 보고 있었더란다. 술 냄새가 심해 많이 취한 것 같아 재워서 아침에 가시게 하리라 식구들이 의견을 모았단다. 술 취한 장정을 부축하여 비탈을 내려와 외나무다리를 건너 학교까지 모시고 가기에는 어렵겠다고 생각해서란다. 말 한마디 하지 않고 얌전하게 음식을 먹은 후, 건넛방으로 가더니 옷을 벗어 개어놓고 이불에 누워 곧 잠이 들더란다.

　자기의 기억과는 전혀 다른 말과 상황에 미안하고 죄송하다 사과하며 어제 일을 대강 말씀드리니, 그 아이에게 홀렸나보다고 말하더란다. 눈이 내리거나 달이 밝은 늦은 밤, 홀로 걸어가던 사람들이 그 아이에게 홀려서 밤새도록 헤매고 다녔다고. 그 아이는 전쟁 때 피난 가다 그곳에서 발을 헛디며 떨어져 죽은 아이라고. 아마 어제는 제삿날이라 온 동네 귀신이 모두 와서 음식을 먹으며 잔치를 벌이고 간 모양이라며, 내년에는 음식을 좀 더 많이 올려야겠다고 하시더란다.

방학을 하여 춘천으로 몰려나왔다. 하추리에서 시작된 광란의 날들은 춘천까지 이어졌다. 시간은 빠르게 흘렀다. 친구들이 한 명, 두 명 차례로 입대를 하였고 내 방학도 끝이 났다. 나는 다시 하추리로 돌아왔다. 같은 마을 친구 아버님이 알선해주신 교장 대치 강사 자리여서 연말까지는 책임져야 했다. 다른 방도가 없었다.

변화 없이 반복되는 산촌에서의 생활은 지루하게 흘러갔다. 습관처럼 고기 잡고. 구멍가게에서 술 마시고. 길가 가게에라도 나가야 사람들과 말할 수 있기 때문에 일상처럼 다녔다.

돌아오는 길에 샴페인을 깨뜨리는 일은 서운이 일이 있고부터는 그만두었다. 그곳에도 누군가가 있다고 생각하니 무섭기보다는 정겹게 느껴졌다. 어떤 날은 한참씩 앉아 있기도 했고. 누군가를 향해 한껏 정성을 다해 노래를 불러주기도 했다. 늦은 밤 얼큰해진 술기운을 빌려 그 소녀를 만나보려 몇 차례나 시도해 보았으나, 그 아이는 내가 맘에 들지 않는지 작은 기색조차 보여주지 않았다.

그날 저녁 우리가 죽 둘러서서 오줌을 눌 때 아마도 서운이 물건이 가장 맘에 들었었나 보다. 그 시절 대부분의 남자들은 포경수술을 군대에서 받았었다. 의무대 의무병에게 부탁하여 어설프고 아프게 받던 시절이다. 입대 전 서운이 물건은 아직 흉하지 않은 귀엽고 소담한 착한 물건이었으니, 아마도 그녀가 보고 반했었나 보다.

40년이 다 되어가는 지금도. 아무도 없는 산길에서, 외진 바닷가에서, 화장실이 없는 곳에서 볼일을 보려면 누군가 보고 있다는 생각에 주위를 두리번거리고는 한다. 그리고 조용하게 말을 걸어 본다.

"여보세요. 거기 누구 없나요? 부끄러워요. 보지마세요. 돌아서라니까요." '나는 지금까지 귀신을 한 번도 느껴보지 못했다'고 생각된다면 보통일은 아니다. 좀 더 심각하고 냉정하게 자신을 바라보아야 한다. '내가 바로 귀신이기 때문은 아닐까?'하는 고민을 해 볼 필요가 있다. 다행히도 지금까지 내 주변엔 귀신을 느껴보지 못한 사람은 없는 것 같다.

"당신은 귀신을 느끼시나요?"

# 넌 몇 번이나 죽을 뻔했니?

– 경험할 수 있는 죽음은 '죽을 뻔' 뿐이다 –

•

•

누구나 살면서 몇 번은 죽을 뻔한 경험을 하게 된다. 아주 조심성이 많은 사람은 없을 것도 같으나, 이야기를 나누어 본 내 주변의 사람들은 모두가 몇 번씩은 있다고들 말한다. 죽을 뻔한 경험을 말할 때는 자기의 경우가 가장 아찔하고 끔찍하게 위험했었노라고 흥분하여 주장들을 한다. 듣는 이가 격하게 동감하며 알아주길 바라는 눈빛이 간절하기까지 하여 추임새를 넣어 준다. 그래야 말하는 이와 듣는 이 모두 실감나기 때문에 이심전심으로 통하여 실감나게 반응해 준다. 짧은 시간에 동질의 경험을 공유한 은근함에 같은 편으로 부족함이 없는 가까운 사이라고 믿게 된다.

내가 들은 죽을 뻔한 경험들은 다양하게 많았다. 우선 물에 빠져 죽을 뻔한 일부터 교통사고로 죽을 뻔한 일. 술을 마시고 대취해서 죽

내 기억 속에 영원한 고향

을 뻔한 일. 높은 장소에서 실족하여 죽을 뻔한 일. 연탄가스를 마시고 죽을 뻔한 일. 위험한 놀이로 죽을 뻔한 일. 목에 걸려(찰떡, 과일, 눈깔사탕 등) 죽을 뻔한 일. 나무에서 떨어져 죽을 뻔한 일. 낙하물(간판, 화분, 돌멩이 등)에 맞아죽을 뻔한 일. 발을 헛디뎌(계단, 난간, 문턱 등)서 죽을 뻔한 일. 미끄러져(빙판, 눈길, 각종 이물질을 밟고) 넘어져서 죽을 뻔한 일 등등 참으로 많다.

누구에게나 죽을 뻔한 경험은 아찔하고 끔찍하고 아슬아슬하여 기억이 생생하기 마련이다. 어렸을 때 경험했던 사고 순간의 기억들은 확실하게 떠오르지만, 일어난 연도와 날짜는 기억하지 못하는 경우가 대부분이다. 물론 나도 예외는 아니다. 나만 그런 것이 아니고 남들도 그렇다고들 한다. 그런데도 이야기가 과장되었거나 날조되었다며 믿으려하지 않고 따지고 드는 이상한 친구가 한둘은 꼭 섞여있다. 순전히 내 기억을 옆에서 듣는 사람이 결정하려 들고, 재구성하려 하는 황당한 일도 왕왕 발생한다. 뭐, 그렇거나 말거나 무시하고 이야기는 계속되기 때문에 문제되지는 않지만, 옥신각신 언쟁을 벌이기도 한다. 어떤 때는, 내 경험이 모두의 이야기로 재미나게 꾸며지고 계속 이어지는 지경에 이르는 웃기는 경우로 발전되기도 하였다.

내가 죽을 뻔한 일을 처음 경험한 마을은 사전리 용수목이다. 사전초등학교 3학년 여름에 있었던 일이지만 어제 일처럼 기억에 생생하게 남아있다. 용수목은 오래전에 소양호 물밑으로 수몰된 마을이다. 지도에서도 사라져버리고 잊힌 동네다. 소양강을 따라 춘천과 양구 사이의 중앙쯤의 국도변에 있던 마을이다. 양구 방면으로 약수가 유명한 추전리가, 춘천방면은 면소재지 내평리, 동쪽은 가리산 기슭의 조교리, 서쪽은 월남파병 훈련장이 있던 오음리와 장작골 횟골이 자리한 교통의 요지였다. 서쪽 깊은 골에서 흘러오던 수량 많은 물은 횟골을 지나 폭포를 만들어 떨어지며 깊고 무시무시한 용소를 만들었다. 용이 살았다는 전설이 전해지는 용소가 있어 용수목이라 불렀다.

내가 살았던 용수목이 궁금해서 인터넷을 검색해 보았더니, 그리운 용수목이 전국 여러 곳에 있었다. 모두 용소가 있어서 용수목이라 한다는 것까지 같아 적잖이 언짢고 실망스런 마음까지 들었다. 그래도, 비교해 보지 않았어도 알 수 있다. 으스스한 기운이 감돌아 가까이 다가설 수조차 없던 우리 마을 용소가 단연코 제일이라는 것을. 게다가 지금은 소양호에 수몰되어 물속에 잠겨있으니, '용' 몇 십만 마리는 살 수 있는 거대한 용궁이 되었을 것은 자명한 사실일 터. 용들의 본부가 되었으리라는 짐작만으로도 다른 용소는 비교조차 할 수 없다는 것이 분명하다는 생각이다.

강변에 집을 짓고 사시며 군인을 상대로 구멍가게를 열었던 춘천 할아버지는 매일 강가에 나오셔서 낚시를 하셨다. 가게는 일주일에 한두 번 신병을 실은 군용 트럭이 멈춰야 열리고 다른 날은 장사를 하지 않으셨다. 철골 위에 나무를 얹은 나무다리 아래 탱크가 지나가는 여울목에 자리 잡아 일반인들은 다니지 않는 한적한 곳이기 때문이기도 했고 살림이 쪼들리지 않는 경제적인 여유로움 때문이기도 했다. 그날도 우리는 강에서 멱을 감고 놀고 할아버지는 낚시질을 하셨다. 장마 끝이라 강물은 흐리고 불어나 나룻배도 건널 수 없는 그런 날이었다.

할아버지께서 점심을 드시러 집으로 들어가셔서 내가 대신해서 낚

내 기억 속에 영원한 고향

시질을 하기로 했다. 빠가사리(동자개)와 낚싯바늘을 빼기 어려운 탱가리(퉁가리) 몇 마리를 잡았다. 갑자기 낚싯대가 부르르 떨며 크게 휘어졌다. '앗싸! 큰 놈!' 감격해 소리를 치며 낚싯대를 들어올렸다. 줄이 팽팽해지며 '투둑' 신호가 팔뚝으로 전해졌다. 하지만 그게 끝. 돌에 걸렸는지 나오지 않는다. 할아버지 낚시는 줄이 길어 멀리 던져놓았고, 물결이 센 바로 곁 깊은 곳에서 걸렸다.

수영에는 자신이 있던 나는 낚싯대를 돌로 눌러놓고 줄을 따라 헤엄을 쳤다. 이럴 때 어른들은 낚싯줄을 잘라 버렸지만 우리는 소중한 납추와 낚싯바늘을 버릴 수 없어 물에 들어가 꺼내오고는 하였다. 오른손 엄지와 검지로 동그라미를 만들어 낚싯줄을 끼우고 헤엄을 치는데 출렁이는 물결에 줄이 팔목에 감겼다. 앞으로 갈 수도 뒤로 돌아 나올 수도 없었다. 당황은 했지만 줄을 풀어 보려고 노력하며 제자리에서 헤엄을 쳤다. 힘이 빠지고 엉겁결에 물을 몇 모금 마셨다.

숨이 막혀 헉하고 들이쉬는데 코와 입으로 물이 왈칵 들어왔다. 머릿속에서 꽝하는 소리가 들리며 정신이 가물가물해졌다. 발로 물을 차며 허공으로 속아 올랐다. '으허억! 켁! 켁!' 밭은 숨을 내쉬며 기침을 토해냈다. 허공으로 팔을 휘두르다 다시 꼴까닥 물속으로 가라앉아 물을 먹었다. '살아야지'하는 마음으로 발버둥 쳤다. 그리고 갑자기 고요해졌다. 몸이 가벼워지며 마음이 편안해 졌다. 아늑하고 따뜻해서 행복하다는 생각이 들었다. 몸이 둥실둥실 허공을 떠다닌다. 그러다 일순 '핏' 캄캄해지며 '無' 느껴지는 게 전혀 없다. 그래서 당시의 상황을 표현할 길이 없다. 그냥 '無'라고 할 수밖에 방법이 없다.

누군가 내 등을 세게 두드린다. '커억! 커걱컥!' 턱이 얼얼하도록 입이 벌어졌고 울컥 물을 토해냈다. 숨을 쉬어야겠다는 일념으로 팔을 휘젓는다. 모래사장에 누워서 버둥거리고 있는 내 모습이 눈에 보였다. 언제 어떻게 물 밖으로 나왔는지는 모르겠다. 줄을 달고 줄줄 흘러내리는 눈물과 콧물을 손등으로 문질러 닦았다. 햇빛에 눈이 부셔서 새눈을 뜨고 보며 정신을 차리려 애를 썼다. 옆에서 등을 다독여 주시는 분은 서울 사시는 작은 삼촌이다. 여기가 어디인지 도대체 알수가 없다.

'노마, 정신이 드냐?' 삼촌이 웃으시며 괜찮으냐고 물으신다. 때마침 우리 집에 다니러 오셨던 삼촌이 강으로 멱 감으러 나오던 중이었다고 한다. 멀리서 보니 내가 물속으로 꼴락 거리며 들어갔다 나왔다 익사 직전이라 급히 달려와서 나를 꺼내셨다고 한다. 피가 날 지경으로 낚싯줄이 감겼던 오른쪽 팔목에는 멍이 들어 있었다. 집으로 돌아와 부모님께 한참을 혼났다. 절대로 혼자서는 물에 들어가지 않는다는 약속을 반복하고 나서야 풀려날 수 있었다. '헤엄 잘 치는 사람은 물에 빠져 죽는다.'라는 말이 맞을 뻔한 일이었다. 걸음마를 떼며 시작한 수영으로 입학 전에 강을 건널 수 있게 되었으니, 물에 빠져서는 절대로 죽을 일이 없다고 생각했었는데 말이다.

"나를 따르라!" 아이들을 이끌고 한 줄로 늘어서 썰매를 탔다. 아마도 그해 겨울쯤이었던 것 같다. 봄방학 기간이었고 강물에 얼음이 풀리기 시작하는 때였다. 뱃사공 아저씨가 떡메로 얼음을 깨고 뱃길을 열어 강을 건너던 때였고. 강가에 모닥불을 피워놓고 가장자리가 녹아 질퍽거리는 얼음에 올라 외발 썰매를 탔다. 두꺼웠던 얼음이 녹으

내 기억 속에 영원한 고향

며 숨구멍이 크게 녹아있고 우리는 자랑스럽게 달려가 구멍을 넘어가는 놀이로 신이 나 있었다. 점차 주변의 얼음이 금이 가며 지나칠 때마다 밑으로 쑤욱 내려갔다 올라오는 출렁다리가 되었다. 아슬아슬 재미가 더 난다. 겁에 질린 아이들이 하나 둘 빠지고 몇 명 안 남았다. 대장인 내가 빠질 수 는 없는 노릇이고, 그럴 생각도 전혀 없었다.

"나를 따르라!" 회가 거듭될수록 신이 나고 자랑스러워 상황 파악을 할 수도 없었다. '…….' 아무 소리도 들리지 않았다. 어떠했다는 느낌도 없었다. 그저 썰매 위에 쪼그리고 앉아 타던 발이 쭉 펴지고, 물속의 장면이 똑똑하게 보였을 뿐이다. 금세 물을 몇 모금 들이켜고 정신이 혼미해졌다. 그러는 와중에도 머리 위로 덮여있는 얼음장이 꼭 구름처럼 보인다는 생각이 들었다. 순식간에 일어난 일이라 물에 빠졌다거나 죽는다는 생각은 들지 않았다. 나도 모르게 무의식적으로 팔을 허우적거리고 꼬챙이를 쥔 손에 힘을 주었을 뿐이다. 몸이 붕 떠오르며 밖으로 솟구쳤다. 나도 모르게 얼음장을 누르고 물 밖으로 굴러 나왔다. 아이들이 달려와서 나를 불가로 데리고 갔다. 옷이 젖어 이가 소리 내어 부딪칠 만큼 개 떨듯 떨며 집으로 돌아왔다.

작은 아들이 얼음장 아래서 익사할 뻔한 사고로 부모님은 큰 충격을 받으신 것 같았다. 혼내도 엄청 혼낼 일을 잊으신 듯 평상시와 다르게 나를 위로해 주셨다. 야단만 칠 일이 아니라고 느끼신 모양이다. 어머니는 날을 잡아 떡을 하고 음식을 정갈하게 준비하여 노마(철수)의 무사를 비는 고사를 지내셨다. 그 효험을 보았는지, 나는 아직까지 건강하게 잘 살고 있다.

고사는 물에서만 효험을 보이는지 이번에는 작은 놈이 버스에 받혔다. 겨울방학 개학을 앞두고 눈이 많이 내렸다. 음력설을 쇠러 작은 아버지와 미군 부대에 다니시던 오촌 아저씨가 오셨다. 신나고 즐거운 일이다. 손님이 많을수록 선물과 세뱃돈이 늘어나기 때문이다. 오촌 아저씨가 오셨다는 것으로 짐작해 보면, 아마도 그 때가 설이 지난 다음인 것 아닐까? 하는 생각도 든다. 장면마다의 정확한 기억에 비하면 일이 발생한 시기는 그 언저리쯤에서 명확하지 않다. 그래서 이야기를 듣는 쪽에서 가끔 '에이, 뻥~'하는 표정을 보인다. 약 오르는 일이나 내 잘못이라 불편하지만 받아들이는 수밖에 도리가 없다.

오촌 아저씨의 반짝이는 미제 군화는 언제 보아도 탐날 만큼 멋지게 보였다. 우리 형제에게는 양보할 수 없는 소중한 보물과도 같은 존재였다. 군인 중에서도 아주 높은 장교나 신을 수 있는 멋진 군화다. 경쟁하듯 아침밥을 서둘러 먹고는 군화를 차지하기 위해 밖으로 나왔다. 동네 친구들에게 으스댈 요량으로 커다란 군화를 신었다. 형과 다투다가 서로 양보를 하지 않아 한 짝씩 신기로 했다. 한 쪽은 운동화, 한 쪽은 커다란 군화를 신고 어기적거리며 신작로로 나섰다. 길은 발이 빠질 정도로 눈이 쌓였고, 차가 다니는 곳은 반질반질 윤이 나게 빙판이 만들어져 몹시 미끄러웠다.

미끈거려도 신났다. 빨리 마을 공터로 가서 모여 있을 친구들에게 군화를 자랑하고 싶은 생각뿐이었다. 뒤쪽에서 체인을 쩔그럭 거리며 버스가 달려왔다. 양구와 춘천을 오가던 직행버스 금강운수다. 옛날 버스는 그 치장이 요란했다. 뾰족뾰족하게 튀어나와 번쩍이는 스테인리스 재질의 앞부분은 웅장하기까지 하다. 동남아 가난한 나라에서는 요즘도 그렇게 치장한 버스를 볼 수 있지만, 그렇게 치장을 한 이유는 도무지 모르겠다. 도대체 어떤 용도로 그렇게 만들었는지 이해가 되지 않는다. 길에서는 자동차가 우선이고 모두 비켜나라는 겁주기 용이었나? 하는 생각뿐이다. '빠앙~빵빵!' 속도를 멈추지 않는다. 형과 나는 허겁지겁 길옆으로 비켜나기 위해 달렸다. 아슬아슬하게 벗어났나 싶은데 군화가 미끄러워 버스 쪽으로 넘어졌다. '빠지지익! 꽝!' 불이 번쩍한다. 몸이 가볍게 날아올라 도로변으로 털썩 떨어졌다.

버스는 쌩하고 지나가고 나는 꼬꾸라져 넘어졌던 자리에서 벌떡 일어났다. 오뚝이처럼 무의식적으로 일어섰으나 아무런 생각이나 감각이 없었다. 하늘이 핑 돌고 무슨 일이 있었는지, 내가 어디 있는지도 알 수 없었다. 얼굴이 새파래진 형이 말했다. "철수야, 피!" 그제야 얼굴로 뭔가가 간지럽게 내려온다는 느낌에 오른손으로 이마를 비볐다. 뜨끈한 느낌으로 미끈거리며 가운데 손가락이 머릿속으로 쑥 들어가는 느낌이 왔다. 피가 손바닥을 지나 눈 위로 뚝뚝 떨어졌다. 잠깐 사이에 흰 눈이 붉게 물들었다. '아앙~ 왕' 비명을 지르며 형의 부축을 받고 집으로 돌아왔다. 집안이 발칵 뒤집혔다. 오촌 아저씨가 약품 상자로 응급처치를 솜씨 좋게 해 주셨던 것 같다.

50년이 흐른 지금도 그날의 상처가 흉터로 남았는데 그 후의 기억은 별로 없다. 아버지들이 버스 회사에 항의 하였는지, 사과는 받았는지. 지금 생각해 보면 뺑소니 사고로 분명 유야무야할 일이 아니었는데도 특별하게 남아있는 기억은 없다. 그저 엄마가 나를 전보다 더 보살펴주셨다는 기억 말고는. 여름, 겨울, 이른 봄 나는 세 번을 죽을 뻔했다. 위험을 예방할 뾰족한 수가 없었으니 어머니는 고사를 지낼 수밖에 없으셨나보다. '노마'('작은 놈'의 소리 말인 '자근노마'를 줄여 부르던 내

애칭. 나는 초등학교에 입학할 무렵에서야 이름 쓰기 연습을 하며 내 이름이 '철수' 였다는 사실을 처음으로 알았다.)를 살리려고 말이다.

어른이 되어서도 죽을 뻔한 일이 많지만, 너무나 자주 아슬아슬한 장면이 많아서 웬만해서는 놀라지도 않는다. 차를 운전하며 눈길에서 서너 바퀴 정도 돌아본 일은 이야깃거리도 아니다. 불쑥불쑥 끼어드는 일은 보통의 일이고, 내 나이에 음주운전 정도의 경험은 사건 축에 끼지도 못한다. 뼈가 부러지거나 몇 바늘 꿰맨 정도는 사고도 아니다. 아버지 때만 해도 맹장수술 정도의 입원으로도 병문안 오는 사람으로 문전 성시였는데 요즘은 그 정도는 수술 축에 끼지도 못한다. 아버지 세대에는 환갑이 장수에 속하던 시절이니 그럴 만하다. 환갑인 내가 잔치를 연다면 모두가 이렇게 말할 것이다. '쟤, 미친 것 아냐?'

'죽을 뻔'은 많았으나 병실에 입원은 못해 보았다. 환자복을 입고 누워 링거 주사를 꽂는 것. 정말 해보고 싶은 일 가운데 하나다. '신이 여 왜! 나를 이리도 건강하게 만드셨습니까?'하고 항의라도 하고 싶을 정도다. '지성이면 감천'이라더니 삼십대 말에 나는 3년을 내리 입원을 하는 영광(?)을 맛보았다. 당시 유행했던 가수 심수봉의 노랫말은 엉터리다. 조금 맞는 말도 있지만 대부분 거짓말이다. 심수봉이 입원한 경험도 없이 상상으로 만든 노래가 분명하다. '외로운 병실에서 기타를 쳐주고 위로하며 다정했던 사랑한 사람' 환자와 간병인으로 바글거리는 6인실 병실에서는 기타는커녕 잠도 맘 편히 잘 수 없다.

폼 나는 입원 생활을 위해 알고 지내던 담당 의사에게 부탁하여 구석의 일인실로 옮겼다. '더 힘들 텐데…….' 술을 좋아한다는 공통점과 연배가 비슷하다는 것으로 친해졌던 의사가 한 말이다. 하루를 버티지 못하고 나는 사정하여 6인실로 돌아왔다. 사람이 바글거려야 어울려서 시간도 잘 가고 아픈 것도 잊게 된다. 그들을 관찰하는 것도 나름 꽤나 흥미로워 시간이 잘 갔다. 1인실은 다른 사람과 함께할 수 없는 부위의 환자나 특별히 문제가 있는 사람들이 이용한다는 것을 나는 처음 알았다. 부자 환자는 1인실, 가난한 환자는 6인실로 이해했던 내가 '참~ 어이없었다.'

크건 작건 사고는 경험 없음이 행운이고 축복이다. 목발 짚고 등교한 친구의 목발과 병실에 입원한 환자가 부럽던 시절이 행복한 때다. 죽음에서 살아나고 여러 가지 불행을 경험하고부터는 매사를 축복이라 여기며 생활하고 있다. 신문을 읽고 뉴스를 보면, 매일 매일 하루에도 수십 건씩 사건과 사고가 연속으로 발생한다. 내가 온전함에 그저 감사할 뿐이다. 고맙고 또 고맙다. 돌이켜 생각해보면 나도 나름 억세게 운이 좋은 행운의 사나이가 분명하다. 불평했던 날들이 죄송하고 송구하다. 평범하기만 한 오늘이 억세게 운 좋은 날이라는 걸 이제야 깨달았다.

나는 정말 운이 좋은 놈이다.

# 싸움에서 이기기

- 지는 것이 이기는 거라는 말은 믿을 게 못 된다 -

·
·

심장이 뛴다. 가슴이 저리도록 쿵쾅거린다. 그러니까 숨을 쉴 수 없을 만큼 흥분하여 왜 그랬는지, 어떻게 그렇게 되었는지는 나도 모른다. 민호의 주먹질에 내가 맞았고 너무나 아파서 울 수도 없었다. 아니 민호가 먼저 울면서 자기 집 쪽으로 뛰어가는 그 광경이 의아해 울 수도 이해할 수도 없었다.

싸움의 발단은 예쁜 여자아이 때문이었다. 아직 기억에도 생생한. 그러니까 내가 그림을 잘 그릴 수 있는 사람이라면 충분히 묘사가 가능할 만큼 기억이 생생한데 이름이 생각나지 않는 예쁜 계집아이 때문이었다. 어떻게 그렇게 기억이 생생한 아이의 이름이 비슷하게도 떠오르지 않는지는 도무지 알 수가 없다. 책도 잘 읽지 못하고 받아쓰기는 잘 받는 날에 30점이 최고였던 예쁘기만 한 아이다.

춘천으로 전학 가서 헤어졌다가 2년 만에 다시 만났다. 처녀가 다 된 몸매에 얼굴은 더 예뻐졌고 책을 나보다 더 잘 읽었다. 월말고사 점수도 상위권이고. 낯선 교실에서 아는 얼굴을 발견한 나는 너무 반가워 알은체를 하며 다가섰고, 왕방울만한 눈에 삐쩍 말라 키만 멀쑥하게 큰 나를 모르는 척 외면했다. 희멀건 도시의 아이들 무리에서 촌티 나는 옷을 입고 깡마르고 새까만 내 몰골은 더 초라해 보였을 것이다. 모르는 척 외면한 것이 정상적인 반응이라는 걸 나도 인정은 한다. 하지만 받은 충격은 너무 컸다. 하루아침에 바뀐 내 신분의 위상을 깨닫게 되었다. 대장에서 아래층의 그 더 아래가 내 자리라는 것을 알고는 기억이 멈춰 졌다. 아이의 이름도 함께 사라졌고.

'용수목'에 사는 1학년은 세 명이다. 민호, 예쁜 아이, 그리고 노마 (작은 놈에서 '놈'의 부르는 소리 '노마' – 나). 세 명은 소꿉친구다. 마을 최고의 부잣집인 정미소집 막내딸인 예쁜 아이는 나를 좋아했다. 나도 내색은 하지 않았지만 기분이 매우 좋았다. 당연하다는 듯이 예쁜 아이가 이 다음에 시집을 가겠다고 공표하면, 30명쯤 되는 1학년 아이들의 대장이 되었다. 누가 시키거나 정해준 것도 아닌데 자연스럽게 그렇게들 모두가 인정하고 앞장서 졸병 노릇을 했다.

나는 속으로는 야릇하게도 배배 꼬이도록 좋으면서도 겉으로는 무덤덤한 척 했다. 예쁜 아이뿐만 아니라 못생긴 아이도 계집아이들은 항상 조심을 해야 한다는 것을. 생각지도 못했던 일로 어른들로부터 야단을 맞거나 놀림을 받을 수가 있다는 것을. 네 살 정도에 이미 알았던 나로서는 '나도 네가 너무 좋아'라고 고백할 수는 없었다. 그냥 속으로만 좋아하고 행복해하였었다.

그날도 내 색시가 되겠다며 민호와 한창 다마치기에 정신이 없는데 옆에 서서 알짱거렸다. 다마치기는 요즘 아이들은 구슬치기라 한다. 그래도 나는 아직 다마치기가 더 어울리는 이름이라 생각한다. 불룩했던 구슬이 몇 개 남지 않았다. 마음이 편치 않았다. '이 새끼 오늘도 다 따먹는 구나' 물론 끝나고 집으로 갈 때는 제 것까지 몇 알 더 얻어 돌려는 주겠지만 그 일 또한 찜찜한 게 두어 시간 마음이 불편했다. 괜히 예쁜 아이에게 꺼지라고 심통을 부렸다. 아무 의미도 없는 눈 흘김과 함께. 예쁜 아이가 이제부터는 민호 각시가 되겠다며 민호의 팔짱을 끼고 얄밉게 해롱거렸다. 갑자기 민호가 그만하잔다. 자기는 각시하고 자기 집에 가서 논다고 한다. 주머니에 가득한 구슬도 돌려주지 않는다. 이제부터는 자기가 대장이라서 줄 필요가 없단다. 나는 그때까지 몰랐다. 아이들이 따면 끝날 때 모두 돌려주고 내가 따면 '내 거'라는 것이 당연한 게 아니라는 것을.

"야! 따고 배짱이야? 끝까지 해."

"싫어, 대장 맘이야."

가슴이 울렁거렸고, 주먹을 높이 들었고, 그리고 내가 맞았고, 민호가 울면서 집으로 뛰어가고, 약삭빠른 계집애는 내 옆에 다시 붙어서고, 바닥엔 구슬이 굴러다니고, 참 어이가 없다. 그 후 많은 싸움은 거의 이런 식으로 끝났다. 정리하자면, 친구가 도발하고 내가 때리려하자 친구 놈이 먼저 때리고 울면서 가버렸다. 나는 이겼지만 맞았고 겉으로 드러내진 않았지만 무척 아팠다. 먼저 울지 못한 걸 후회도 해보고. 대강의 과정이 이렇다는 것이다.

집에 붙은 광으로 들어가 사과 상자 구슬 통에 구슬을 넣고 나오는

내 기억 속에 영원한 고향

데 밖이 시끄럽다. 눈깔사탕을 입에 넣어 볼이 볼록한 민호가 먼저 눈에 들어왔다. 그 옆이 민호 엄마, 겸연쩍은 표정으로 뭐라 뭐라 사정하는 우리 엄마. 엄마가 다짜고짜 나를 끌어당겨 손바닥으로 '퍽퍽' 소리가 나게 등짝을 두들긴다. 소리의 크기에 비해 아프지는 않았다. 나는 엄마의 매질 시늉에 죽는다고 소리치며 반죽을 넣는다. 사전에 약속을 한 적은 없지만 엄마와는 맘이 척척 잘 맞았다. 이런 시간이 지나면 엄마는 나를 더 예뻐하시고 대견해하시며 흐뭇해하셨다. 아주 오랜 시간이 흐른 후 내 딸이 옆집 아이를 때려주어 옆집에 사과하며 들었던 마음이 아마 그때 엄마의 아음이 아닐까하는 생각이 든다.

그때 알았다. 싸움에서는 나도 맞을 수 있고 맞으면 아프고 그래도 울면 지게 되고. 싸움의 시간은 길지 않으며 조금만 참고 견디면 남들이 먼저 졌다고 한다는 걸. 이기는 요령을 터득한 나는 싸움에서 항상 이겼다. 내가 맞고 이기는 것 보다는 때리고 이겨야 피해가 적다는 당연한 사실도 실전에서 터득했다.

상황이 바뀌었다. 춘천으로 전학 온 후 만난 교동초등학교 아이들은 사전초등학교 아이들과는 달랐다. 약해보이는 아이들도 끝까지 덤벼든다. 밖에서만 놀아서 새까만 피부와 삐쩍 마른 몸매가 퉁퉁하게 살찌고 허여멀건 도시의 아이들과 외모부터 달랐다. 촌놈 티가 나니 모두가 얕잡아 본다. 성이 염씨라 '아주공갈염소똥'이라 불리는 놈이 싸움을 걸어왔다. '감히 내게 싸움을 걸어오다니' 바뀐 환경에 주눅 들어 상황을 살피는데 너무나 뜻밖의 일이 벌어졌다.

요리조리 살피던 아이들이 일주일도 되지 않아 염소똥을 앞세워 도발을 해왔다. 싸움 순위는 30명이 넘는 남자들 중에서 10등 정도 되던 아이다. 얼굴은 손톱자국으로 빈 곳이 없던 아이. 얼굴만 보아도 싸움을 많이 한 티가 났다. 장소는 교실 뒤 축대 아래 화장실 옆이다. 대장급의 다른 반 아이들까지 모여들어 둥근 원 모양의 싸움터가 만들어졌다. 한 학년이 내가 다니던 학교의 전교생보다 많은 큰 학교에서 내 처지가 결정되는 중요한 싸움인 셈이었다. 저학년 때의 싸움과 5학년의 싸움은 다르다. 거기다 아이들 성향도 모르고 더군다나 내 앞에서 나를 노려보는 염소똥에 대해서도 정보가 없는 상태다.

처음 민호와 싸울 때처럼 가슴이 울렁거리지는 않았다. 주로 나보다 높은 학년의 상대들과만 싸워온 싸움꾼인 내가 낯선 상황이라고 주눅 들진 않았다. 염소똥은 두 주먹을 얼굴 쪽에 붙이고 깡충깡충 뛴다. 권투를 몰랐던 나는 처음 보는 자세가 신기하고 우스웠다. 빙그레 웃으며 주먹을 쥐고 가슴부위로 들어 올려 자세를 잡으니 염소똥이 킁킁 콧바람소리를 내며 주먹을 뻗으며 다가왔다. 치지는 못하고 헛손질만 하는 염소똥을 바라보다 까닥거리는 얼굴을 향해 오른쪽 주먹으로 바로 내질렀다. 찌릿 느낌이 좋다. 뒤로 벌렁 넘어진 염소똥 코에서 코피가 나왔다.

싱겁게 첫 싸움을 이기니 작은 아이들이 친구하자며 다가와 놀아줬다. 깔보며 비웃던 표정들도 많이 바뀌었다. 며칠 뒤 깜상 만식이가 한판 으르자고 쪽지를 보내왔다. 키가 나보다 크고 삐쩍 마른 몸이 나와 비슷했다. 머리까지 흑인처럼 짧고 빠글거려 아이들은 만식이라는 이름보다 '니그로'나 '아베베'로 불렸다. 광명 보육원 아이들을 제외하고는 상위권에 속하는 싸움꾼이다.(고아원 아이들은 싸움에서 지면 떼로 덤비거나 형들을 불러오는 비겁한 놈들이라 함께 어울려 놀지 않았다.)

내 기억 속에 영원한 고향

자세는 염소똥과 같았다. 도시 아이들은 모두 싸우는 자세가 웃겼다. 움직임 없이 서있는 내 주위를 빙빙 돌며 기회를 엿본다. 빈틈이 보이지 않는 놈이다. 권투가 유행인지 도시 아이들은 발은 사용하지 않고 주먹질만 한다. 경중경중 뛰며 스텝을 밟는 앞발 무릎 뒤편에 '퍽' 소리가 나도록 발등으로 차고 나가며 왼손 주먹을 눈언저리에 먹였다. '억'하며 주저앉는 만식이 얼굴을 향해 오른쪽 주먹을 휘둘렀다. 만식이가 앞으로 주저앉는 바람에 머리통을 맞췄다. 찌릿하게 팔이 저려왔다. 중지 아래 손가락 세 개가 부서졌는지 주먹을 쥘 수 없었다. 내색은 하지 않았지만 몇 달 동안 나는 손이 아파 고생했다. 양호실에서 옥도정기를 바르고 붕대를 감아줬다. 병원에 갈 생각도 못하던 시절이다. 만식이를 끝으로 싸움을 청하는 아이가 없었다. 소문은 중학생이 되어서도 효력이 있어 작은 싸움은 하지 않게 되었다.

중학생 때 세 번, 고등학생 때 한 번, 성인이 된 후 한 번 정도 싸움을 했을 뿐이다. 전적은 2패. 중2 때 태권도 유단자였던 작고 딴딴한 친구에게 한방으로 졌다. 친하게 지내던 친구라 나는 싸움까지 하게 되리라 생각도 하지 않고 있다가 한방에 떨어졌다. 말하는 도중에 맞아서 입안이 깊고 길게 찢어져 싸울 수도 없었다. 때린 놈이 부축해줘 함께 양호실에 가서 치료받았다. 병원에 가서 몇 바늘 꿰매야 한다는데 그냥 참으며 나을 때까지 견뎠다. 지금까지 입속에 흉터가 남았다. 어른이 되어서는 술에 취해 시비를 하다 엉겁결에 맞았다. 명치를 한방 맞고 바라보니 주먹이 코앞이다. 간신히 피하고 얼굴은 때리지 말고 싸우자는 내 말에 상대편이 관두자며 각자 갈 길을 가잔다. 안 된다고 싸우자는 나를 택시에 밀어 넣고 요금까지 치러주고 가버렸다.

지금 생각해 봐도 창피하다.

　싸움에서 이기는 좋은 방법. 나도 좋고 시간이 흐른 후에는 상대편도 고마워하는 방법은 '삼십육계줄행랑'이다. 손자병법보다 먼저 나온 병법으로 36가지 중 마지막 계책이다. 삼십육계주위상책三十六計走爲上策, 항복하지 않았으니 패하지는 않은 상태로, 나와 상대편에 피해가 없으니 얼마나 좋은 계책인가. 시간이 흘러 감정이 안정되면 자연히 싸우고 싶은 마음은 없어진다. 대부분의 싸움은 당시의 감정을 다스리지 못하여 하는 것이니 이겨도 져도 후회만 남는 백해무익한 행위일 뿐. 소인배나 할 하급의 방편인 것이다.

# 남들은 모르나 나만 아는 너무나 창피한 기억

— 나 혼자만 아는 창피한 일도 창피한 건 매한가지다 —

·

·

곰곰이 생각해봐도 도무지 알 수 없다.

내가 왜 그랬었는지. 굳이 핑계 거리를 만들어 변명하자면 못할 것도 없을 성싶기도 하다. '어려서 똥인지 된장인지 구별을 못하던 시절이어서 치기로 그랬었다.', '심심해서 순전히 장난으로 그랬지 악의는 없었다.', '내 힘으로는 어찌할 방법이 없어 골탕 먹이려고 그랬다.' 등등. 그럴 듯하지만 사실은 다 비겁한 변명일 뿐이다. 그건 당사자인 내가 제일 잘 알고 있지만, 나도 그런 나를 어쩌지는 못한다. 아마도 평범한 사람이라면 누구나 한두 가지는 마음속에 밝히지 않은 창피한 기억을 가지고 있을 것이라 생각하기 때문일 것이다. 스스로 자기의 변명을 합리화시키고 믿어야만 마음이 편안해지는 속인이기 때문이기도 하고.

드러내놓고 말하기에는 너무 창피해 숨겨놓았던 이야기다. 지금이 아니면 끔찍하게도 무덤까지 가지고 갈 것 같아 말하기로 했다. 들어보고는 이렇게 말해 주었으면 좋겠다. '뭐야. 대수롭지도 않잖아.', '야! 난 그런 시시한 이야기보다 더한 일도 많아.', '이그~ 착한 척은 혼자 다 하네.'라거나 '시시해'라고 대수롭지 않게 말이다.


재홍이는 강 건너 조교리에 사는 아주 착한 내 친구다. 물론 지금 왜? 어떻게 친한 친구냐고 묻는다면 그다지 할 말은 없다. 그 사건 말고는 그저 그런 아이들의 하루하루와 별반 다르지 않았을까 생각한다. 사건의 전말은 예쁜 여자아이 이름처럼 전혀 기억이 없다. 하지만 요즘도 아주 가끔(악동들을 주제로 한 소설이나 텔레비전 드라마를 보다가) 문득 미안해지고는 한다.

재홍이를 생각하면 우리 엄마보다 훨씬 예쁜 재홍이 엄마가 먼저 생각난다. 재홍이 엄마는 항상 화장을 했었다. 촌에서는 좀처럼 아줌마들이 화장을 안 했는데 버스에서 내리는 재홍이 엄마는 참 예쁘게도 화장을 했었다. 재홍이 동생을 앞에 안거나 업고 버스에서 내렸다. 동생은 그냥 아기였다고 기억되는 정도였고 '똥구멍'이 없이 태어나 시내 병원에 다닌다고 했었다. 똥구멍을 찢는 수술을 했다는 이런 저런 말들이 있었던 것 같기도 하다. 예쁜 엄마를 가지고 있다는 이유만으로 재홍이는 내게 괴롭힘을 당했었던 것 같다.

내가 본 사람 중 우리 아버지의 키보다 더 큰 아저씨는 본 적이 없다. 미남이신 아버지의 짝으로 어떻게 엄마가 정해졌는지 이해할 수

내 기억 속에 영원한 고향

없었다. 부리부리하고 쌍꺼풀진 아버지의 눈이 잠시 이상해졌었나보다. 아버지와 비교되어 엄마의 키가 더 작아 보이고 인물까지 그리 보인 모양이었다. 작은 키에 땅딸막하고 항상 몸뻬(일 바지)를 입는 엄마와 비교하면 재홍이 어머니는 눈이 부실 지경이었다.

재홍이는 키가 나보다 머리 하나는 더 커 보이는 키다리였다. 또래 중에서는 큰 키였던 나보다도 더 큰 재홍이가 언제나 고분고분하고 말을 잘 들어 친구들 앞에서 우쭐거리기에 좋은 상대였다. 아마 4학년 가을이었던 것 같다. 운동회 연습을 하고 늦게 끝나 강가 배 터에는 조교리 아이인 재홍이와 우리 동네 아이들 몇이 다녔던 것 같다. 왜냐면, 아무도 나의 만행을 말리지 않았으니까 말이다.

오항리 쪽 아이들이 있었다면 그런 일은 없었을 것이다. 지금 생각하면 그 아이? 형? 아저씨? 어른처럼, 아니 분명한 어른 한 명이 우리 반에 오다말다 하며 학교에 다니고 있었다. 반장은 나였지만 그 아이는 우리와 다른 세계에 속한 듯 우리의 놀이를 대부분 구경만 했었다. 그러다 내가 너무 심하면 다가 와 눈물이 나올까 말까 할 때까지 고생 박기를 시키곤 했다. 공식적으로는 내가 대장. 실질적으로는 그 어른 아이가 대장이었던 셈이다. 가게에서 엄마 몰래 집어온 눈깔사탕이나 크라운산도, 군용 건빵 등 나의 소중한 간식거리를 나 스스로 상납했으니. 물론 어른 아이는 나에게 요구한 적이 한 번도 없었다. 둘만이 아는 무언의 조약으로(어쩌면 반 아이들 모두가 알고 있었는지도 모르지만) 공식적인 대장은 나였다.

재홍이가 배를 타기 위해 내 앞을 가로 질러 배 터로 소리치며 뛰어 갔던 것이 사건의 발단이다. 조교리 배는 강에 와이어 줄을 띄워

사공 할아버지가 천천히 줄을 당겨 건너는 줄 배였고 한번 건너면 사람이 몇 명 모여야 건너오고는 하였다. 할아버지가 재홍이 소리를 들었거나 달려오는 모습을 보았다면 배를 다시 돌려 오셨을 것이고 그 사건도 일어나지 않았을 텐데 이것 또한 아쉬운 장면 중 하나다.

재홍이는 배를 놓쳤고 우리는 천천히 배 터로 다가갔다. 초등학교의 4학년은 고학년에 속하여 운동회 종목 중 기계체조나 기마전에 5, 6학년 형들과 함께 출전해야 했고 연습이 늦게 끝났다. 배는 고파오고 슬슬 짜증도 나는 참에 재홍이가 걸려들었다. 심심풀이로 놀려 먹으며 아이들 앞에서 잘난 척하기 딱 좋은 상대다.

힘으로는 재홍이를 이길 수 없다는 걸 이미 많은 경험으로 알고 있는 나는 멀리서 툭툭 발길질 하며 주먹으로 몸통을 슬슬 때리며 기세를 올렸다. 1학년 때 민호와의 싸움에서부터 쭈욱 익혀 온 나만의 싸움의 기술. ─ 여유로운 듯 장난치는 듯 너 따위는 내 상대가 아니라는 듯. 울면 진다. 아파도 조금만 참으면 상대가 먼저 울거나 코피가 터지거나 한다는 걸. 코피가 터져도 손등으로 슥 문질러 얼굴에 피칠을 하고 혀로 입술을 핥으며 씩 웃으며 주먹을 올리면 이긴다는 것도 이미 터득했다. ─

주춤거리며 자리를 피해 보았자 재홍이는 배 터를 떠날 수 없었다. 막배를 놓치면 안 되기 때문이다. 뒷걸음질 하던 재홍이의 고무신 한 짝이 벗겨지고 나는 그걸 대단한 전리품인 양 빙빙 돌리며 놀리다가 돌려 달라 애걸하는 재홍이에게 휙 던졌다. 고무신은 재홍이 머리 위를 지나 멀리 버드나무 숲으로 떨어졌다. 재홍이는 고무신을 주우러 버드나무 숲으로 뛰어가고 우리는 의기양양해하며 집으로 돌아왔다.

내 기억 속에 영원한 고향

저녁을 먹고 강가 배 터 쪽을 바라보니 버드나무 덤불 속에서 아직도 재홍이가 고무신을 찾고 있었다. 못 찾을까 봐 속으로는 겁이 났다. 어둑해지도록 재홍이는 아직도 강가를 헤매고 이제는 내가 던진 쪽과 반대쪽도 뒤지는 것 같았다. '바보 같은 새끼, 그것도 못 찾아…….' 달려가 내가 알고 있는 장소를 알려주고 사과하고 싶어진다. 막배가 떠나가고 재홍이와의 기억도 여기까지가 다다.

어른이 되어 하는 일이 꼬이고 힘들어지면 문득 신발을 찾아 헤매던 재홍이가 생각나고 한참이나 짠하게 마음이 서글퍼진다. 이건 싸움도 아닌 나만 알고 있는, 아직도 부끄러워 기억 저편에 숨겨놓은 이야기다. 그 시절 망나니짓을 보며 웃어주던 친구들의 속마음은 어떠했을까? 아직도 나처럼 그날의 일을 기억하고 있을까? 재홍이는 그 후로 어떻게 되었는지 알 수가 없다. 그 시절의 다른 기억처럼 조각으로만 남아 가끔 싸하게 그리워지곤 한다.

재홍이 일이 오래도록 기억에 남는 건 재홍이가 내게 너무 순종적이고 착해서였던 것 같다. 혈족 마을 조교리에 뜨내기로 들어와 살았던 집이다. 거기다 항문이 없는 아이가 태어났으니 마을 사람 모두가 재홍이네를 멀리했던 것 같다. 재홍이네 식구는 생긴 모습부터 조교리 사람들과는 달랐다. 말씨도 곱고 인사도 잘하고, 특히 피부가 뽀얀 것이 도회지 사람과 닮았었다. 재홍이네와 우리 집은 이런 점이 비슷했고 부모님끼리는 대화가 통하는 사이였다.

악동으로 명성이 자자했던 나도 재홍이에게는 어쩔 수 없이 미안해지고 부끄러운 느낌이 오래드는 것은 아마도 재홍이네 식구 모두의 선한 눈빛 때문이었던 것 같다. 눈빛은 그 사람을 나타내는 명함과도 같다. 대부분 보통의 사람들은 자신의 모든 정보를 눈빛에 담아 상대방에게 표현한다. 정신 수양이 높은 고수급의 사람들은 표정과 눈빛을 마음대로 조종할 수 있다지만 보통의 사람들은 눈빛을 보면 대부분 알 수 있다. 오랜 세월 굳어진 근육을 단시간에 바꿀 수는 없지만 마음을 착하게 하고 평온함을 유지하며 즐거운 생각을 하면 어느 정도 유화되어 교정이 되기도 하는 것 같다. 거울을 보며 온화하고 부드러운 표정을 만들어 보고 미소 짓다가도 재홍이가 생각나 짠해지곤 한다. 아무 잘못도 없는, 괴롭힐 이유가 전혀 없었던 아이를 심심해서 괴롭혔으니. 그 미안하고 죄스러움이 어렸던 마음에도 혼자만의 부끄러움으로 응어리 졌었나보다.

재홍이 이야기는 진정 부끄러운 짓이었다. 약간의 충동적인 면도 있었지만 잘못된 일이라는 것을 알면서 의식적으로 저지른 사건이었기 때문이다. 잘못은 했으나 할 말은 많은. 그때는 어쩔 수 없었다고 나 자신을 변호하고 합리화 시켜주고 싶은 면도 있기는 하다. 하지만 즐거운 과거의 이야기로 말하기에는 찜찜하고 창피한 면이 많아 누구에게도 말하지 못했던 이야기다.


전학을 경험해 본 사람은 다 느껴보았을 그 어색한 장면과 서먹함. 호기심으로 바라보는 반짝이는 많은 눈동자, 다정한 듯 들렸으나 겉돌던 선생님의 목소리, 나보다 다 잘나 보이던 아이들, 새 옷으로 차려입었는데도 없어보였던 옷차림, 같은 듯 다른 말투. 학교의 종소리마저도 달랐었던 그 난처했던 날의 기억은 전학해 본 사람들만 아는 느낌들이다.

내 기억 속에 영원한 고향

환경이 확연하게 다른 곳으로의 전학은 충격이 크다. 저학년의 경우는 변화된 환경에 빠르게 동화되나 고학년은 사정이 다르다. 새끼부터 기르면 짐승도 길러준 사람을 잘 따르나 다 큰 동물은 길들이기 어려운 경우와 같다. 제일 어려운 것은 또래의 아이들이다. 선뜻 자신들의 무리에 끼워 주지 않는다. 가지고 있던 위치를 빼앗길까 봐 경계를 한다.

무리의 대장에서 하루아침에 낯선 촌놈이 되었다. 나를 좋아한다던 예쁜 아이를 만났는데 외면하여 무안만 당했다. '천하의 철수에서' '천한 철수'로 신분이 바뀌었다. 잘나가던 아이에서 가난한 전입생이 되었다. 앞으로는 선생님들이 집에 오셔서 화투치며 노시는 일은 절대 없을 것이고. 학교의 모든 선생님과 전교생이 알아보고 아는 체하던 시절은 다시 오지 않을 것이다. 아무도 나를 모른다. 예쁜 여자 아이마저도.

개나리꽃이 피던 시기에 전학을 하였으니 4월이었을 것 같다. 두세 달이 어떻게 지났었는지는 기억이 전혀 없다. 바뀐 환경과 문화적 차이로 충격이 커 기억을 닫았나 보다. 7월에 들어서며 비가 많이 내렸다. 개교 10년 정도 된 학교의 축대가 완성되지 않은 상태였다. 3층 본동 뒤에 화장실과 창고가 있는 뒷마당에는 까마득히 높은 절개지가 위험하게 노출되어 있었고 위쪽에는 신축된 주택이 들어서 있었다. 요즘 말로 신 단지였다. 비만 내리면 빗물에 마사토가 흘러내려 화장실 남자 소변보는 긴 오줌길과 바닥에 쌓였다. 비가 조금만 많이 오면 매번, 여름방학 전까지 너무나 자주.

화장실 청소구역이 우리 반이라며 담임이 덩치 큰 남자아이들 대

여섯 명을 호출하여 치우게 하였다. 도시의 아이들은 삽질을 잘하지 못했다. 삽질을 잘한다며 '니그로' 만식이와 나만 남아 치우라고 했다. 흙이 많이 쌓인 날은 오전 내 치워야 했다. 한 번, 두 번, 세 번…….

장마철 재래식 화장실은 냄새가 지독하다. 시큼하고 털털하고 눈까지 맵다. 똥물은 넘쳐흐르고 긴 꼬리를 단 구더기는 바닥을 기어 다녔다. 하늘같은 선생님의 말씀이라 열심히 하였으나 점차 배알이 꼴렸다. 작업을 한 날만 호명하여 하사하던 옥수수가루 빵이 더 치욕적이었다. 고아원 아이들과 극빈자 아이들, 가끔은 파월 가족 아이들에게 지급되는 봉긋하게 구워진 옥수수빵이다. 도시락에 몽당연필은 한자루 얹어주어야 바꿔 먹을 수 있던 빵임에도 자존심이 몹시 상했다.

만식이와 나의 공통점은 뼈다귀라는 별명을 나도 모르게 들을 정도로 말랐다는 것과, 두 집이 몹시 가난해서 기성회비와 각종 잡부금을 일절 내지 않았다는 것이다. 서열을 다투는 싸움을 한 후 서먹했던 사이가 급속도로 가까워졌다. 담임에게 알랑거리는 부잣집 아이들과 그보다는 더 많은 욕을 담임에게 퍼부으며 삽질을 했다. 흙이 많은 날은 아이들이 돌아가며 나와서 함께했지만 만식이와 나는 한 번도 빼주지 않았다. 덩치와 힘은 우리보다 더 좋아도 집안이 부자거나 어머니가 간부인 아이들은 항상 작업이나 청소에서 제외되었다. 그 시절엔 그런 일이 당연시 되었었다. 아무도 감히 관공서인 학교와 선생님께는 이의를 제기하지 못했었다.

비가 그치고 해가 뜬 날은 몹시도 무더워서 가만있어도 땀이 흘렀다. 아침부터 찌는 날 선생님이 부른다. 최만식, 정철수. 자동으로 일

내 기억 속에 영원한 고향

어나 밖으로 나간다. 교실 앞 복도에 설치된 신발장에서 운동화를 꺼내들고 바닥에 떨어져있는 운동화 한 짝을 발로 걷어차 멀리 날려버렸다. 거의 동시에 한 일이어서 더 재미났다. 만식이와는 말하지 않아도 통하는 사이가 되었다. 흙이 많지 않아 두 시간이 끝날 때쯤 교실로 돌아왔다. 아이들이 모두 책상 위에 꿇어앉아 벌을 서고 있었다. 여자아이 신발 한 짝이 없어져서 수색대가 간신히 1층에서 발견하여 찾아왔다고 했다. 범인을 색출 중이라 벌을 받는단다. 만식이와 나는 열외가 되어 자리에 앉아 책을 읽었다. 아무도 모르게 마주보며 눈웃음을 주고받으며.

"누가 빵 달랬나!"

"xx, 꼰대xx!"

오늘은 교육청에서 장학사님이 오시니 더 깨끗하게 치우라고 했다. 아침부터 학교가 모두 나서 대청소를 했다. 유리창을 닦고, 복도에 초 칠하여 광내고. 변소 작업과 청소를 시키려면 아침부터 시키지. 교실에서 부려먹고 공부시간에 나가서 하란다. 욕이 나와도 우리의 잘못은 절대 아닌 셈이다.

한 번 더 화풀이할 신발이 바닥에 떨어져 있지 않았다. 만식이와 눈을 마주치고 각자 운동화 한 짝씩을 꺼내 들었다. 아무도 없는 시청각실 앞에서 만식이가 중앙현관 아래로 소리 나지 않게 굴려 던졌다. 나는 열린 창밖으로 멀리 던졌다. 변소 뒤 똥물 웅덩이에 운동화가 떨어져박혔다. 일이 커졌다. 삽날로 운동화를 꺼내서 축대아래에 쌓인 흙더미 속으로 쑤셔 넣었다. 화장실 안 흙을 퍼내고 양동이로 물을 길어다 깨끗하게 물청소를 하였다. 펌프질도 천천히 하고 오래도록. 세

시간이 끝날 때 쯤 되어 담임선생님이 직접 확인하러 나오셨다. 너무 잘했다고 칭찬하며 얼른 씻고 들어오라고 했다. 장학사님이 오신다며 허둥지둥 하셨다.

장학사님이 가시고 만식이와 나를 제외한 모두가 오후 내내 벌을 받았다. 오늘 운동화를 못 찾은 아이는 나와 형편이 비슷한 친구들 모두가 싫어하는 아이였다. 대부분 아이들 표정은 고소하다였다. 통쾌는 하였으나 가슴한 구석이 아리고 참담해지던 느낌만은 어쩔 수 없었다. 만식이가 보았는지 아니면 함께 묻었는지는 확실하지 않지만 참 찌질하고 비겁한 짓이었다.

잘못했던 일들도 시간이 많이 흐르면 재미난 추억거리로 바뀌기도 하지만, 운동화 사건은 시간이 흐를수록 더 창피해지는 일이었다. 내가 그 두 가지 일을 두고두고 언짢아하는 하는 것은, 그 사건을 끝으로 나의 어린 시절이 끝났기 때문이다. 마지막 사건이 화려하고 멋졌다면 지금의 내 모습도 달라졌을 것 같기 때문이기도 하다. 사건 후 나는 도시의 수두룩하게 많은 그저 그런 청소년 중 한 명으로 성장해 갔다. 나의 의지와는 관계도 없이.

'임금님 귀는 당나귀 귀~!' 속이 후련하다. 비밀이 없어지니 많이 시원하고 아주 조금은 섭섭하다. 누가 만든 말인지 내 마음을 잘도 표현한 말. '시원섭섭하다.'

# 1967년

− 추억이 꼭 아름답지는 않다. 아름다웠노라고 믿고 싶은 바람일 뿐 −

.
.

'2층이었나? 아냐, 3층이었어.' 교실의 위치는 대강 짐작하겠는데 층수가 정확하지 않다. 계단을 20개쯤 올라야 보이는 운동장과 오른쪽에 엄청 높은 축대에 둘러싸인 운동장은 변함이 없고, 건물과 화단, 화장실 창고 같은 시설물들은 개축되어 옛날의 모습을 찾아볼 수 없었다. 세월이 흘렀는데 오히려 더 세련되고 깔끔하게 화사한 모습으로 변하였다. 기대하였던 기억 속의 정겨웠던 모습들이 일순간에 사라지고 낯선 교정의 모습에 방향감각을 상실한 듯 머리가 멍해져 한동안 정신을 차릴 수 없었다.

어린 시절 추억 찾기 여행은 마음으로만 해야 한다. 어린 시절의 그립던 기억속의 장소들도 세월이 흘러 찾아보면, 그저 그렇고 그런 초라하고 남루한 모습으로 다가와 어이없고 황당해진다. 그도 아니면 아주 다른 모습으로 변하여 기대와는 전혀 다름에 당황하게 된다. 생뚱맞게도 아주 잠깐 타임머신을 타고 미래의 혹성에 착륙한 과학자의 마음을 알 수 있을 것 같기도 하다고 생각했다. 햇볕에 그을려 얼굴이 온통 깨밭이었거나, 희멀거니 통통하고 솜털이 귀여웠던 친구들이 모두 학교와는 반대로 변했다. 세파에 찌들어 주글주글 주름에 흰머리가 더 많이 보이는 아저씨로 변하여 자세히 살펴보아야만 어렴풋이 알아볼 수 있는 것처럼, 구석진 곳에서나 학교의 옛 모습을 찾을 수 있어 마음이 아렸다.

같은 장소의 다른 모습에서는 정다웠던 기억을 떠올릴 수 없었다. 좁아진 운동장에서는 쟁쟁하던 아이들의 목소리마저도 들리지 않았다. 요즘 아이들은 운동장 구석구석이 얼마나 흥미롭고 재미난 장소인지 모르는 것 같다. 공차는 아이, 씨름하는 아이, 고무줄놀이, 사방치기 하는 계집아이들이 한 명도 없다. 신발에 흙 묻히는 일이 끔찍하게도 싫은 듯 모두가 통행로로 꾸며진 보도블록으로 포장된 길로만 다녔다. 우리는 길이 아닌 곳만 골라 다녔는데 그 쏠쏠하고 쫄깃한 재미도 모르고 정해진 통행로로 인형처럼 곱게 꾸미고 아장아장 다닌다. 망아지처럼 뛰놀던 넓었던 운동장이 아무도 놀지 않는데도 좁게만 보였다.

지금 보아도 아찔한 높이의 축대를 그때는 어떻게 뛰어내렸었는지 생각만으로도 다리가 후들거린다. 공동묘지 산길을 따라 학교에 도착하면 플라타너스 나무 아래로 가방을 던지고 날다람쥐처럼 사뿐하게 뛰어내렸다. 적당한 놈을 골라 편을 가르고 친구들이 차고 노는 축구에 끼어든다. 꽤나 예뻐서 학생들에게 인기가 많았던 소사 누나가 쇠

내 기억 속에 영원한 고향

망치로 종을 치고 들어가도 모두가 들은 척 만 척 놀기에 바빴다. '야 ~ 이놈들아~ 안 들어와! 늦는 놈 혼난다~아!' 선생님이 막대기를 흔들며 소리를 질러대야 주섬주섬 옷과 가방을 챙겨들고 교실로 들어갔다. 5학년 때까지의 풍경이다.

중학교 시험을 준비하던 6학년 때의 일들은 너무나 치욕적이어서 오래 간직하고 싶은 기억이 없다. 할 수만 있다면 1967년의 기억들은 내 머리에서 영원히 삭제해 버리고 싶다. 담임선생의 냉담한 얼굴(치맛바람을 날리며 들락거리던 엄마를 둔 아이들에게만은 언제나 눈가에 주름을 잡고 웃음을 날렸었다.)만 흐릿할 뿐 1년의 기간이 내생에 가장 괴로웠던 시절이었다. 기성회비(?), 육성회비(?) 또는 다른 명칭으로 불렸는지는 정확하지 않지만 돈을 매월 선생에게 내야 하던 시절이다. 6학년 때는 거기다 보충학습비도 있었나 싶다. 등사기로 밀어 나누어주고 풀던 학습지 값을 포함한 학습비용은 가난했던 아이들에게 가장 큰 고통이었다.

당시 학교 6학년 담임선생은 경쟁이 심해서 교장에게 뒷돈을 쥐여줘야 차지하는 알짜배기였다고 한다. 잘만하면 1, 2년에 집 한 채를 살 수 있다는 말은 공공연한 비밀이었던 시절이다. 담당 학급의 부잣집 아이들을 집으로 불러 모아 과외수업으로 수입을 올릴 수 있었고 각종 부교재비에서 이문을 남길 수 있는 자리였다. 일류 중학교에 진학을 책임지는, 요즘 말로 노량진의 A급 학원 강사쯤 되었던 것 같다.

담임에게 잘 보여야 아이를 잘 봐주고 실력을 올려주니 돈 많고 시간 많은 엄마들의 출입이 빈번했다. 손에는 맛을 알 수 없는 우유병과 양과자나 거북당로고가 인쇄된 빵 봉지를 들고 와 아이들 모두가 보는 앞에서 자랑스럽게 먹이고 담임 책상 위에는 더 고급지게 포장된 간식을 올려놓고 갔다. 등사할 다음날 학습지와 시험지를 가리방에 긁은 원지 통을 들고 오는 엄마는 내 눈에도 꽤나 세련되고 배운 티가 나는 부러운 엄마였다.

점심시간 밖으로 나가 놀다 들어오면 교실 뒷문에 잘 차려입은 엄마들이 장부책을 들고 기성회비 미납자들을 골라 집으로 보냈다. 돈을 가지고 오란다. '집에 돈이 있으면 아침에 가지고 오지 그냥 왔겠냐?'고 물어보고 싶어진다. 그들도 이미 그쯤은 알고 있었겠지만 아이를 집으로 보내면 어떻게 해서든 부모들이 돈을 구해 다음날이라도 보낼 것이라는 생각으로 담임을 대신하여 만행(?)을 저질렀다. 그 효과를 확인할 수 없었지만 좋지는 않았던 것 같다.

나의 머릿속에 평생 남아있는 충격적인 사건은 몇 번이나 계속되었는지조차 기억되지 않는다. 첫 번째 날의 생생했던 장면은 또렷하게 남아있는데도, 무의식 속에서 기억하고 싶지 않아 지워버린 모양이다. 학교 출입이 많았던 어머니들의 모습은 흐르는 세월 따라 대부분은 퇴색되었지만 두 아이의 이름과 어머니의 얼굴만은 아직도 생생하게 남아있다. 어린이의 눈으로도 천박하게 화려했던 학급 간부 어머니와 가리방원지통을 들고 다니던 어머니 얼굴이다. 기세등등하고 야멸찼던 여자와 선한 표정으로 우리와 눈을 마주치지 않던 여자의 모습이 대조적이었다. 양심의 가책을 느꼈다거나 같은 부류가 아니었다고 말하고 싶은 표정이었지만, 다 같은 족속으로 기억되었다. 두 여자 중에서 측은하게 바라보던 여자가 더 싫었고 미웠다. 하지만 지금까지 그 어머니의 아들이 승승장구하는 걸 보면 신마저도 그 여자

내 기억 속에 영원한 고향

편이었나 보다. '지성이면 감천'이라는 말이 사실임을 나름 성공한 아이를 만나서 알 수 있었다. 영악했던 여자의 아이와 소식을 아는 친구들은 아무도 없었다. 아마도 남의 미움을 많이 받아 지성이 감천하지 못한가 보았다.

서너 명의 학급임원 어머니들이 교실 뒷문에서 미납 아이를 확인하고 말했다. '집에 가서 미납된 돈을 가지고 오거라', '쿵! 헉! 덜컹! 찌잉!' 머리와 가슴에서 이런 소리가 났었던 것 같다. 그 당시의 학교에서는 연례화 된 일이었는지 알 수 없었지만 처음 겪는 나에게는 엄청난 모멸감으로 힘든 경험이었다. 대답도 하지 않고 책가방을 챙겨들고 밖으로 나간다. 아무도 보지 않는다. 모두 못 본 척, 열심히 공부하는 척 한다. 담임은 뒤돌아서 칠판 가득 요점을 판서하며 절대로 돌아보는 법이 없다. 교사로서는 도저히 아이들을 돌려보내는 짓은 할 수 없노라고. 나는 그래도 양심은 있는 교사라고 스스로 자부하고 있는 듯싶다. 뒤통수에 감자를 날리며 다짐했다. '개새끼! 꼰대 새끼, X년들 나중에 두고 보자. 느 집 새끼들 다 죽었어!' 복도를 벗어나 운동장에 나설 때까지는 분하고 억울했으나 앞서 나와 기다리는 동무들을 보면서 마음이 풀어졌다.

집으로 바로 가는 아이는 한 명도 없었다. 집으로 가보았자 부모님들은 일하러 나가셔서 만날 수 없는 빈집인 것을 이미 알고 있기도 했지만, 집에 계시더라도 모두들 나처럼 돈 달라는 말은 결코 하지 않는 것 같았다. 돈이 있었다면 말하지 않아도 먼저 주셨을 부모님들이라는 것을 우리는 다 알고 있었다. 아이들이 학교에서 당하는 고충을 모르는 척 하시지만 부모님들은 이미 모든 사실을 알고 계실 것이기 때문이다. 서로가 가슴 아린 말들은 하지 않았다. 일찍 집으로 가서 부모님의 마음을 뒤집어 놓는 일은 아무에게도 도움이 되지 않았다. 알면서 모르는 척 넘어가야 모두가 편하다.

9월 중순까지는 한낮에 강에서 멱을 감으며 놀 수 있다. 봉의산 자락을 끼고 산길을 따라 소양강으로 갔다. 가는 길옆이 모두 과수원이다. 자두, 복숭아, 사과, 배 과수원이다. 계절에 따라 먹을 것이 끊이지 않는다. 늦복숭아와 올사과를 맛있게 잘 익은 놈으로 골라 각자 먹을 만큼 딴다. 서리한 과일은 두고 먹거나 집에 가지고 가지 않는다. 흔적을 남겨 놓아서 좋을 일이 없다. 서리할 때도 나무를 꺾거나 밭을 망치지 않도록 조심을 했다. 잘 골라 맛있게 익은 것만 먹을 만큼 챙긴다. 과수원 주인이 알아도 화나지 않도록 세심하게 신경을 썼다. 동네 과수원이라 더욱 조심하였고 서리의 예절을 잘 지켰다.

강어귀에 도착하면 책가방을 던져놓고 신발을 벗는다. 웃옷과 바지, 맨 마지막이 팬티다. 물에 들어와 밖을 바라보면 한 줄로 주욱 늘어 놓아져있다. 물놀이가 끝나고 나가며 역순으로 입으면 복장이 갖추어졌다. 물론 사람이 없는 강가를 택했을 때만 홀랑 벗고 놀았다. 팬티를 입고 수영을 한 날은 꼭 짜서 털어 입거나, 축축한 것이 싫을 때는 노팬티로 돌아왔다. 그런 날 덜렁거리던 느낌이 아직도 생생하다. 아주 자유롭고 편안했다. 옷 중에서 팬티를 만든 사람은 뭔 생각을 하며 만들어 입었을까? 지금도 이해가 되지 않는다. 신발주머니나 도시락 보자기 또는 웃옷에 넣어온 과일은 샘이 솟는 물가를 파서 보관해 놓는다. 배가 고파지면 서너 개씩 먹고 두어 개 남겼다가 집으로 돌아오며 먹었다. 강변을 벗어나기 전에 모두 처리하여 흔적을 남기

내 기억 속에 영원한 고향

지 않았다.

1학기까지는 시험을 보고 매를 맞기도 했으나 2학기에는 혼난 기억이 없다. 너무나 같은 일이 자주 반복되어 기억에서 사라졌거나 입시 준비에 열을 올리던 담임이 열외로 제쳐놓아서였던 것 같다. 그 중 열외였었다가 당시의 상황으로 보아 정확한 기억이라고 나는 확신한다. 교실에 백열전등이 칠판 앞에 두 개, 중간에 두 개씩 네 개 정도 있었던 것 같은데 불 켜고 공부했던 기억은 나지 않는다. 불을 켜고 공부하는 모습을 보았던 기억은 모두 밖에서 바라본 것뿐이다. 요즘 말로 하는 '야자' 아니면 보충수업이었을 것에 참여했던 기억이 나에겐 없다. 어머니들에게 쫓겨나서 서리하고, 멱 감고, 봉의산 자락에서 놀았던 기억을 빼면 67년의 남아있는 기억이 별로 없다는 말이다.

1967년 일 년은 가난을 알게 된, 가난은 비참하다는 걸 깨우친, 세상은 부자와 가난뱅이로 나뉜다는 걸. 인생은 모두가 공평하지 않다는 걸. 선생도 목사도 스님(스님은 자동으로 '님'자가 붙는다. 오래전에 타 종교인이 왜 목사, 신부 하면서 중은 스님이라 부르느냐는 항의를 하는 걸 보았다. 참 좀스러운 인간이다.)도 여학생도 친구 엄마들도 모두가 부잣집 아이를 좋아한다는 걸 알게 된 해다. 내가 속한 집단은 등급이 한참이나 아래라는 사실을 알게 된, 참 불행하다고 느끼기 시작한 비참함을 알아버린 사춘기가 시작된 해다.

6학년 3반이었던 그 1년은 학교생활이 재미없어지기 시작한 때이고 그 중심에는 담임선생이 있었다. 너무나 싫어서 이름조차 잊었다. 내 머릿속에서 삭제된 인물이다. 다만 부유한 엄마들의 아부 속에서 비굴한 미소를 짓던 토 나올 것 같은 표정만은 또렷이 살아남아있다. 만나기만 하면 복수하겠다던 마음도 마음뿐이었다. 집에 찾아가 돌멩이라도 던져보는 소박한 복수도 하지 못했다. 소원이 있었다면 그 인간을 다시는 보고 싶지 않다는 것이었고 그 소원은 아직도 잘 이루어지고 있다.

고등학교에 진학하여 입학식을 마치고 교실에서 그 아일 만났다. 미움의 중심에 있던 어머니의 아들을 만났다. '나용일' 아이에겐 별로 유감이 없었다. '이 연사 목 놓아 외칩니다!' 라고 소리치던 모습만 생생하게 남아있다. 월요일마다 서는 애국 조회에서 했던 각종 웅변대회 참가를 위한 웅변 연습 장면과 여러 가지로 상을 타는 아이를 보며 의미 없는 박수를 치던 기억이 전부다. 한주먹 거리도 안 되는 아이라 아예 상대를 하지 않았던 똥과 같은 아이였다. 잘 먹고 호강하던 아이가 별로 변한 구석이 없다. 별 볼 일 없는 조그만 아이가 되어 어깨들의 눈치를 보는 그저 그런 존재로 내 앞에 나타났다. 고등학교에서는 그 엄마의 미제 물건의 힘이 못 미치는 것 같았다. 눈치를 보며 아는 체도 못했다. 병든 병아리 쪼아주듯 아이들이 돌아가며 툭툭 치고 시비를 건다. 중학교에서도 대단한 놈이라고 소문을 달고 살았었나보다. 못 본 척 했다. 얼마 지나지 않아 아이가 보이지 않았다. 견디지 못하여 자퇴를 한 것 같았지만 관심 밖의 일이었다.

당시의 일을 떠올려 보려 해도 생각나는 것이 전혀 없다. 삭제된 인간들이라 저장이 되지 않았나 보다. 하지만 요즘 들어 새삼 궁금해진다. 40년이 흐른 지금 아이들 중 그 아이의 소식을 아는 친구가 한 명도 없다. 모두 궁금해하며 한마디씩 한다. '너무했어. 그 엄마. 너무 많이 욕을 먹었으니 잘 되었을 리는 없고.' 모임에 낄 수 있는 평범하고 수더분한 아저씨, 아줌마들이 정겹다. 주류에 속했던 아이도 변두리를 돌았던 아이도 이젠 조금은 평등해진 것 같다. 머릿속으로 뭘 생각하는지 알 수 없지만. 다들 '그때가 좋았다'고 말한다.

나는 안 좋았는데. 다들 그렇게 말하지만, 아무리 머리를 짜내고 생각해 봐도 '그때가 좋았다'라고 할 이유를 찾을 수 없다. 1967년에서는…….

# 유도가 좋아

- 꼴찌라도 좋다는 건, 정말 좋다는 것이다 -

．
．

"으아~ 켁켁!"

이 자식은 봐주는 법이 없다. 짱꼴라의 누르기에 걸려들면 빠져나올 수가 없다. 턱 밑에 오는 키에 넓적한 코. 빡빡 민 수박만한 머리통. 쪽 째진 눈. 짤막한 손마디. 머리통은 흉터로 곳곳이 번들거리고 얼굴엔 손톱자국으로 곰보가 되었다. 살아온 과정이 몰골에 드러난다. 덩치가 얼마나 큰지는 문제가 되지 않는다. 그저 마빡으로 박고 주먹으로 치고 손톱으로 할퀸다. 항복이 없다. 짱꼴라 새끼의 대강의 이력이다.

내 모습은 짱꼴라와는 정반대다. 방아깨비처럼 팔다리가 길고 살집이 없다. 드러난 갈비에서 기타 튕기는 소리가 날 정도다. 뼈다귀 표본에 가죽을 씌운 것 같다. 가는 목 위에 커다란 머리통과 왕방울만

내 기억 속에 영원한 고향

한 눈. 보는 사람들은 한마디씩 한다. '어이 그놈 참 잘 생겼네.' 하지만 거울에서 보는 내 모습은 맘에 들지 않았다. 또래보다 머리통 한 개 정도 키가 크고 울지 않아 싸움 잘하는 것으로 알려졌다. 사내아이들 얼굴에 두어 개씩은 나있는 손톱자국마저 없어 얼굴이 곱다. 살결이 유난히 하얀, 몰골로만 보면 입맛이 까다로운 부잣집 도련님이다. 내가 속한 세상에서는 특이한 존재로 이쪽저쪽에서 모두 어색한 그런 어정쩡한 스타일이다.

오른쪽 어깨가 아래로 처진, 삐딱한 역삼각형 모양으로 산만한 덩치의 유도선생님이 말씀하셨다. "선수로 뽑히면 학비가 면제다. 게다가 선수용 유도복에 간식과 석식이 제공된다." 유도부 아이들이 먹는 거북당이나 맛나당에서 만든 곰보빵과 팥빵의 유혹이 가장 컸고, 다음이 유도복이었다. 내가 입고 있는 유도복은 바느질이 성긴 초급용이다. 선수용 유도복은 바느질 땀이 빼곡히 고르게 박혀 선수의 포스가 느껴지는 도복이다. 2학년 초에 선수를 선발한다고 생각 있는 학생은 열심히 해보란다.

체육시간에 기본적인 낙법과 기술을 익힌다. 측방낙법, 좌우 측방낙법으로 한 시간. 한 자세로 선생님의 검사와 교정이 끝날 때까지 버티기가 여간 괴롭지 않다. 옆구리가 결리고 목이 뻣뻣해진다. 후방낙법 한 시간. 뒤로 넘어지며 머리를 들고 두 손을 '팡' 소리 나게 45도로 매트를 치며 버틴다. '아, 목이 떨어질 것 같은 괴로움.' 무시무시한 공포가 느껴지는 전방낙법 한 시간. 처음 무릎을 꿇고 허리를 세워 앞으로 엎어지며 고개를 세워 머리를 보호하는 자세는 견딜 만하다. 기본자세가 잡히면 일어서서 통나무처럼 앞으로 엎어지는 공포감. 팔꿈치가 까져서 쓰라리고 허리가 휘청거렸다. 낙법의 꽃 회전낙법. 한 자세씩 구분 동작으로 익히고 연속동작 그리고 걸어가며 낙법하기. 시간이 끝날 무렵엔 다섯 명을 엎어놓고도 사뿐하게 넘어 착지. 지겹도록 반복되는 연습, 연습. 다 참았다. 선생님의 눈에 띄기 위해 아파도 웃으며.

밭다리, 안다리후리기, 발목후리기, 안뒤축후리기, 허벅다리걸기. 키가 큰 나와 같은 사람이 사용하기 좋은 기술이란다. 열심히 배워야지. '이런 젠장, 아프다.' 내 짝꿍 놈이 발뒤꿈치로 종아리를 걷어찼다. 뼈만 남은 내 다리를 계속 걷어찬다. 이놈의 다리 기술은 부딪히면 뼈가 부서지는 것처럼 아프다. 선수되기 전에 발병신이 될 모양이다. 자꾸 맞으면 인이 박혀 아프지 않아진다는데 모두 믿을 수 없는 거짓말이다. 선수되기 정말 아프고 힘들고 어렵다.

유도 기술의 완결판 업어치기. 공중으로 '붕' 솟았다 '콰당!' 이거다. '나의 특기 기술이, 정녕 나를 위해 만든 기술이다.' 시범 선배의 멋진 동작에 완전히 반했다. 하나, 발을 넣고. 둘, 무릎을 굽히며 엉덩이를 아래로. 셋! 손을 당기며 무릎을 펴고 엉덩이로 밀어 올려 '콰당! 끝!' 그런데 소리가 없다. 상대편이 뻣뻣이 서 있다. 나 혼자 배꼽 부근을 엉덩이로 밀어 올리고 민망하게 허리를 숙이고 있다. '쩨끼가!' 눈을 부라리고 명치에 훅을 한방 먹이고 다시 한 번. 멋지게 성공이다. 짜식이 알아서 멋지게 넘어가 팡 소리 나게 낙법을 친다. 답례로 나도 멋지게 넘어가 주고. 유도에 소질이 많은가 보다 생각한다.

우리 반에서 다섯 명이 뽑혔다. 내 이름은 부르지 않았다. 이름이 호명되지 않았어도 희망자는 남아서 훈련해도 괜찮다고 하신다. 참~

내 기억 속에 영원한 고향

너그럽고 고마우신 분이시다. 선생님이 미처 나를 알아보지 못하셨나 보다. 그날부터 공부를 끝낸 늦은 오후에 한 번도 거르지 않고 유도부와 함께 연습을 했다. 끝나고 간식으로 주는 빵에 내 몫은 없었다. 하지만 날마다 하는 유도실 청소는 빵을 먹지 못하는 나와 같은 처지의 아이들 몫이었다. 누가 오라고 부른 것도 아니니 불평도 할 수 없다. 실력으로 이겨서 선생님을 미안해하시게 만드는 게 내 목표였다. 남들은 다 떨어져 나가는데도 나는 1년을 버텼다. 신입 후배에게 눌려서 한판 패를 당하는 그 날까지. 빵도 못 먹고 청소만 죽어라하고 심부름은 또 얼마나 했는데.

짱꼴라는 뽑혔다. 그런데 싫다고 한다. 집에 가서 일해야 된단다. 시간이 있는 날만 나와서 하라고 한다. 가끔을 나와도 짱꼴라는 매번 빵을 먹는다. 보기에는 만만해서 짱꼴라가 나오면 나는 매번 한 판씩 붙자고 도전을 한다. 3학년 형들이 심판을 본다. 가끔 선생님이 보시기도 한다. 나는 짱꼴라를 꺾어 선생님께 잘 보일 기회라고 생각하여 죽을힘을 다했다. 효과, 유효, 절반. 유도시합에서 주어지는 점수다. 효과도 유효도 매번 내가 먼저 얻는데 마지막은 누르기 한판으로 내가 진다. 작은 점수를 따고 바로 그쳐 에서 다시 붙어야 하는데 나는 매번 복수의 일념으로 굳히기를 시도하고는 도리어 완력에서 밀려 한판으로 패했다.

"선생님 집에서 엄마가 하지 말래요." 아이들이 하나 둘 떨어져 나간다. 선수로 뽑힌 아이도 나처럼 연습생인 아이도 선생님의 눈에 차지 않으면 붙잡지 않는다. 연습을 게을리 하거나 자주 빠지면 그냥 한 마디 하신다. "그만 둬!" 선생님의 마음에 드는 아이는 좀처럼 그만두지 못한다. 선생님이 부모를 만나고 아이의 어려움을 해결해 주면서까지 놔주는 법이 없다. 나는 전체에서 가장 출석률이 좋은 편이다. 모두가 한식구로 당연한 듯 생각해 주었다. 시합에서 응원석에 앉아 있으면 모두가 의아해서 바라본다. '쟤는 어디 아픈가 봐?' 하는 표정으로.

작년에 우리가 한 것처럼 후배들이 들어왔다. 빨간 띠를 맨 선배로 그윽한 눈초리로 후배들을 바라보았다. '짜식들, 어리군.' "철수. 근배하고 붙어봐!" 선생님이 말씀하신다. '뭐라고라? 후배랑?' 짱꼴라 스타일의 후배가 고개를 숙여 인사를 하며 앞으로 나선다. "시작!", "한판!" 끝. 시작과 함께 몸이 붕 뜨고 멋지게 낙법으로 착지. 천장을 보고 누워 있는데 모두가 '와~' 하고 함성을 지른다.

땀 냄새가 좋다. 마주 잡고 씨근거리는 거친 숨소리가 좋다. 넘어져도 눌려도 기분이 좋다. 고통 속에 버둥거리다 아득해지고 가물해지는 목조르기를 당해도 기분이 새롭다. 마주 잡고 매트에 구르는 내가 제일 좋아하는 게임이고 운동이다. 하지만 나와는 전혀 어울리지 않는 운동이다. 선생님도 알고, 친구들도 알고, 나도 알던 사실이다. 그냥 좋아서, 좋아들 해서, 말하지 않고 지냈던 날들이 좋았다.

마주 보고 있는 복싱 도장 관장님이 놀러 오셔서 말씀하신다. "어이, 김 선생 철수는 날 줘. 저 팔 다리 좀 봐." 복싱 도장 선수들의 몸은 모두가 비쩍 골았다. 가는 팔 다리로 폴짝거리며 글러브를 끼고 '슉! 슉!' 바람소릴 내는 모양이 웃기기만 하다. 생긴 모양대로 성격도 까칠해서 유도부와는 이웃해도 별로 친하지는 않았다. 내가 좋아하는 유도장에는 내가 있을 자리가 없다. 내 자리는 신입생 후배들로 바글거린다. 선생님이 내게 이젠 그만 나오라고 알려주신 것 같다.

복도에서 마주친 선생님이 반갑게 맞아주신다. 커다란 손으로 어깨를 잡고 한마디 하신다. "재밌어? 잘해 봐!"

'뭘?'

2년을 배웠던 유도는 지금 생각해 봐도 나와는 절대 어울리지 않는 운동이었다. 어울리지 않았던 유도가 지금도 참 매력적인 운동이라는 생각엔 변함이 없다. 덕분에 나는 지금까지 넘어지거나 자빠져도 크게 다치지 않는다. 나도 모르게 낙법으로 '착.'

요즘도 TV로 중계되는 유도 경기를 자주 본다. 참 재미진 운동이다. 체급에 관계없이 선수 모두가 다부지게 생겼다. 생긴 대로 힘도 세다. 유도복을 입고 콧바람을 날리며 붙어보고 싶어진다. '밀고, 당기고, 좌우로 신경을 분산시키고 안다리에서 허리후리기로 연속동작, 붕~ 착. 한판!' 마음만은 아직 그대로다.


– 넘어지거나 자빠질 짓을 하지 않으면 낙법은 배우지 않아도 된다. – 철수

# 네 꿈을 펼쳐라

- 실망할 필요 없다. 이루어졌다면 그건 꿈도 아니었으니 -

.
.

학창시절 선생님이나 친분 관계가 있는 이웃 어른들과 친척들로부터 '너의 장래희망이나 꿈이 뭐냐'는 질문을 받고 난감해 했던 적이 여러 번 있었다. 앞으로 성장하여 뭐 해 먹고 살겠느냐는 물음이라고 이해해도 될 성싶은데 대답이 어려웠다. 사실은 뭘 어떻게 대답해야 할지 나는 몰랐었다. 그날그날 내 눈에 부럽게 보이는 것은 모두 다 하고 싶었으니 말이다. 내가 하고 싶어 했던 일들 대부분이 묻는 사람의 기대와는 어울리지 않다는 것을 어렸어도 눈치로 알 수 있었다. 그렇다고 어울리는 대답을 알고 있었던 것도 아니었으니 난감할 수밖에 없었던 것이다.

내가 알고 있는 꿈을 이룬 사람들 대부분은 위인전의 주인공들이다. 물론 특이하게도 위인과는 거리가 먼 단 한 사람이 있기는 하다.

내 기억 속에 영원한 고향

전직이 대통령이었던 김영삼 씨다. 어린 시절 책상 앞에 '대통령 김영삼'이라고 써 붙이고 대통령의 꿈을 키웠고, 이루어 냈다고 한다. 거의 없는 대통령으로의 업적을 애써 찾는다면 두어 가지는 꼽을 수는 있을 것 같다. 경상도 바닷가 출신이라 여러 가지 웃기는 발음상의 일화를 남겨 개그계에 다양한 소재를 제공하였다는 것 하나와 두 번째로는 온 나라를 쑥대밭으로 만든 IMF사태를 만든 것이라 할 수 있겠다.

전 국민이 다 알고 있는 사실을 그와 그 일족만이 모르는 것 같다. 가끔 TV에 비치는 그와 아들은 여전히 기름지고 뻔뻔해 보였다. 그의 꿈 '대통령'이 이루어지지 않았다면 많은 사람이 더 행복해했을 것을. 꿈이, 희망이 이루어진다고 모두가 다 좋은 건 아닌 것 같다. 보통의 평범한 사람들에게는 대부분의 꿈은 잘 이뤄지지 않는다. 그래서 사람들은 이루어지지 않은 꿈이나 황당한 희망을 개꿈이라 부른다. 황당하게도 김영삼 씨에게서 일어난 개꿈 실현으로 참 많은 사람이 개고생을 하였다.

놀이에만 빠져 살던 내가 돈을 벌어야겠다고 마음을 먹었다. 가난은 창피하고 꼬질꼬질하다는 것을 학교생활에서 나도 모르게 배우면서부터였다. 그래서 그 해결 방안으로 찾아냈던 나의 첫 꿈이 '구두닦이'였다. 구두닦이 통을 어깨에 메고 '구두우~ 따악!'을 외치는 딱세형들은 자유의 상징이자 부러움의 대상이었다. 발을 올려놓기 좋게 윗면에 반 뼘 정도 넓이의 평편한 나무를 대고 삼각형 모양으로 공간을 비운 후 상자를 붙인다. 사용하지 않는 허리띠를 상자의 윗부분에 달아서 어깨에 멜 수 있도록 만든다. 완성된 상자 속에는 구두약, 구둣

솔, 헝겊, 알코올 병, 조그만 빈 깡통 등을 넣어 만반의 준비를 마쳤다. 하지만 메고 나설 때마다 부서지고 말았다. 그래도 나는 포기하지 않았다. 아버지 구두로 틈만 나면 연습을 하며 실력을 길렀고, 사과 상자에서 뜯어낸 판자로 구두닦이 통 만들기에 정성을 바쳤다(재료 부족과 어린 나이의 솜씨로는 어려워 매번 실패를 반복했다. 딱세형이 되기에는 내가 너무 어렸었다. 간단하게 말하자면 '실패했다').

내 힘으로 돈을 번다는 계획은 만화책 읽기에 빠져들며 기억에서조차 멀어졌고 내 꿈도 바뀌었다. 딱세형 보다 더 위대해 보이는 사람이 등장했다.

[만홧가게 아저씨] '빠라빠~빠앙' 정도의 효과음은 있어야 제격이고 어울릴 것 같다. 바람에 날리는 헝클어진 머릿결. 세속을 등진 듯한 멍한 표정. 자유를 상징하는 무릎 나온 바지. 지퍼가 고장 나 옷핀으로 앞섶을 여민 잠바. 예리한 눈초리로 감시하는 매서운 눈초리가 감히 공짜로 만화 보기를 할 생각조차 품지 못 하게 했다. 오래 묵어나던 퀴퀴한 만화책 냄새마저도 황홀했던 천당이었고 내 꿈의 완결판이라 생각되었다. 10원만 구할 수 있다면, 10원만 얻을 수 있다면, 영혼마저 팔아먹었을 것처럼 완전하게 빠져있었던 때다.

항상 돈이 없어 껄떡이던 나는 스스로 터득해 낸 나만의 비법을 이용하여 그럭저럭 아쉬운 대로 만화는 읽을 수 있었다. 지금 생각하면 참 염치없고 창피한 치사한 방법이라 생각되나, 만화의 재미에 빠져있던 나는 그런 생각은 전혀 하지 못했었다. 한마디로 만화에 눈이 뒤집혔던 때였다. 시효가 지난 나만의 비법을 공개하자면 이렇다. 하루 종일 만화방에서 죽치는 방법. 아침 일찍 마당을 쓸고 이미 익힌 구두

내 기억 속에 영원한 고향

닦이 실력을 발휘하여 아버지 구두를 닦는다. 엄마의 일을 도우며 예쁜 척, 귀여운 척, 착한 아들 노릇을 하며 용돈으로 10원쯤 얻어놓는다. 이른 점심을 배불리 먹는다. 만홧가게 앞에서 서성이며 같은 금액 정도의 돈을 지녔고 목적이 나와 같은 친구를 찾는다. 나보다 센 놈은 안 된다. 짝을 지어 일행으로 함께 들어가 구간(헌 책)으로 만화책을 고르며 서너 권 쯤 읽는다. 주인아저씨의 눈총을 심하게 받거나 재미있으면 후속편을 빌린다. 둘이 붙어 앉아 함께 읽는다. 소곤거리며 의견을 교환하기도 한다. 주인의 눈을 피해 옆 좌석과 읽은 책을 교환한다. 주인이 눈치를 채고 인상을 쓰면 다시 처음부터 반복한다. 세상에 만홧가게 주인보다 더 좋은 직업은 있을 수 없다. 돈을 모아서…….

만화보다 더 재미난 영화에 빠져들었다. 조조할인 10원에 두 편을 보여주는 동시 상영관에서 배가 고파 참을 수 없을 때까지 주연배우의 대사와 폼을 익히며 보고 또 보았다. 집으로 돌아오는 먼 길이 전혀 지루하지 않았다. 서부의 무법자가 되어 총을 뽑아 쏘는 흉내나 레슬러 김일 선수의 박치기는 주인공들보다 더 실감나게 연기했었다는 느낌이 아직도 생생하게 남아있다. '뽕야~, 빵야 빵야!' 엄지와 검지를 세우고 양손으로 쏘아대던 쌍권총 흉내는 친구들 중 단연코 내가 최고였다. 존 웨인, 게리 쿠퍼, 클린트 이스트우드, 장동휘, 최무룡 같은 영화배우에 익숙해진 눈에 멋지게 보이던 만홧가게 아저씨가 꼬질하게 사실적으로 다가왔다. 만홧가게 아저씨는 내 꿈과 희망의 목록에서 나도 모르는 사이에 사라졌다.

계절에 따라 거리의 먹을거리가 변하였다. 항상 배고파 껄떡거리며 먹을거리에 포한이 져있던 나의 꿈도 자연스럽게 바뀌었다.

[여름] '빙수 가게 아저씨' 에펠탑 모양의 빙수기에 두부보다 큰 얼음을 끼우고 손잡이를 돌려 얼음을 깎는다. 눈처럼 쏟아져 내리는 얼음 가루를 커다란 유리그릇에 수북하게 받아 담아낸다. 미숫가루, 팥고물, 설탕 가루, 초코 가루, 색소, 우유를 넣고 스푼을 꽂아 낸다. 학교 앞에서 팔던 빙수는 사카린이나 당원을 탄 물을 우유 대신 부었고 빨강, 노랑, 파랑 색소로 치장을 해주었으나 맛은 최고였다. 입맛에 낯선 고명을 올린 고급 빵집 거북당의 비싼 빙수보다 더 맛있었다.(딱 한 번 단체로 영화를 보고 오는 길에 친구에게 얻어먹었던 고급 빙수는 맛이 '웩'이었다.) 학교 앞 문방구의 빙수기를 바쁜 주인아주머니를 도와서 몇 번 돌려보았다. 별로 힘도 들지 않았다. 얼마든지 잘 만들 수 있다. 그런데 문제다. '아~ 빙수기를 살 돈이 없다. 아깝다. 나중에 돈 벌어서 빙수 기계를 꼭 사야지, 돈도 벌고 맘껏 먹어야지.'

'아이스께이끼' 형아. 구두닦이 형 다음으로 존경했던 형들이다. 달고 시원한 아이스께끼를 한 통이나 메고 다니며 소리치는 자유의 상징. 거리의 무법자. 몇 번이고 외쳐보는 '아이스~께이끼' 부러워하다 보면 계절이 바뀐다. 어느 날부터인지도 모르게 형아들이 자취를 감춘다. 수명이 짧다. 그저 잠시 목 놓아 소리쳐 연습만하다가 계절이 끝났다. 소양로 신도극장 뒤 어디쯤에서 '콜롬방 아이스 케이크' 공장과 아이스 케이크 통이 산처럼 쌓인 것을 보았었는데, 조금만 더 자라면 가야지 가야지 하다가 아직 못 갔다.

[가을 그리고 겨울] '호떡 가게 아저씨' 드럼통 철판 위에서 구워냈다. 통 안에는 연탄 화덕이 들어있어 주변엔 언제나 온기가 돌아 훈훈했다. 실 뭉치처럼 생긴 솔에 기름을 듬뿍 묻혀 철판 위에 두른다. 찰

　　　　　　　내 기억 속에 영원한 고향

진 반죽을 요령 좋게 뜯어내어 조물조물 오목하게 만들어 검은 설탕을 한 스푼 넣고 동그랗게 오므린다. 달구어진 철판 위에 올려놓고 동그란 철판이 붙은 호떡누르개로 살짝 눌러 모양을 잡는다. 지글거리며 아랫부분이 노랗게 익으면 누르개로 솜씨 좋게 뒤집어서 반복 동작. 그리고 옆으로 밀어내고 새 호떡을 올린다.

5원을 내면 두 개를 신문지에 싸서 잡기 좋게 건네준다. 회가 동하여 급하게 베어 물었다가는 큰 낭패를 본다. 달콤한 꿀물에 입안을 데거나 너무 뜨거워 호호거리다가 아까운 꿀물을 모두 바닥에 흘려버리는 일이 종종 발생되기 때문이다. '호떡집에 불났다'는 말처럼 언제나 소란스럽기는 했지만 불이 날 정도로 장사가 잘되지는 않았던 것 같다. 5원에 두 개도 가난했던 우리에겐 만만찮게 비싼 가격이었다. 그보다는 가격이 헐했던 '국화빵'이나 '붕어빵'을 더 많이 사먹었다. 달콤한 팥소의 맛이 호떡과는 다른 정겨운 느낌으로 좋았다. '사실은 뭐, 솔직하게 말하자면 싸고 양이 많아 좋았었다.'

맛있는 호떡을 실컷 먹어보고 싶다는 생각으로 '한번 해 볼까?' 하고 생각했던 적은 있으나 간절하지는 않았었다. 쭈그리고 엉거주춤 앉은 모양새가 좀 빠져 보여 탐탁잖게 여겨서다. 더군다나 국화빵이나 붕어빵을 만들어 파는 장사는 생각조차 해본 적이 없다. 적어도 호떡 정도는 구워야지, 호떡보다 급이 아래라 생각했고 더 초라해 보여서 였다. 하지만 따끈하고 달콤했던 팥소의 맛은 아직 입안에 생생하게 남아있다.

'뽑기(달고나) 아줌마' 연탄불을 둘러싸고 앉아 제각기 양은 국자에 세 스푼 정도의 설탕을 나무젓가락으로 저으며 녹인다. 설탕이 맑게 녹으면 소다를 넣어 준다. 소다가 들어가면 마법처럼 누렇게 부풀어 오른다. 이때 꾸물거리면 눌어붙어 낭패를 본다. 즉시 철판 위에 국자를 '탁' 쳐서(국자 가득 부풀어 오른 설탕 거품 덩이가 동그랗게 쏟아질 정도의 부딪힘) 양철판 위로 옮겨놓는다. 호떡누르개와 같은 누르개로 눌러 동글납작하게 판을 만든다. 두 개의 삼각형이 잘록한 허리 모양으로 붙어 있게 만들어진 모양 틀을 올려놓고 다시 한 번 눌러 문양을 찍어낸다.

원료가 설탕이라 금세 딱딱하게 굳는다. 아주머니에게서 넘겨받은 뽑기를 돌려가며 조심해서 뜯어먹는다. 아무리 조심해도 금대로 뜯어내기가 여간 어렵지 않다. 거의 매번 성공을 앞에 두고 허리를 분지르는 사고를 친다. 계집아이들 중 경험이 많은 몇 명은 머리핀에 침칠을 해가며 공을 들여 어쩌다 한 번씩 성공하는 기적을 만들어 내기도 한다. 성공하면 한 번 더 만드는 기회가 주어졌다. 나는 처음부터 성공하지 못하리라는 걸 알고 있었기에 뜯어 볼 시도조차 하지 않았다. 그냥 맛으로 아껴가며 먹었다.

뽑기 장사는 주로 아주머니들(나이가 많거나 딸린 아이 때문에 다른 일을 하지 못하는)이 하는 장사였다. 아저씨가 하는 곳은 본 적이 없었다. 연탄화덕과 국자 몇 개 그리고 설탕과 소다 한 봉이면 되는 간단한 장사라 시작이 만만해 보여 장사에 탐이 났었다. 하지만 좋은 맛과 들이는 노력에 비해 소득이 별로로 보였고, 친구들에게 내세울 만하다고 생각되지 않아 크게 내키지는 않았다. 특히 계집아이들이 주로하고 찌질한 남자아이들만 함께한다는 점이 마음에 들지 않았다. 빼앗아 먹거나 얻어먹는 건 몰라도 내 돈 내고 하기엔 어딘지 좀 아쉽고 쪼잔해 보일 거라 생각을 해서 더 그런 것 같았다.

내 기억 속에 영원한 고향

'꿈은 이루어 졌다.'는 아니어도 원 없이 달고나를 먹을 수 있게 되었다. 어느 사이에 나는 아빠가 되었고, 부부의 유전자를 이어받은 딸아이가 학교 앞에서 뽑기를 만들어 날랐다. 옛날처럼 맛은 변함없이 좋았다. 딸에게 감질나게 얻어먹자니 모두가 불만이 많았다. 어느 날, 영리한 우리 세 식구가 마음이 통했다. 딸에게 의존하지 말고 자급자족하기로 의기투합하였다. 재료를 사다가 집에서 맘껏 만들어 먹었다. 아끼지 않고 마구 먹었더니 속이 다 후련했다. 이때도 대장은 경험이 많았던 아내의 몫이었고, 주연은 딸아이의 차지였다. 나는 아내의 보조로 매니저 역할이다. 그래도 내가 제일 많이 먹는다. 내 역할에 불만은 전혀 없었다. 졸병이라도 한없이 좋았고 행복했다.

유행 따라 계절 따라 내 꿈은 바뀌고 또 바뀌었다. 맨발의 아베베를 꿈꾸며 달리고 '신동파 잡았다! 슛! 골인~!'을 들으며 농구골대에 수많은 슛을 날렸다. 어깨가 기우뚱한 유도선생님께 반해서 말라깽이 방아깨비 체질로 유도부에 들어 힘 빼고, 한 주먹에 인생 역전을 꿈꾸며 복싱도장에서 코피를 쏟았다.

대부분 내 주변 친구들도 별반 나와 다르지는 않았던 것 같았다. 꿈과 희망과 소원함이, 그래서 아직까지 모두가 고만고만하게 처지가 비슷하다. 몇 십 년을 질리지도 지루하게 느끼지도 않는 반복되는 술자리가 있다. 그날의 주머니 사정에 따라 장소와 술과 안주가 바뀌는 일은 가끔 있었으나, 아주 특별한 몇 번을 빼면 대개의 날들은 빈대떡이나 파전에 막걸리 한 사발로도 만족했고 시간이 빠르게 흘렀다. 열내며 토론했던 이야기의 주제를 다음날 진지하게 생각해 본 적은 없었지만, 매번 반복되는 알맹이 없는 대화가 다음을 또 예견하게 하는 건 순전히 편안함에서 오는 것이 아니었나 생각된다.

'뭘 하나. 뭘 하지?' 지금의 생활도 충분히 만족하며 지내는데, '뭔가 다른 새로운 일도 한번 해보면 어떨까?' 하는 아내의 한마디에 고민이 생겼다. 지금까지 아내의 말을 따라서 손해 난 적이 한 번도 없었다. 그러니 따르는 게 나에게 도움이 될 것은 자명한 일이다. 하지만 뾰족하게 떠오르는 만만한 일이 없다. 대학에서 운영하는 평생 교육원을 홍보하는 생활 정보지를 보며 곰곰이 생각해 본다. 색소폰 – 나이 들어 폐에 지장은 없을까? 영어 – 실험적으로 공부해본 아주 쉬운 EBS 생활영어에서도 머리에 쥐가 났다. 문학 – 시. 창작? 어디 내 글을 여러 사람 앞에서 발표할 자신이 없다. 도예 – 집사람의 적극 추천 종목이다. 흙을 만지면 기분이 좋아지고 나에게 약간의 소질이 보인다고 부추긴다. 택시 운전 – 취미로 하기에는 버겁다. 건강에도 나쁠 것 같고.

지금처럼 자전거 타고, 글 쓰고, 운동하며 좀 더 생각해 봐야겠다. 새로운 취미나 소일거리를 찾는 일이 만만찮다. 물고기에게 미안해서 그만둔 낚시가 그만인데……. 생각만으로도 번거로워진다. 남들에게는 특별히 하는 일이 없어 보여도 매일이 짧은데, 보는 이들은 걱정이 많은가 보다. 고맙고도 감사다. 하지만 참 괜한 염려다.

'여보세요. 난, 지금 참 행복하고 좋아요.'

# 내 고향은 춘천입니다

– 고향: 생각만 해도 행복해지고 아픔과 슬픔도 그리움으로 변하는 곳 –

.

.


흔히들 고향을 '태어나 자라난 곳'이라고 한다. 그렇다면 고향이 아닌 모든 곳은 타향이라는 말이다. 타향은 쉽게 이해되지만 고향을 이해하는 데는 어려움이 많다. 물론 태어나 한곳에서만 살고 있는 사람에게는 문제도 아니지만, 그 구분이 쉽지 않은 사람에게는 고향이니 타향이니 하는 평범한 말들이 항상 애매하고 찜찜하여 어렵게 느껴진다.

극적이었던 흥남철수작전처럼 널리 알려지지 않았어도, 황해도 앞바다에서 미군의 군함에 실려 남도의 섬 진도에도 수많은 피난민이 수용되었었다. 피난 나온 부모님은 그 혼란한 북새통에서도 나를 낳아주셨다. 의신면 돈지리 피난민 수용소에서 태어나 5년을 살았다. 그리고 초등학교 5학년 봄까지 춘성군 북산면 사전리에서 6년. 학창

시절을 보낸 춘천에서 11년. 연애와 결혼, 짱구가 태어난 함백에서 5년. 짱구가 중2가 되도록 인생의 황금기를 젊음의 힘으로 살았던 속초에서 13년. 아주 짧게 살았다고 생각되는 앞으로도 주욱 살아갈 강릉에서 20년을 살았다.

어느 곳을 고향이라 불러야 좋을지 모르겠다. 어렴풋한 기억 몇 가지뿐인 출생지 진도를 자라난 곳이라 여기기엔 충분치 않고, 소양댐 물속으로 사라졌지만 생생하고 그리운 추억으로 남아있는 사전리가 고향인지, 살아온 기간이 11년으로 짧지만 친구들이 가장 많이 살고 있고 부모님과의 연고가 이어지던 춘천을 고향이라 부를지 정하기가 쉽지 않다. 우리 세 식구만 생각하더라도, 첫 만남 함백부터 속초와 강릉이 만만찮게 부딪힌다.

고향을 가족이나 우리가 아닌 개인의 감정에 근거를 두고 정한다면, 나는 내 고향을 춘천이라 말하고 싶다. 누군가 '고향이 어디세요?' 하고 묻는다면 나는 이렇게 대답할 것이다. '춘천입니다.' 살아온 날수가 가장 많고 앞으로 살아갈 곳인 강릉이라고 말할 수도 있지만, 이 고장 사람들이 인정해주지 않는다. 춘천의 친구들은 강릉 사람 다 되었다는 말투가 이곳에서는 티 나게 다르기 때문이다. 그래서 내 고향은 춘천일 수밖에 없다.

춘천하면 봉의산과 산자락을 감아 흐르는 소양강이 가장 먼저 떠오른다. 사방이 산으로 막힌 아늑한 분지 지형으로 아지랑이 피어나는 봄날은 아름다우나, 무더운 여름과 겨울의 추위는 너무나 혹독하여 외지인들은 견디기 어렵도록 고통스런 날씨가 특징이다. 어린 시절엔 익숙하여 느끼지 못하던 기후인데 요즘은 적응이 안 된다. 이젠

내 기억 속에 영원한 고향

타향살이의 세월이 더 길어서인지 나에게 고향의 겨울은 너무 춥고 낯설다. 몸과 마음 모두가 움츠러든다. 하지만 아직도 원창고개 마루에서 내려다보는 춘천의 모습이 그림처럼 아름답다는 마음은 변치 않았다. 물안개 피어오르는 호반의 비경은 춘천사람 모두를 신선으로 보이게 하는 마력을 지니고 있다. 그래서인지 선계의 소리인 양, 춘천 사람의 말씨는 곱고 부드러워 들을수록 정겹고 반갑다.

동남쪽으로 길을 따라 홍천방면으로 인제, 속초, 강릉, 삼척, 원주와 통한다. 이 길은 시작부터 대룡산 원창고개를 꼬불꼬불 넘는다. 대부분의 사람들은 자리를 잡기도 전에 괴로운 차멀미로 고통 속에서 여행을 시작한다. 지금은 중앙고속도로가 개통되어 불편함이 해소되었지만, 옛날 고통의 기억들이 아직도 남았는지 근처를 지날 때마다 저절로 몸이 경직되고 졸아들어 속이 메슥거린다.

소양강변을 따라 서울로 가는 교통편은 기차와 버스가 있다. 두 길 모두 환상적인 풍광으로 좋은 인상과 추억으로 기억되는 지역의 명물이 되었다. 서울에서 대학 생활을 한 사람이면 누구나 한두 번은 경험한 추억의 강촌역도 이곳에 있다. 가평과 춘천의 경계에 있는 남이섬은 청춘스타 배용준과 최지우가 열연했던 드라마 '겨울연가' 촬영지로 인기 관광지가 되었다. 일본과 동남아에서도 상영되어 폭발적인 시청률과 광팬 층이 형성되었다. 드라마에 감동한 아줌마들이 성지 순례하듯 몰려들어 관광객으로 문전성시를 이루고 있다. 겨울철 빙벽 폭포 등반으로 유명한 구곡 폭포도 근동에 자리한 낭만이 넘치는 길이 경춘가도다.

철원과 화천 방면의 북서쪽 길은 강변과 춘천호, 파로호를 따라 경치는 좋으나 처음 이용하는 사람에게는 역시 멀미로 고통스런 길이다. 소양댐 수몰로 생겨난 양구 가는 길은 오음리를 지나는 마의 코스로 초보운전자는 머리카락이 곤두서는 아찔한 험로다. 요즘은 구불거리는 오르막길과 내리막을 교량과 터널로 넓히고 펴놓아 느끼기 힘들지만 구 길을 이용해 보면 옛날의 기억이 되살아난다.

안개의 고장 춘천, 물안개가 피어오르는 소양강변은 한 폭의 수채화를 연상시키지만 짙게 낀 안개는 생활을 불편하게 하고 건강에도 좋지 않은 반갑지만은 않은 손님이다. 그렇지만 소양댐을 따라 의암댐으로 흐르는 강변 버드나무숲에 피어나는 상고대는 환상적인 모습으로 많은 이가 몰려드는 명소가 되었다. 겨울철 추위로 꽁꽁 언 공지천의 얼음은 해마다 동계전국체전이 열리는 장소로 이용됐었다. 요즘은 수질 오염과 온난화로 빙질도 좋지 않고 결빙도 되지 않아 옛 모습이 아쉽단 생각이다. 물의 도시 춘천의 겨울은 온통 빙판 천지로 스케이트와 썰매로 겨울을 보내곤 했었다.

저녁 10시면 소방서의 높은 망루철탑에서 스피커를 통해 '청소년 여러분, 이제 집으로 들어 가야 할 시간입니다.' 방송을 하고 12시엔 통금 사이렌을 새벽 4시엔 통금해제 사이렌을 울렸다. 성당과 교회의 종소리가 요란했고 봉의산에서 외치는 '야~호!' 소리로 잠이 깰 지경이었다. 늦잠을 청하는 사람들에게는 고역이었지만 가끔 산에 올라 질러대는 외침은 가슴을 시원하게 하는 통쾌함이 있었다. 소리 공해로 금지해서 사라졌지만 시끄러웠던 그 시절도 나름의 운치가 있었다고 기억된다.

영하 20도를 오르내리는 추위로 세수하고 잡는 문고리에 손이 붙어 놀라기도 했지만 춘천 사람들은 용케도 잘 견디며 살았다. 아무 문제도 아니었고 그리 춥다고 느끼지도 못했었다. 구슬치기, 팽이치기, 자치기, 얼음지치기로 그 추운 날도 밖에서만 놀았던 개구쟁이 시절은 상상을 초월한다. 아이들이 모이면 나무를 주워 모아 모닥불을 피웠다. 춘천의 아이들도 사전리 아이들 못지않게 불을 잘 피웠다. 중심가를 제외한 변두리는 촌이나 매한가지였다. 놀다가 손발이 시리면 잠깐 둘러서서 몸을 녹이고 고구마와 감자를 묻어서 구워 먹으며 간식까지 즐겼다.

개구리를 잡던 개울이 없는 춘천의 아이들은 대신에 미꾸라지를 잡았다. 가을철 추수를 하느라 물을 빼던 물길을 따라 얼음을 깨고 삽으로 논흙을 퍼 올리면 흙속에서 살 오른 미꾸라지가 꼬물거리며 기어 나왔다. 물이 떨어지는 곳에 만들어진 작은 둠벙의 물을 퍼내고 삽으로 헤집으면 한 사발씩 잡히기도 하는 재미나는 놀이다. 대야를 뚜껑삼아 덮고 왕소금을 뿌리면 온몸을 비비꼬고 괴로워하며 뱃속의 찌꺼기를 모두 토하여 깨끗하게 된다. 미끈거리지 않을 정도로 비벼 씻고 시래기를 넣어 끓이는 추어탕은 그 맛이 일품이다. 허기진 배를 달게 채워주는 보양식으로 어른들이 좋아라하시며 잘도 드셨다.

양지바른 산비탈에 바람꽃이 필 무렵부터는 봉의산에 오르며 놀았다. 다래나무 넝쿨을 잡고 타잔 흉내를 내는 놀이는 아슬아슬하고 재미나 가장 많이 하던 놀이다. 간식으로 비탈의 알 칡을 캐먹고, 주머니칼로 물오른 소나무 가지를 잘라 벗겨먹었다. 하얀 속껍질이 향기롭고 맛났다. 찔레나무와 아카시나무, 칡덩굴의 햇순은 껍질을 손톱으로 벗겨 먹으면 달짝지근하니 먹을 만했다. 산지사방 지천으로 피는 진달래꽃을 따먹다가 아카시아 꽃이 피면 아카시아 꽃을 먹었다. 한 움큼씩 입안에 털어 넣고 씹으면 향기가 퍼지며 달콤하게 맛났다. 꽃이 지면 열매를 따 먹는다. 산딸기에 산 버찌, 오디를 가장 많이 따 먹었다. 집으로 돌아오며 마주보는 얼굴이 가관이다. 칡즙이 검게 묻어있거나 꽃물이 들기도 했고 버찌나 오디를 따먹은 날은 이빨까지 물이 들어 아귀처럼 보였다. 서로의 얼굴을 흉보고 웃으면 어찌나 즐겁던지, 생각만으로도 새콤달콤해 침이 고이고 코끝이 찡하니 행복해진다.

현충일 날은 충열탑에 단체로 참배를 갔다. 걸어가기에는 너무 멀었던 길을 불평도 없이 잘도 걸어 다녔다. 마을을 떠나 봉의산 자락을 끼고 돌아가 소양강 다리를 건넜다. 제사공장 옆으로 우두의 넓은 벌을 지나 여우고개까지 빠르게 걸어도 한 시간 반이 부족한 먼 길었다. 비탈진 산길을 따라 정상에 다다르면 식장이 꾸며져 있고 군악대와 먼저 온 사람들이 줄지어 있다. 우리 대열을 찾아가 자리를 잡으면 식이 시작된다. 멋진 제복의 의장대가 조총을 쏘고 두 명의 악대 병이 숲속에 숨어서 부는 트럼펫 소리에 맞추어 묵념을 드리면 뭔가 모르지만 가슴이 아려지는 느낌이 들었다. '빠~아~빵, 바~아~방' 좌우의 숲에서 울리던 트럼펫 소리가 아직도 생생하게 쟁쟁거린다.

식이 끝나면 선생님께서 듣는 아이 하나 없는 주의사항을 장황하게 늘어놓으신다. 몸이 꼬이도록 지루해 질 무렵에야 "해산!" 하고 끝내주셨다. 선생님을 바라다보던 세모꼴의 눈매가 일순 하회탈로 변했다. '끼야~악! 꺄' 모두가 좋아라, 까무러치는 괴성을 지르며 벼랑길을 돌아 강으로 내려간다. 우선 무릎을 꿇고 엎드려 물을 마신다. 강

내 기억 속에 영원한 고향

물 맛이 달고 시원했다. 그 시절은 강물을 그냥 마셨다. 너무나 맑고 깨끗해서 아무 탈이 없었다. 부자나라 사람들은 물도 사먹는다는 선생님의 말씀이 믿기지 않던 시절이다. 한 시간을 넘게 땡볕에서 보낸 터라 온몸에 열이 올라 뜨겁다. 옷을 벗어 머리 위로 들어 올리고 강 건너 자갈밭으로 여울을 따라 건넌다. 강변에 옷을 던져두고 첫 물놀이를 시작했다. 해마다 현충일 며 감기로 여름이 시작되었던 것 같다.

지금은 후평공단이 들어선 강변이 옛날엔 뽕나무 밭이거나 땅콩 밭이었다. 봉의산 자락엔 고급 요정과 음식점이 있었고, 강 건너 제사공장편 모래사장에 유원지가 형성되었다. 하얀 광목천으로 천막을 치고 개장국이나 닭죽을 파는 식당이 들어서고 술과 과자도 팔았다. 우리 마을 쪽은 한가하게 천렵을 나온 어른들이 술판을 벌였고, 대부분은 우리들 차지로 다른 아이들은 얼씬도 못하였다.

학교에 입학도 하기 전부터 강가에서 헤엄치며 놀아서 모두가 물개처럼 물속에서 자유자재로 움직일 수 있었다. 술 마시던 아저씨들이 술심부름을 부탁했다. 됫병은 조금 어렵지만 4홉 또는 2홉들이 소주는 두 병씩 들고 헤엄쳐 건너 다녔다. 심부름 값으로 일이십 원 주는 아저씨도 가끔 있었지만 대부분은 술판이 끝나면 빈병으로 대신했다. 우린 그래도 그런 날이면 아주 재수가 좋다고 즐거워하였다.

물자가 귀했던 그 시절엔 유리조각 몇 개로도 강냉이를 한 바가지씩 퍼주던 고물장수 아저씨가 널려있었다. 온전한 빈병은 꽤나 값이 나가는 귀중품에 속했다. 됫병 하나를 팔면 동시상영관인 제일극장이나 신도극장에서 서부영화 두 편을 볼 수 있었던 시절이다. 잘만 하면 덤으로 닭죽이나 개장국을 얻어먹기도 했으니 재수 좋은 날이 분명했다.

"머리~카락 삽니다~ 채~권삽니다!", "라디오~ 시계삽니다." 머리 카락은 엄마나 여동생들이 머리 빗질을 하다 모아놓은 헝클어진 것까지 비싸게 팔 수 있었다. 가발과 속눈썹을 만들어 수출을 한다고 하며 하루에도 십수 명이나 소리치며 다녔다. 시계나 라디오는 대부분 고장 난 것을 사다 수리하여 파는 것 같았는데 채권은 도무지 무슨 소리인지 알 수 없었다. 고등학생이 되어서야 채권을 배우고 '그게 그거였구나.' 하고 이해할 수 있었다.

식재료를 파는 행상으로는 소리치며 파는 '새우~젓, 멸치~젓, 황새기~젓' 같은 젓갈 장사가 있었고, 신호로 '둥가당 둥가당' 장구를 치는 간장 장수와 '딸랑 딸랑' 종을 치던 두부 장수가 있었다. 강냉이를 주던 고물 장수는 '둥둥둥' 북을 치고 엿을 주던 엿장수는 '쨍강쨍강' 가위질을 했다. '엿장수 가위질의 박자는 몇 박자일까요?' 하면 '엿장수 맘대로!' 라고 대답하던 수수께끼가 있던 시절이다. 일요일 마루에 앉아있으면 이런 소리가 반복해서 들려서 지루하지가 않아 좋았다. 정오엔 점심밥 잡수시라 사이렌이 울리고, 마을 전봇대에선 하루 종일 라디오 소리가 스피커를 타고 울려 퍼졌다. 돌대가리(지금은 금지된 말. 머리가 나쁘다는 어렸을 적 표현)가 아닌, 그 시절을 살았던, 모든 대한민국 사람들이 유행가 가사를 지금까지도 정확하게 기억하는 것은 그 탓이 아닐까 하는 생각이다.

땅콩 밭에 땅콩이 익을 무렵부터는 멱을 감을 수 없었다. 햇볕은 뜨거워도 물이 차가워 들어가기 싫어지는 때다. 추수가 끝난 고구마 밭을 삽으로 파서 이삭을 한 대야씩 캐기도 했다. 땅콩 서리와 콩 서리가 재미난 가을이다. 서리가 시들해지면 전쟁놀이를 하며 놀았다. 과수원에서 한 가방 먹을거리를 채워서 봉의산에 오른다. 낫으로 나무를 베어 본부를 짓고, 서리해온 과일과 무기로 사용할 솔방울에 고무새총 탄환으로 쓸 구슬만한 돌맹이까지 모두 모아서 보기 좋게 진열해 놓는다. 억새와 나뭇잎을 모아 깔면 푹신하고 향긋한 본부가 완성된다. 솔방울을 던지며 하는 솔방울 싸움은 맞아도 그리 아프지 않아 재미가 더 났다. 고무 새총으로 무수히 많은 새들을 겨냥해 쏘고 또 쏘았지만 그 누구도 잡지는 못했었다.

명동에 있는 금붕어와 잉꼬 거북이 등을 파는 애완물 취급점에서 다람쥐를 비싸게 산다고 했다. 외국 사람들이 한국의 예쁜 다람쥐를 너무 좋아해서 수출을 한단다. 다람쥐를 발견하면 돌을 던지며 쫓아간다. 다람쥐가 제집으로 들어가 숨으면 다람쥐 잡이가 시작된다. 마른 풀과 솔잎으로 연기를 피워 굴속으로 부치면 다람쥐 집 비상구에서 연기가 난다. 사람 수에 맞춰 구멍을 메우고 한참을 기다리면 캑캑거리며 다람쥐가 나온다. 소리에 귀 기울이며 만반의 준비를 하고 있다가 움켜잡는다.

다람쥐는 동네 형이 가지고 가고 우린 과자를 가끔 얻어먹었다. 마을 형의 졸병 노릇도 싫고 다람쥐 잡이도 마음에 들지 않아 될 수 있으면 우리끼리 놀았다. 마을의 중학생 형은 담배도 피워보라 하고 술도 마셔보라고 한다. 우리 앞에서 능숙하게 피우고 마시는 것이 무척 자랑스럽나 보다. 참 별 볼 일 없고 한심해 보였다. 키 크고 싸움을 잘하던 나는 중학생 정도는 대단찮게 생각했다. 내 맘대로 행동했고 그들도 못 본 척 인정을 해주어 서로가 불편하고 어색했지만 두루뭉술 잘 지냈다. 다른 마을 아이들과 대치할 때는 서로가 의지하는 처지라 몰라라 지낼 수도 없는 사이였다.

부자, 가난뱅이, 고아, 미군, 양공주가 어울려서도 어색하지 않도록 서로를 배려하며 살던 마을. 삼악산, 대룡산, 봉의산이 보기 좋게 자리 잡은 곳. 맑은 물이 가득 담긴 의암호, 춘천호, 소양호. 이름이 예쁜 여우고개, 샘밭, 한우물, 말탕개미. 가난이 싫어서 돌아가고 싶지 않은 시절의 기억까지도 아름다운 마을이 춘천이다.

요즘은 고향에서도 내비게이션이 없으면 약속 장소를 찾을 수 없게 되었다. 일 년에도 몇 번씩은 다니는데도 매번 새 길과 건물들이 나를 어리둥절하게 만든다. 옛 친구가 살고, 집은 낡아 허물어졌지만 집터가 남아있고, 돌아가신 부모님의 추억이 배어있는 춘천이 좋다. 잡지나 TV뉴스에서 사진만 보아도 행복해지는 그런 고장이다. 형님이 살고 있고 그 집을 친구들은 철수네 집이라 불러준다. 요즘도 나는 춘천의 꿈을 자주 꾼다.

'내 고향은 춘천입니다.'

Part 2

정든
타향에서

# 타향살이

– 타향: 고향이 그립다면서도 떠날 수 없는 알쏭달쏭한 동네 –

．

．

　나는 참 친절한 남자다. 남들이 그렇게 생각해주길 바라는 맘에서 친절한 것이 아닌 원래부터 천성적으로 착하고 친절한 사람이다. 요즘 세상 대명천지에 그런 남자가 어디 있냐고 믿기 어렵겠으나 사실이다. 큰 덩치에 눈이 부리부리하고 목청까지 커서 맘이 여린 이는 이유 없이 겁부터 낸다. 이런 상황에서는 가까운 사이로 발전하기 어려워서, 일부러라도 표정을 부드럽게 하고 웃는 모습으로 상냥하게 대하려고 노력한다. 누가 해도 그만 하지 않아도 뭐라 하지 않을 하찮은 일까지 먼저 나서서 하려하는 마음가짐으로 생활해 온 참 괜찮은 남자다. 함께한 세월이 길어질수록 좋았던 생각이 많이 나는 그런 사람이고 싶어 하는 외로운 남자다.

　외로움을 많이 타 더욱 친구가 아쉽고 그립다. 고향을 떠나 객지 생활을 오래하여 아는 사람은 많으나 마음속까지 깊이 정든 고향 친구 같은 이는 만들지 못했다. 나를 낮추고 비위를 맞춰주며 그렇게나 친절하게 굴었는데도 속마음으로는 데면데면한 것이 좀처럼 가까워지지 않는다. 겉으로는 엄청 친한 사이로 보이는데 아쉽다. 사람에 대한 그리움은 날이 갈수록 깊어지고 외로움만 더해간다.

소도시의 사람들은 사교적이지 못하다. 지킬 것도 별로 없어 보이는데 뭘 그리도 감싸고 웅크리는지 아직도 모르겠다. 빼앗고 싶을 만큼 욕심나는 것도 갖지 못하였으면서, 참 알 수 없고 이해되지 않는다. 혈연과 지연으로 단단하게 결속하여 객지 사람에게는 틈을 내주지 않는다. 자신들의 영역임을 과시하며 이유 없이 배척한다. 끼리끼리 모이면 원시적인 힘으로 상식 밖의 행위들을 서슴없이 한다. 일대 일로 대면했을 때의 상냥함과 예절 바름을 예상했다가는 황당한 봉변을 당할 수도 있다. 무리를 지으면 서로가 의지하며 뻔뻔하고 무지막지한 야만인으로 돌변한다. 생각 없이 대했다가는 예견할 수 없는 일을 당하기도 한다. 한 사람씩은 착한데, 참 심약하고 어리석은 겁 많은 사람들이다.

토박이가 없어 모두가 타향이었던 함백의 사람들은 거칠고 투박하고 도전적이었다. 석탄 광산에서 일하는 광부와 그들을 상대로 상업을 하는 사람. 관공서와 학교 등의 직원으로 구성된, 작지만 전국의 인종이 모인 특이한 마을이다. 막장생활에서의 두려움으로 일상에서는 무서움을 모르는 무법자인 광원. 남편이 일 나가 없는 시간을 무료하게 보내는 그들의 아내. 넘치는 돈을 따라 흘러든 팔도의 장사꾼. 뒷배를 봐주는 '빽'이 없어 억울하게 밀려왔다는 파출소 순경, 은행 직원, 우체국과 병원의 직원들, 학교 선생님들이 각자의 한을 품고 탈출을 꿈꾸며 살아가는 마을이 함백이다.

가슴에 원한을 한 가지씩은 품고 사는, 한 많은 군상들의 어수선한 마을. 하늘을 보려면 고개를 뒤로 한껏 젖혀야 하는 깊은 골짜기 마을이 주는 답답함으로 항시 초조하고 불안하여 마음의 여유를 가질 수 없는 곳. 지형적으로 사람을 옥죄어 누구나 달아나고 싶다는 생각을 하게 만드는 골짜기 마을에는 우중충한 음기와 괴기가 섞여 마을을 덮고 있다. 사람의 마음을 달래줄 자연환경이나 여가 시설이 전혀 없어 삭막하기 그지없고 흐르는 냇물마저 석탄 빛으로 검다. 마을을 짓누르는 무채색의 우중충한 기운이 모두를 우울하게 만든다. 가슴에 한을 품은 사람들이 무채색의 마을에서 희망을 잃고 살아간다.

광부들은 막장에서 목숨 걸고 번 돈으로 유흥가에서 먹고 마시든가, 빈방을 꿰차고 끼리끼리 모여앉아 도박판을 벌이며 시간을 죽였다. 마을 대부분을 차지하고 있는 술집들은 매일 매일이 호황으로 작부들의 노래 장단이 골목으로 퍼졌다. 술에 절어 살거나 도박으로 인해 많이 벌고도 항상 가난했다. 서로가 서로를 탓하며 다툼과 싸움을 일상으로 여기는 막장인생들이다. 사람이 거칠고 골목과 마을이 황폐한 탄광촌 함백에서 5년을 살았다.

너무 비관적으로만 마을을 그려놓아서 그렇지 한 꺼풀 풀어헤치고 속내를 살펴보면 더러는 재미났던 일도 많았던 곳이다. 사실과 다르게 말하고 믿어버려서 지금까지도 사실인 양 여기며 얘기하는 재미난 추억도 있는 그런 마을 말이다. 한마디로 말하자면 열악한 자연환경과 무법천지에서 피어난 청순한 연꽃 같이 향기로운 스토리도 있다는 말씀이다.

같은 동료직원으로 누구에게나 눈웃음을 지으며 호감을 보이던 희정 씨와의 관계는 순전히 아내가 꾸며낸 이야기로 나오는 전혀 관계가 없는 일이다. 아무리 여자가 궁하고 아쉬웠다 해도 희정 씨는 전혀 내 타입이 아니어서 관심을 가진 적이 한 번도 없었다. 희정 씨와는 달리 준서 누나와는 타의에 의한 데이트를 한 번 했었다는 건 숨기지 않겠다. 사실이기도 하고 숨길 일도 없었으니 떳떳하게 말할 수 있다. 원주에서 유학을 마치고 집에 돌아온 꽤나 예쁘고 수줍음 많던 처녀와 있었던 일이다. 그밖에 몇 번은 더 있었던 것도 같으나 가물가물 기억 속에서만 맴도는 하찮은 것들이라는 생각이 드는 일들뿐이다.

영월의 축제 단종제가 열린다는 날 아침, 술기운에 눈이 벌건 날 찾아와 깨운 준서 어머니가 단종제 구경을 가자며 잡아끈다. 대문 밖에 택시가 기다린다고, 기차 시간 늦는다고 난리다. 눈곱을 떼며 엉거주춤한 나를 택시에 밀어 넣고 자기는 앞자리 조수석에 앉는다. 뒷좌석에 앉았던 준서 누나가 인사를 하여 어색하게 받았다. 말은 들었었으나 실물로 보기는 처음이다. 덜 깬 술기운으로도 예쁘다는 생각이 들었다. 오늘 여행의 목적이 단종제 구경이라더니 택시는 엉뚱하게 고씨굴로 향했다. 줄배를 타고 건너야 하는 강 건너 굴에는 둘이 갔다 오란다. 자기는 너무 많이 와 봐서 들어가기 싫다고 하면서.

처음 구경하는 석회석 동굴을 흥미롭게 구경했다. 이른 아침이고 단종제 날이라 그런지 관광객은 우리 둘 뿐이다. 텅 빈 동굴을 화살표만 보며 걸었다. 종유석의 이름과 설명이 남녀의 성에 비유한 것이 많아 난감하고 불편했다. 18금 동굴도 아닌데 내용이 야해서 어색하고 민망했다. 지금 생각해 보면 참 많이 순진해서 손해를 보았다는 느낌마저 드는 아쉽기까지 한 장면이다.

다시 강을 건너 준서 어머니를 만나서야 맘이 놓였다. 점심을 시켜 놓고 기다리다가 우리를 반갑게 맞아주신다. 동강에서 잡은 민물고기 매운탕으로 해장을 하고 나니 살 것 같았다. 목적한 단종제는 근처에도 못 가보고 시내에서 쇼핑만 하고 돌아왔다. 나에게도 몇 가지 옷을 골라 주었다. 그 일로 두고두고 아내에게 놀림을 당했다. 그 날의 빚은 좋은 사윗감을 소개해드리는 것으로 갚았다. 아주 자연스럽고 해피하게 난감한 상황을 영리하게 벗어날 수 있었다.

아내는 심심할 때 마다 희정 씨와 준서 누나 이야기로 나를 놀려먹었다. '아빠! 저기 새골장모님 오신다.' 준서 어머니의 호칭이 아내에게서 새골장모로 불리게 되었고 나는 아무 일 없었노라고 매번 설명하는 곤욕을 치렀다. '내가 아니면 희정 씨와 결혼했을 텐데.' 희정 씨는 내가 끔찍하게 싫어하는 타입인 줄 뻔히 알면서도 아내는 즐기며 놀려댔다. '우~씨' 아내에 관한 정보가 전혀 없어서 지금껏 반격 한 번 못해보고 계속 당하기만 하며 살고 있다. 아무리 살펴보아도 아내의 꼬리는 너무 짧아서 찾을 수가 없다.

함백은 5년을 살고 떠나면서도 아쉬움이 없던 동네다. 하지만 아내를 만나 꿈같은 연애와 달콤한 신혼살림을 차렸던 추억으로 그리운 곳이기도 하다. 짱구가 태어나 아장거리며 걸어 다닐 무렵 세 식구가 가정을 이루어 함께 나왔다. 막장마을 함백은 내가 어른으로 태어난, 가끔은 짠하도록 그립기도 한 마을이다. 옛날에도 삭막했던 마을이 폐광으로 황폐하게 버려졌다. 떠날 만한 사람들은 모두 떠나가고,

갈 곳 없어 남겨진 사람들만이 웅크리고 사는 이야기 속의 마을로 남아 가슴이 짠하다.

빛나는 인생의 황금기 12년을 살았던 속초는 우리 가족의 고향으로 남아있는 마을이다. 전후에 생성된 도시로 함경도 아바이와 양양 사람 그리고 객지에서 흘러든 사람이 비슷한 수로 형성된 인구 6~7만의 아주 작은 소도시다. 지역의 젊은이들은 속고와 상고 출신을 신 주류로 세를 형성하고 나머지를 뜨내기로 취급하기도 한다. 촌놈 텃세가 막 시작되는 신도시와 비슷한 곳이다.

설악산과 동해 바다. 가고 또 가도 자꾸만 가고 싶어지는 산 설악산. 신흥사 신도증을 만들어 입장료 없이 수시로 드나들던 참 아름다운 산이다. 높이 오르지 않아도 숲이 짙은 산. 나무젓가락에 감아 팔던 된 조청 엿을 사먹던 즐거움. 김밥을 싸며 행복해하던 시간. 봄이면 시냇가에서 낚아 튀겨먹던 은어. 깊은 밤 가로등 밝은 설악산 입구 공원에서 하던 삼겹살 파티. 장사동의 사요리, 대포항의 놀래미, 속초항의 숭어 쓰리, 산·들·바다가 아름다운 젊음의 도시가 속초다.

속초 사람은 말씨가 곱다. 아바이 마을의 함경도 사투리를 빼고는 모두 부드러운 표준말을 사용한다. 용모는 서울 중심가 사람과 비교해도 손색없을 정도로 세련되었다. 여름이면 도시를 가득 메웠던 외지 사람들 영향이라 생각된다. 예전의 속초는 풀밭뿐이었고 사람들은 양양에만 살았다 한다. 천주학을 믿는 신도들이 숨어들어 개화가 빨랐고, 질 좋은 철광이 있어 부유했던 마을이다. 그래서 강릉이나 삼척에는 있는 사투리가 없는 특이한 오지마을이다. 새로 형성된 도시라서 세련된 것이 아닌 옛날부터 촌티를 벗은 마을이라는 말이다.

며칠 전 아내는 옛 속초 친구를 만나러 서울에 다녀왔다. 즐거운 시간이었다고 한다. 나는 가끔 소식을 듣고는 하지만 정겹게 어우러질 친구는 없다. 가장 친했다고 믿었던 사람들로 인한 손실로 실망해서 더 아쉬움이 크다. 아내의 친구도 속초를 떠나 서울에서 살고 있다. 12년을 살았던 도시인데 아는 사람은 있으나 특별하게 친분이 두터운 사람은 없다. 찾아가 만나면 반갑다고 호들갑이야 떨겠지만 깊은 속정은 별로 없다. 객지는 그냥 객지일 뿐이라고 서로가 서로에게 깊은 정을 주지 않고 살아서 그렇게 되었나싶어 아쉽다.

30대를 보낸 도시. 나보다는 아내가 열심히 일했던 곳. 아이가 자라 중학생이 된 도시. 우리 식구의 함께한 추억이 가장 많은 도시가 속초다. 언젠가는 돌아가서 살고 싶었던 곳이기도 했던 마을이 변했다. 20년 세월은 속초의 추억을 다 감춰버렸다. 오랜만에 찾은 그리운 도시가 변했다. 거리와 사람들이 모두 낯설다. 우리가 알던 속초가 아니다. 나의 속초는 내 기억 속에서만 존재하는 도시가 되었다. 돌아가고 싶어도 갈 수 없게 되어 가슴 한편이 저리도록 아렸다. 추억 속의 풍광을 현실에서 찾으려 하면 안 된다. 그냥 마음속으로만 생각하고 추억이라 말하며, 그리워하며 살아야 한다.

'아~ 강릉, 강릉, 강릉' 희망을 꿈꾸던 도시. 절망을 경험한 도시. 그리고 계속 살아야할 도시. 나와 같이 객지에서 생활하던 영기가 고향으로 돌아갈까 생각한단다. 춘천에서 친구 딸 결혼식에 참석하고 뒤풀이 자리에서 한 말이다. 술집 밖으로 높이 솟은 새로 짓는 아파트를 알아봤단다. 객지 생활 아무리 오래해도 옛 친구만한 사람은 사귈 수 없다고, 그래서 외롭고 그리워서 고향으로 돌아가겠단다. 나도 그

렇기는 매한가지다. 가끔 참석하는 경조사도 대부분 춘천에서의 일이
다. 강릉에서도 자주 있지만 그건 의무감에 인사차 참석만 하는 것으
로 다르다. 마음에서 우러나 참석하는 춘천의 행사는 초상집도 즐거
울 만큼 반갑다. 타향과 고향, 그 느낌이 확연히 다르다.

　20년을 살아온, 인생의 1/3을 살아온 강릉인데 그 세월이 짧게 느
껴진다. 나이 들어가는 세월은 흐름이 확실히 빠른가 보다. 30대에는
30km로 가고 40대에는 40km로 간다는 말이 틀리지 않나 보다. 이젠
남은 시간 더 빨리 흐를 텐데 정신을 바짝 차려야 되겠다. 지금은 시
속 60km. 100km로 사는 사람도 가끔 TV에 나오고 앞으로는 100세 시
대가 된다고 하니 더욱 마음을 다잡아야겠다.

　영화 「웰컴투 동막골」에 강릉 사투리가 나온다. 오리지널이 아닌
배우의 연기에 의한 말이라 재미있게 느껴지기도 한다. 사실은 그와
는 많은 차이가 있다. 참 듣기 어렵고 투박하고 억센 말이다. 사람의
정이 느껴지지 않는 사투리다. 물론 그들끼리는 참 좋아들 한다. 나는
아직 강릉 사람이 덜 되었나보다. 춘천이나 서울에 가면 내 말이 완전
한 강릉 말이라고 한다. 어이가 없다. 강릉에서는 강릉 발음이 아니라
고 객지 사람 취급으로 서러움을 주고 고향에서는 자기들과 말이 다
르다고 타박을 한다. '강릉 사람 다 되었네. 그냥 강릉 살아.' 고향으
로 오겠다는 영기에게 친구들이 한 말이다.

　높은 태백산맥을 경계로 영동지방은 서울과 멀어 언어와 풍습이
매우 다르게 발전해 왔다. 령으로 인한 기후의 다름은 생산되는 양곡
이 다르고 바다에서 생산되는 수산물의 종류도 완연히 다른 전혀 딴
세상의 마을이다. 외지와 왕래 없이 살아온 조상들의 내력 때문인지

　　　　　　　　　　　　　　　　　　　　　　　정든 타향에서

지금까지도 타지인과의 소통을 꺼리며 어려워한다. 끼리끼리만 무리를 지어 세를 과시하며 생활하는 특이한 마을이다. 일찍이 사임당과 율곡 선생, 허균, 허난설헌을 배출한 명문 토호 세력가가 많았던 고장인 점을 생각해 보면, 오늘날 그들이 보이는 외지인 불감증은 이해할수 없는 일이다.

강릉 사람들은 뭉치기를 좋아한다. 오랜 세월 강릉을 쥐락펴락한 성씨들인 김 씨, 최 씨, 권 씨 등 혈족으로 종씨들이 뭉치고 협력하며 그들만의 세상을 구가한다. 학연 쪽으로는 역사가 깊은 농고, 상고, 강고, 강릉여고 등이 강력한 구심체 역할을 하며 철저하게 외부인을 배척하는 생활을 한다. 또한 사적으로는 각종 모임의 계를 만들어 친목을 도모하는데, 대부분의 토착민은 얽히고설킨 열 개 넘는 계모임을 하면서 살아간다. 생활의 중심에는 항상 계모임이 있고, 그를 벗어나면 불안해하며 허둥댄다. 이해할 수 없는 부분이 많은 사람들이다.

계모임에서는 고장의 사투리를 자랑스럽게 사용하고, 바닷가 특유의 큰 목청으로 세를 과시하여 몹시 소란스럽다. 목소리의 크기로 동족의 힘을 나타내는 원시부족과 똑같다는 생각이 들 정도로 와글거린다. 유독 모임이 많은 강릉 사람은 그 힘이 억세고 거친 듯하나, 한 명씩 상대해 보면 대부분 온순하고 순박한 딱 '동막골' 사람 그대로다. 아마도 억척스런 외지인에 대항하여 그들의 삶을 지키기 위해 뭉치고 단합하다가 오늘날 폐쇄적인 성향을 지니게 되었나 싶다. 한편으로는 측은한 마음이 들 때도 있다.

20여 년 전 처음 강릉에 정착하여서는 시장에서 물건을 사기 힘들정도였다. 자연스런 장 구경도 강릉에서는 모험심을 요구하는 일 중의 하나였을 정도다. 진열된 물건을 만져보거나 가격을 물어보고 그냥 지나치다가는 평상시 듣지 못하였던 강릉지방 특유의 억양과 투박한 목청의 투덜거림과 욕설을 듣게 된다. 그 소리가 욕설이나 투덜거림이 아닌 그들의 일상의 언어라는 것을 이해하기까지는 많은 시간이 필요했다. 하지만 요즘도 가끔은 불쾌하기는 하다.

이제는 척 보고도 그가 강릉 사람인가를 구별할 수 있을 정도가 되었다. 웃는 모습으로 사람을 바라보거나 의복이 세련된 경우 대개가 외지에서 들어온 사람이다. 헬스클럽이나 대중탕 상점에서 먼저 인사하고 말을 걸면 열에 아홉은 외지인이다. 음식점에서도 접대가 세련되고 살가우면 틀림없는 외지인 식당이다. 이제는 강릉의 토속 음식점까지도 외지인이 다 차지한 것 같다. 현지인의 개업 모습은 자못 웅장하다. 사람이 바글바글 몰려들어 성공을 예감케 한다. 하지만 얼마 못 가 떨어지는 상술과 그들끼리의 질투로 인해 크게 성공하는 집은 못 본 것 같다. 외지인을 배척하면서도 동경하는 이중적인 면이 많아 적응이 쉽지 않다.

요즘은 이런 강릉 사람의 투박함을 즐기며 살고 있다. 모래알처럼 개개인은 반짝이며 빛나지만 그 존재가 작아 내 삶에 크게 영향을 미치지 못한다. 다만 혈연·지연·학연으로 뭉치면 그 존재감이 상당하다. 물론 그때는 못 본 척 지나치면 된다. 그들만의 리그에는 관심을 가질 필요가 없기 때문이다. 강릉은 지역의 지리적 조건이나 인구의 수에 비하면 인재가 많이 탄생되는 특이한 고장이다. 투박한 그들이 넓은 세상에서 잘 적응하여 빛을 발하는 걸 보면 이 지방 풍수가 좋기는 엄청 좋은가 보다. 세월이 흘러도 이 고장을 뜨고 싶은 생각이 들

정든 타향에서

지 않는 것도 좋은 풍수의 영향인 것 같아 흐뭇한 생각까지 든다.

산세가 웅장하고 경치가 아름답다. 물이 맑고 깊어 질 좋은 수산물이 생산된다. 올림픽이 열리고 기찻길이 열리면 이 고장이 더 좋아지리라 기대가 크다. 발전하는 모습이 보이는 고장. 전설과 미래가 공존하는 특이한 고장 강릉에서 가끔씩 고향을 잊어버리기까지 한다. '타~향도 정이 들~면, 정이 들면 고향이라고 그 누가 말했던가 말을 했던가. 바~보처럼 바~보처럼' 나도 모르게 까마득하니 잊고 지내던 노랫가락이 흥얼흥얼 흘러나왔다.

# 관주觀酒에 올라 주선酒仙을 우러르다

### – 술 맛과 사람의 마음은 믿을 게 못된다 –

∙

∙

　술 마시고 담배 피우는 사람들은 하나 같이 비슷한 핑계를 댄다는 공통점을 가지고 있다. 모두 그 시작의 원인은 순진하고 착한 자신이 아닌, 남의 꼬드김에 빠져서 그리되었다고 똑같은 변명들을 한다. 지구에 상주하는 인종(소설 또는 영화나 드라마를 통해서 얻은 정보)들은 그 종에 구별 없이 가장 많이 하는 행위의 시작을 남의 탓이라고 책임을 전가한다. 물론 몇몇 자신을 잘 통제하는 극히 소수의 성인 급의 인간을 제외한 평범한 사람들을 두고 하는 말이다. 특히 이로 인해 발생하는 크고 작은 사건 사고 앞에서는 증상이 더 심해진다. 자기 자신도 변명으로 면피되기보다는 사람만 쫀쫀해지고 우스운 꼴이 된다는 것을 알면서도 반복적으로 같은 실수를 되풀이 한다.

　'친구 따라 강남 간다.'라는 말처럼 자신의 의지와 관계없이 그냥 그 일을 저질렀다는 말이다. 아마도 내 친구 중 몇 명은 분명 이렇게 말할 것이다. '다, 철수 때문이야. 나보고 술 마시라고 처음 술잔을 내민 놈이야.', '나는 정말 눈이 맵고 기침이 나서 싫다고 했는데 철수가 괜찮아진다며 꼬드겨서 눈물 콧물 흘리며 시작했어.' 틀린 말은 분명 아니다. 그래도 그건 좀 비겁한 것 같다. 나중에는 나보다도 더 자주 더 좋아하며 즐겼으면서 잘못이 생길 때마다 내 탓이라고 하니 말이다.

나는 술만큼은 스스로 맛을 알고 찾아 마시게 되었다고 말하는 몇 안 되는 사람 중에 속한다. 어렸을 때 내가 동경했던 많은 사람 중에는 막걸리 양조장의 배달꾼 형들도 포함되어 있었다. 장식이 요란하게 붙은 커다란 짐자전거에 나무로 둥글게 만든 술통을 두 줄로 높이 쌓고도 짐받이 양옆에는 한통씩 매달고, '찌리링' 종을 울리며 내달리는 배달꾼의 모습은 너무나 멋져 우러러 보이기까지 했다. 형들이 배달하는 막걸리의 맛을 알고부터는 선망하는 마음이 더욱 더해갔다. 초등학교 입학 전부터라고 기억되는 막걸리 맛은 시간이 흐를수록 잊을 수 없게 되었다.

놀이 도중에 불려가서 하는 심부름은 정말 싫은 일 중의 하나였지만, 주전자에 술 받아오는 심부름만은 좋아라하며 남의 심부름까지 가로채서 할 정도로 예외였다. 술도가에 가서 받아오는 술심부름은 모두가 내 몫이라며 좋아했다. 순전히 찰랑거리며 흘러내리는 막걸리가 아까워서 마셨을 뿐이다. 돈 주고 산 것을 땅에 흘리면 얼마나 낭비인가? 그래서 흘리기 전에 미리 입을 대고 한 모금씩 마시며 흘리지 않도록 방비를 했다. 사실은 시큼하고 달짝지근한 막걸리 맛 때문이었지만……. 집에 오는 동안 표 나지 않게 조금씩 마셨고 아무도 눈치 채지 못하였다. 이따금 집에서 담은 막걸리가 부엌에 있을 때는 표 나지 않게 떠 마시곤 하였다. 명절날 차례를 지내거나 제사를 지내고 한잔씩 마시는 음복주도 나는 사양하지 않고 받아 마셨다. 무서움을 안 타게 된다나 뭐라나 핑계를 대면서.

맑은 술인 소주는 너무 독하고 냄새가 지독하여 마실 엄두를 못 내었다. 학교 앞을 지나 우리 학교의 숙적 봉의초등학교 가는 길에 녹향 소주 공장이 있었는데 근처만 가도 냄새가 역하여 피해 다녔다. 양조장 옆 돼지우리에 있는 커다란 돼지는 살이 너무 쪄서 언제나 누워 있었다. 어른들 말인즉슨 술 찌개미를 먹고 항상 술에 취해 잠만 자서 그렇다고 했다. 술에 녹아 내장으로 순대도 만들지 못한다며 고기도 먹어봤자 헛일일 거라고 수군거리곤 했다. 25도가 넘는 소주는 어른들 중에서도 중독자 수준에 있는 아저씨들만 마셨다. 술맛을 제대로 아시던 우리 아버지는 서울 술 '진로'만 드셨다. 내가 마셔 봐도 진로는 마실 만했다. 게다가 진로는 극장에서 광고 영화까지 하는 술이다. 진로는 재복을 나타내는 두꺼비를 상징물로 삼았는데도 돼지에게 밀렸는지 광고에는 돼지를 썼다. 돼지 세 마리가 진로 병을 들고 어깨동무를 하고 행복한 표정으로 노래를 부르는 선전이다. '진로 한 잔하고~ 짠! 짠~ 진로 파라다이스~' 아직도 멜로디와 가사가 생생하니 떠오른다.

내가 술을 마셨다는 건 흘리는 술이 아까워서 한 모금씩 마셨던 수준이라는 말이다. 취하도록 마셔본 것은 고등학교 졸업식 날이 처음이다. 술주정뱅이 어른처럼 취해서 정신을 잃고 해롱거렸다. 졸업식 뒤풀이를 전원다방(춘천 명동에서 클래식 음악을 주로 틀어주던 있어보이던 찻집) 근처에 있던 중국집에서 했다. 돈을 추렴하여 담임선생님을 모시고 둘러앉은 자리에서 처음으로 빼갈(고량주)을 마셔봤다. 주먹만 한 하얀 사기병에 담긴 소주와 같은 맑은 술이 어찌나 독하고 냄새가 역한지 토할 것만 같았다. 친구들이 눈치 채고 놀릴까 봐 고개를 돌리고 눈물까지 훔쳐내며 마셨다. 선생님이 하사하시는 술은 무릎을 꿇고 받아 단숨에 넘겼다. 목구멍에 불이 난 것처럼 화끈거렸다. 교가를 부르고 어찌어찌 자리가 끝났다. 주동자끼리 한 잔 더 마신다고 남으란다. 화장실에 가는 척 밖으로 나와 찬바람을 쐬니 속이 뒤집혀 폭포수처럼 술을 게워 냈다. 속이 후련하고 정신이 들었다. 아무도 본 사람 없는 완전범죄(?)였다. 스스로 경험해서 터득한 이 방법을 훗날 종종 애용하여 주당으로 군림하는 계기가 되었다.

제정신으로 버티는 친구들이 없었다. 그 중 상태가 가장 나은 내가 뒤처리를 하여 집으로 보내줬다. 집에 와서 밤새 괴로움으로 몸부림친 일을 친구들은 모른다. 이 일로 나는 술이 가장 강한 사람으로 인정받았고 술자리마다 빠지지 않고 불려 다니게 되었다. 결코 좋은 일은 아닌데도 당시엔 꽤나 으쓱한 자랑거리로 여겼다. 나는 지금도 중국술은 잘 마시지 못한다. 옛날의 지독했던 냄새가 40년이 넘게 지난 지금도 생생해 술병만 보아도 속이 메슥거렸고 중국 요리까지 멀리하게 되었다.

대학에 진학을 포기하고 공무원이 된 친구가 술집으로 앞장서서 들어갔다. 학생들이 들어갈 수 없는 비싼 술집이다. 방석집이라 불리던, 요정보다는 한 급 아래에 있던 술집이다. 꽤나 벌이가 쏠쏠한 중

산층 이상의 사람들이나 드나들 수 있는 술집으로 모델 같은 아가씨들이 가득했다. 짙은 화장에 향수 냄새를 풍기며 옆에 앉는 한복 차림의 아가씨가 선녀로 보였다. 너무나 황송해서 쳐다 볼 수조차 없을 지경으로 황홀하다. 따끈하게 데운 정종으로 시작하여 속을 달래고 양주가 나왔다. 영화에서 보았던 술을 처음으로 마셔봤다.

술을 따르고 안주를 먹여주고 왕이 된 기분이다. 버스비 정도의 돈을 지니고 다니던 내가 친구 덕에 별천지 구경을 하게 되었다. 친구 놈은 익숙하게 좌중을 지휘하며 우리들 몫의 팁까지 후하게 뿌리며 호기를 부렸다. 부럽다. 공무원이 좋기는 좋은가 보다. 은행에 취직한 친구를 따라서 출입하고, 경찰이 된 친구를 따라서 출입하고, 군인 장교가 되어 나타난 친구를 따라 출입했다. 나는 돈벌이하는 친구가 부러운데 그들은 대학에 다니는 내가 자랑스럽고 부러운 눈치다. 요즘은 순경에 은행원, 공무원은 대학원까지 나와도 들어가기 힘든 직장이 되었지만, 우리 때는 고등학교를 졸업하고 바로들 들어가던 일자리였다.

변변한 일자리가 없던 시절이라 중국집이나 대폿집에도 작부들이 있었다. 요정에서 방석집 아가씨로 마지막으로 작부가 된다. 나이는 많아도 나름의 애교를 부리며 매상을 올리려 안주와 술을 냉큼냉큼 잘도 먹었다. 거나해지면 젓가락 장단을 치며 노래를 부른다. 술병에 수저를 꽂아 흔들고 빨래판을 긁어 장단을 맞추고 가지고 있는 재주도 여러 가지다. 장구를 치거나 가야금을 뜯던 요정이나 방석집의 모습과는 딴판이다. 그래도 술값이 저렴해서 마음은 편했다.

젊은 시절 술자리에서는 호기를 부리느라 술내기를 자주했다. 술을 마시기 위한 핑계의 한 종류지만 판이 커지면 속으로 엄청나게 부담이 되기도 했다. 내가 처음으로 한 술 마시기 내기는 내 나이와 같은 오촌 아저씨의 결혼식 날 저녁 물로리 할아버지 댁에서다. 소양댐에서 배를 타고 두 시간쯤 가면 물로리가 나온다. 가리산 아래 자리 잡아 옛날에는 버스를 내평리에서 내려 끝없이 걷던 오지의 산골 마을이다. 호수가 생겨 오히려 교통이 좋아진 동네다. 이유는 알 수 없지만 피난 나오신 작은 할아버지가 자리 잡고 사시던, 피난처로는 최고였지만 세상과 너무 멀리 떨어진 곳이다.

마당에서 전통 혼례가 진행되고, 나는 그때부터 마당에 친 차일 아래 술상 앞에 앉아 옥수수로 담근 노란빛의 잘 익은 술맛에 빠져들었다. 변변한 양복이 없어 대학생 교복을 예복으로 입고 우리 집의 대표로 참석했는데 의외로 효과가 좋았다. 모두들 대학생을 신분이 다른 사람으로 우러러 보기까지 했다. 다른 사람들 상에는 옥수수 막걸리가 놓여도 내 상에는 질 좋은 약주(막걸리를 거르기 전 먼저 떠낸 좋은 술)가 올랐다.

사랑방을 호야불과 남포불로 밝히고 마을의 장정들이 모여들었다. 유도와 복싱으로 단련된 호리호리하고 큰 키의 단단한 내 몸이 노동으로 다져진 작고 투박한 그들의 몸에 밀리는 완력이 느껴졌다. 호기롭게 신랑을 달아먹는 구경을 하고 걸게 술상을 받고 둘러앉아 마셨다. 신랑의 발을 어깨에 메었던 완력이 세게 생긴 청년이 내 옆에 앉아 술 사발을 내밀며 호기롭게 말했다. "술 좀 마셔본 것 같은데 내기 한 번 합시다.", '이런 촌놈이 죽으려고!' 속으로 움찔하며 비꼬았지만 태연하게 대답했다. "난, 술이 그리 세지 못하지만 아직 진 적은 없으니 한번 해 봅시다." 심판이 나서고 모두가 둘러앉았다. 잔칫날이라 나름 곱게 차려입은 동네 아가씨들도 구경에 참여했고 총각들은 신바람을 냈다. 잔치집이라 안주거리가 푸짐한데도 진 사람이 닭 두 마리를 구해다 안주로 만들어 오기란다. 나를 골탕 먹이려고 하는 수작이 뻔했다. 도시에서 온 허여멀건 대학생을 이겨먹겠다고 모두가 작당을 한 모양이다.

맛 좋은 옥수수술이 동이에 담겨 나와 보기에도 질려서 기권하고 싶은 마음이 굴뚝같았지만 체면상 그럴 수도 없었다. '죽기 아니면 까무러치기다.' 찰랑이게 한 대접씩 마셨다. 거무튀튀한 상대편의 얼굴에 여유로운 미소가 피어올랐다. 두 잔을 마셨다. 전과 동. 청자담배를 피워 물고 여유롭게 마셨다. 상대편에 담배를 권하며 기권해도 창피한 일은 아니니 무리하지 말라고 말했다. 심리전을 하며 시간을 끌 심산이었으나 세 잔을 비워내며 눈길로 나를 재촉했다. 여섯 잔이 넘어가니 배가 불러 도저히 먹을 수 없었다. 도수가 약한 막걸리는 술내기에 어울리지 않는 술이다. 너무 속도가 빨라 미처 취기가 오르지 않은 탓도 있지만, 얼음처럼 찬 술로 오한이 일며 배가 찌르르 위험 신호를 보낸다. 상대편도 속이 거북하기는 마찬가지인 것 같다. '참아야 하느니라!' 자세를 바로 세우고 술잔을 거만하게 들고 호기롭게 들이켰다.

이번 잔이 몇 번째 잔인지도 모르겠다. 눈앞에 별이 반짝인다. 목구멍까지 술이 차올랐다. '이게 뭐하는 짓이냐!' 문이 벌컥 열리며 할아버지께서 들어오셨다. 점잖게 마셔야지 손님에게 무례하다며 마을 청년들께 훈계를 하신다. 눈치를 보며 머리를 조아리는 청년들과 처녀들을 피해 밖으로 나왔다. 외양간을 뒤돌아 거름더미 앞에 오니 찬 바람에 정신이 들며 아직 덥히지도 않은 술이 그대로 쏟아졌다. 얼마나 세차게 나오는지 순식간에 한 동작으로 끝냈다. 몸이 부르르 떨렸다. 속이 텅 빈 듯 허전하기까지 하다. 문밖으로 되돌아오기까지 몇 초도 걸리지 않았다. 열린 문으로 나를 보신 할아버지가 들어오라고 하신다. 일장 훈시를 끝으로 할아버지께서 안방으로 들어가셨다.

빨리 결판을 내자며 크기가 비슷한 바가지에 술을 따라 내민다. 큰 바가지에 술이 찰랑거려 들고 있기도 힘들었다. 꼭 나를 이기겠다는 모두의 눈초리가 안쓰럽기까지 했다. 속이 비어 여유가 생겼지만 힘 겨운 듯 천천히 마셨다. 2/3 정도 마시고 기권해야겠다고 생각했다. 놀이에 흥미가 없어졌다. 마을 처녀 중 가장 예뻐 보였던 아가씨가 보이지 않아 시들해졌다. 바가지를 내려놓으며 내가 졌다고 말하고 물러나 앉았다. 입 옆으로 줄줄 흘리고 마시던 청년도 바가지를 내려놓았다. 남은 술이 나보다 더 많았다. 대단했다. 나는 토하고 다 마실 수 있었지만 포기한 것이고 그는 아까의 포만 상태에다 더 마신 것이다. 모두들 내가 이겼다고 한다. 내일 저녁 닭을 잡아 다시 모이자며 헤어져 집으로 돌아갔다.

아침에 소식을 들으신 할아버지께서 무척 대견해 하셨다. 나는 내가 이긴 것이 모두 할아버지 덕분이라며 저녁의 일을 말씀드렸다. 내가 진 게임이라고. 그것도 전술이니 괜찮다고 하시며 이긴 것만 중요하다고 말씀하셨다. '에이, 할아버지도 차암~' 어찌 되었건 닭 두 마리는 살아남았다. 오후 배를 타고 멀미를 참으며 집으로 돌아왔다. 그날 저녁 그들이 모였었는지 할아버지가 사실을 말씀하셨는지는 지금도 알 수 없다. 몇 년 뒤 낚시질을 하러 물로리에 갔을 때는 모두가 이사 나가서 마을이 텅 비어 있었다. 할아버지만 남으셔서 낚시질로 소일하고 계셨다. 신선처럼 사시던 모습이 그립다.

다양한 방법으로 여러 가지 술을 마셨지만 소주와 맥주를 가장 많이 마셨다. 생선이나 고기에는 소주가 어울린다. 갈증을 해소하고 부담 없기는 맥주가 최고다. 맛으로 치면 소맥이 으뜸이다. 유행 따라 와인을 모으고 마셔봤지만 아직도 그 맛은 잘 모르겠다. 조상으로부터 물려받은 와인 맛에 관한 유전자가 내 몸속에 없어서 그렇지 않을까? 하는 생각이 들었다. 인삼주, 매실주, 청하, 백세주, 양주, 맥주, 소주. 이제는 그립기는 하지만 아쉽지는 않은 옛 친구들이다.

내가 가장 선호하는 술은 맥주다. 유럽 여행에서 맥주의 맛을 제대로 알게 되었다. 뮌헨의 맥주 축제 장소에서 마셨던 생맥주는 일품이었다. 로젠하임에 사시는 처형 집에 갈 때마다 축제를 찾아다니며 맥주를 마셨다. 맛이 기가 막혔다. 모두 그 지역에서 만드는 술이라 그곳에서만 마실 수 있는 술이다. 마을 곳곳에 있는 술집들도 모두 자기집 브랜드의 맥주를 팔았다. 알려진 상표의 맥주보다 더 맛이 좋다. 그런 맥주집이 많은 처형의 집을 나는 무척 좋아했다. 자주 가고 싶지만 너무 멀어서 아쉬움이 많다.

독일뿐 아닌 유럽의 나라들은 맥주를 잘 만든다. 프라하에서 마신 맥주도 맛있었고 스위스 국경 마을에서 마신 맥주도 괜찮았다. 하물며 북경의 맥주도 우리나라 맥주보다 맛이 좋았다. 마셔본 사람들 말로는 북한도 맥주는 우리보다 맛있게 만든다고 한다. 유럽식으로. 아

정든 타향에서

직 맛은 보지 못했지만 형편없는 우리 맥주를 생각하면 맞는 말일 것이라고 믿게 된다. 요즘은 수입이 자유화되어 유럽 맥주도 가격이 비싸지 않다. 마트에 가면 종류별로 다양해서 골고루 맛볼 수 있는 세상이다. 한국 맥주도 품질이 향상되었다고 광고하지만 믿을 수 없어 시도해볼 생각도 없다.

어른이 된 후 평생을 이 핑계 저 핑계로 술자리를 만들고 마셨다. 술에, 술에 의한, 술을 위한 삶이었다. 아내가 그렇게 말리고 사정해도 핑계 거리를 잘도 만들어 마셨다. 술꾼 친구들의 사정도 비슷한 것 같다. 가정의 평화가 위협받도록, 건강에 이상이 생길 정도로 마셨다. 상당히 중요한 일 같이 말하지만 사실은 술꾼들이 술을 마시기 위해 만들어낸 구실이 많다. 열이면 여덟, 아홉 번이 만들어낸 핑계였다.

내가 생각해봐도 내 아내는 정말 좋은 여자다. 술 마시는 남편을 둔 아내들은 모두 그렇다. 이런 술고래를 참고 살았으니 경이롭기까지 하다. 요즘은 아내의 말을 잘 듣고 따른다. 아내보다 오래 살려면 술 마시는 걸 자제해야 하기 때문이다. 아내와 오래 건강하고 재미있게 살고 싶다. 그러다 귀찮은 초상은 내가 다 치르고 아내를 따라 갈 약속을 했다. 술을 마시지 않으면 어쩜 가능할 수도 있는 약속이다. 나는 요즘 술 대신에 글을 쓰는 재미에 푹 빠져 산다. 술보다 더 달콤하고 짜릿하고 오묘하고 사는 맛이 난다.

이런 말을 한다고 해서 술 마시며 살아온 날들을 후회한다는 것은 절대 아니다. 주변의 금주하는 사람들과 비교해 보면 그들이 더 젊다거나 건강하지는 않다. 오히려 나보다 못해 보이는 사람이 많은 것도 같다. 맨 정신으로 험한 세상을 살다보니 더럽고 아니꼬운 꼴을 더 많이 보고 속을 끓여서 그렇게 되었다는 생각이다. 이들을 보면 술기운을 빌려 얼렁뚱땅 살아온 세상이 더 아름다웠지 하는 생각에 큰 아쉬움은 없다.

'주선酒仙' 시인 조지훈 선생이 밝혀 놓았다고 전해오는 주도酒道 18단계 믿거나 말거나 순전히 본인의 마음이지만 아주 그럴 듯하다.

1. 불주不酒: 술을 아주 못 먹진 않으나 안 먹는 사람

2. 외주畏酒: 술을 마시긴 하지만 겁내는 사람

3. 민주憫酒: 마실 줄도 알고 겁내지도 않으나, 취하는 것을 민망하게 여기는 사람

4. 은주隱酒: 마실 줄도 알고 겁내지도 않고 취할 줄도 알지만, 돈이 아까워서 숨어서 마시는 사람

5. 상주商酒: 마실 줄도 알고 좋아도 하면서 무슨 이득이 있을 때에만 술을 내는 사람

6. 색주色酒: 성생활을 위해 술을 마시는 사람

7. 수주睡酒: 잠이 안 와서 술을 마시는 사람

8. 반주飯酒: 밥맛을 돋우기 위해 술을 마시는 사람

9. 학주學酒: 술의 진경을 배우는 주졸酒卒

10. 애주愛酒: 술을 취미로 맛보는 사람. 주도酒徒 1단

11. 기주嗜酒: 술의 미에 반한 사람. 주객酒客 2단

12. 탐주耽酒: 술의 진경을 체득한 사람. 주호酒豪 3단

13. 폭주暴酒: 주도酒道를 수련하는 사람. 주광酒狂 4단

14. 장주長酒: 주도 삼매三昧에 든 사람. 주선酒仙 5단

15. 석주惜酒: 술을 아끼고 인정을 아끼는 사람. 주현酒賢 6단

정든 타향에서

16. 낙주樂酒: 마셔도 그만, 안 마셔도 그만, 술과 더불어 유유자적 하는 사람. 주성酒聖 7단

17. 관주觀酒: 술을 즐거워하되 이미 마실 수 없는 사람. 주종酒宗 8단

18. 폐주廢酒: 술로 말미암아 다른 술 세상으로 떠나게 된 사람. 9단

9번 학주學酒까지는 술을 마신다는 말을 절대 해서는 안 되는 사람이다. 놀림을 당하거나 인간 이하의 취급을 당할 수도 있다. 관주觀酒의 단계에 있는 주선酒仙으로서 하는 조언이다. 제 잘난 맛에 사는 세상 좋을 대로 하소서. 넘쳐도 불만, 부족해도 불만인 걸. 가장 가까이에 있는 사람 눈치를 살피면서, 그도 나도 행복한 만큼이 제일 좋은 주량인데. 문제는 그게 정말 어렵다는 것이다.

# 자전거를 보면 소주가 생각난다

### - 그리움의 크기와 외로움의 크기는 상호 비례한다 -

．

．

나는 자전거를 좋아한다. 내가 타는 것은 물론 남이 타는 광경을 바라보는 것도 좋아한다. 심지어 자전거 거치대에 주욱 세워져 있는 자전거마저도 흥미로워 넋을 놓고 바라다 본 일도 여러 번 있을 정도로 좋아한다. 고등학생 시절에 유행하던 하이틴영화의 스타배우 이덕화나 임예진이 자전거 타던 모습은 황홀하기까지 해서, 한번은 꼭 해보리라는 꿈을 간직했었던 적도 있었을 정도로 좋아했다. 정확하게 말하자면 자전거도 좋고 자전거를 보면 떠오르는 추억들이 그립고 좋더라는 얘기다. 신통방통하게도 추억 속에서는 아팠던 기억들까지도 뽀얗게 포장되어 아리도록 그립게 만드는 마력이 숨겨져 있다.

거대하고 육중했던 6, 70년대의 짐자전거를 정말 좋아했다. (사실 날렵하고 반짝이는 신사용 자전거가 더 멋있었지만 우리 마을에서는 볼 수조차 없는

         정든 타향에서

귀한 물건이었다.) 요즘에는 그런 자전거를 볼 수 없지만, 선명하고 생생한 모습이 기억 저편엔 그대로 남아 머물러있다. 어둠이 걷히지 않은 이른 새벽에 커다란 짐자전거를 타고 신문을 돌렸고, 낮에는 아버지가 넓은 짐받이에 키보다 더 높이 짐을 실어 나르시며 힘들게 일을 하셨다. 아버지께서 일을 일찍 마치고 들어오시는 날은 자전거를 닦는 날이다. 석유를 묻힌 기름걸레로 반짝이게 윤이 나도록 닦고, 신문보급소 겸 자전거포에 끌고 가서 체인과 바퀴 부분에 윤활유를 넉넉하게 쳐줬다. '크르렁 가랑' 신경에 거슬리던 소리가 '싱싱' 가벼운 소리를 낼 때까지 마을을 돌아 점검을 하여야 흡족해지고 마음이 놓였었다.

내 주변 사람들 대부분은 나처럼 자전거에 관한 자기만의 이야기 거리를 한두 가지씩은 가지고 있는 것 같다. 대개가 처음 배울 때 나름의 즐겁거나 아픈 사연들, 자전거를 타며 겪은 저마다의 에피소드 episode다. 그래서인지 사람들은 자전거 이야기가 주제에 오르면 서마다 흥분하여 경험담을 신명나게 말하곤 한다. 저마다의 다른 이야기들도 듣다보면 주제와 줄거리가 대부분 비슷했다. 자전거를 배워준 사람과의 관계와 과정의 이야기, 타면서 겪었던 경험들이 같은 맥락으로 이어지곤 했다. 재미있었던 일이나 슬픈 사연에서 느끼는 감정은 표현 방법은 조금씩 다르더라도 그 속마음의 느낌은 모두들 비슷한 것 같았다. 이야기를 나눌수록 같은 경험과 느낌에서 오는 동질감으로 서로가 더 가까운 사이라 여겨져 관계가 돈독해 진다.

내가 지금까지 보아온 모든 사람들은 모두 자전거를 탈 줄 알았다. 그런데 유일하게 단 한사람, 20년 전쯤, 3년을 함께 했던 호영이 선배는 자전거를 못 타는 어른이었다. 허우대가 멀끔하고 훤칠하여 한눈에도 예사롭지 않게 보이는 사람이었다. 서울 토박이로 유명 대학을 졸업한 박학다식에 다정하고 여러모로 재미난 면이 많은 선배다. 한마디로 '까도남'이다. 술과 담배를 즐기고 세상사를 논하기 좋아하는, 그러면서도 꽤나 성깔이 있던 인간 천연기념물이라 칭할 수 있는 인물이다.

자전거를 못 탄다는 것만으로 천연기념물이라 칭할 수는 없다. 대한민국 성인 남자면 누구나 다 잘하는 일 중에 못하는 것이 또 있어서 천연기념물적인 존재라고 하는 말이다. 소주를 누구보다 달게 마시며 좋아했던 선배는 병따개 없이는 소주를 따지 못했다. 한국의 술 마시는, 혹은 마시지 못하는 사람까지도 대부분의 남자들은 술병과 음료수 병을 병따개 없이도 잘들 딴다. 수저를 손에 끼고 '뽕', 나무젓가락으로 '뽕', 어금니로 '틱', 병과 병을 포개거나 엇갈려 잡고 '뿍', 구둣발로 비벼서 '쏵', 식탁 모서리에 대고 수도로 '척', 병을 흔들어 팔꿈치로 소주병 뒷부분을 '뽕'소리 나게 치고, 가지가지 방법으로 '팡~' 어떤 이는 여러 가지 방법으로 병을 잘 따서 '세상에 이런 일이'라는 텔레비전 프로에까지 등장하는데, 오프너 없이는 그 좋아하는 술을 마시지 못하던 좀 웃기기까지 한 사람, 천연기념물적인 인간문화재라할 만한 사람이었다.

가진항에서 사요리(학꽁치)가 많이 낚인다는 소문을 듣고 초장과 소주를 넉넉하게 준비하여 방파제로 나갔다. 마음이 잘 맞아 항상 어울려 다니는 이 선배와 호영이 선배, 그리고 고기잡이와 각종 잡기에 능한 섭형이 형 이렇게 네 명이 의기투합하여 항구로 나갔다. 작은 항구에서 방파제를 따라 100여 미터를 걸어 나가야 낚시터가 나온다. 고기잡이에는 전혀 관심과 흥미가 없는 호영이 선배와 이 선배는 바람 부는 방파제로 따라 나설 생각은 애초부터 없었던 것 같다. 맛 좋은 사요리와 소주에 이끌려 항구까지는 왔으나 더는 싫다며 자릴 펴고 앉았다. 항구에서 기다릴 테니 둘이 나가 안주거리나 빨리 잡아 오라고 재촉을 했다.

방파제 끝부분에서 먼저 나온 낚시꾼들이 쉼 없이 사요리를 낚아 올렸다. 시작도 하기 전에 가슴부터 설레어 채비를 차리는 손길이 나도 모르게 빨라졌다. 앞서온 꾼들이 오징어 똥을 방파제 삼발이에 묶어놓아 사요리 떼가 몰려들어 물속이 온통 번들거리며 반짝였다. 낚시꾼의 뻥을 보태자면 물 반, 고기 반이었다. 어찌나 많은지 내 눈에는 물보다 고기가 더 많아 보였다. 사요리나 배대미(어린 감성돔)를 유인하는 밑밥으로는 오징어 똥이 최고였다. 항구의 오징어 활복장에서 오징어 내장을 모아서 마대포대에 담아 밧줄로 묶어 물속에 던져놓으면 한나절은 신나게 고기를 낚을 수 있었다.

미끼로 사온 새우가 톱밥 속에서 살아 날뛴다. 엄지와 검지만으로 솜씨 좋게 큰놈으로 골라잡아 머리를 떼어낸 후 배 부위에 힘을 주어 살이 뭉개지지 않도록 조심하며 껍질을 벗겨낸다. 금발이 낚시에 새우 꼬리 쪽의 뾰족한 부위부터 끼워서 낚싯바늘의 미늘 쪽으로 통통한 몸통이 오도록 맵시 나게 끼웠다.

고기를 잘 낚는 고수와 초보의 간극은 작은 부분의 세밀함에서 난다. 말로는 아무리 설명해도 이해되지 않는 부분으로, 오로지 경험으로만 얻어지는 축이다. 고기가 가장 잘 낚이는 수심이나 물길도 요령

껏 눈치로 알아낸다. 낚시터를 향해 걸어가며 방향과 지형지물을 살펴고, 도착하며 가방을 풀어 낚시를 준비하며 먼저 온 조사들을 살펴본다. 고기를 막 잡아 올리는 옆 사람의 채비를 가늠하여 낚시와 찌의 간격을 조정한 후 던지니 물에 닿기가 무섭게 사요리가 물고 당긴다. '잴잴잴' 릴을 감으며 손맛을 즐긴다. 힘이 좋다. 가늘고 날렵한 카본 낚싯대가 활처럼 휘어져 고기의 파득거림을 생생하게 전해준다.

던지면 물고 던지면 물고……. 옆자리의 섭형이 형은 나보다 더 빠르게 고기를 잡아 올렸다. 나와는 비교가 안 되는 몇 수 위의 노련한 꾼이다. 민물낚시만 하던 나에게 바다낚시의 요령을 전수해준 고수가 섭형이 형이다. 작은 어촌마을 아야진 출신으로 어려서부터 자연스럽게 터득한 차원이 다른 기술을 지니고 있다. 항구에서 기다리던 이 선배와 호영이 선배가 교대로 소리쳐 우릴 부른다. 부르는 소릴 들으면서도 조금만 더 조금만 더 하며 사요리를 낚았다. 선배들에게는 긴 시간이었는지 몰라도 우리에겐 정말 재미난 잠깐 사이였다. 20여 마리의 씨알 굵은 사요리가 작은 아이스박스에 가득 찼다.

아쉽지만 채비를 챙겨들고 선배들이 기다리는 항구로 돌아갔다. 기다리다 지친 선배들은 근처의 횟집을 찾아 들었는지 보이지 않았다. 서너 번 들려서 안면을 튼 횟집에서 소주를 마시며 우리를 기다리고 있었다. 예상보다 많이 잡아온 사요리를 보자 찌푸리고 있던 안면이 금세 함박웃음으로 바뀌었다. 주인장을 청하여 아이스박스째 넘겨주고 술판에 끼어 앉았다.

솜씨 좋은 주인장이 쟁반만한 접시 가득, 방석도 깔지 않고 사요리회를 담아왔다. 푸른빛과 흰 빛깔이 대조를 이루며 살결이 파르르 떨리는 느낌이 들 정도로 싱싱하다. 고기를 기다리며 준비해둔 고추냉이 간장을 살짝 찍어 입에 넣으니 쫄깃한 식감으로 입에 착 붙는다. 쌈장과 초고추장 거기다 으깬 마늘을 적당히 섞어 버무린 장을 찍어도 별미다. 사요리 회는 고기가 투명하고 맛이 달다. 맛과 식감이 유별나게 좋아 일본으로 수출하는 고급 어종으로, 예전에는 어시장에서는 구할 수 없는 횟감이었다. 골났던 선배들도 사요리 회에 소주잔을 몇 순배 돌리니 어린애처럼 즐거워한다.

낚시를 하지 않는 선배들을 위해 미리 마른안주와 소주를 준비해 갔는데도 재촉이 심했던 이유가 있었다. '아이고 배야, 아이고~오' 선배의 말을 듣고 섭형이 형과 나는 눈물이 나도록 배를 잡고 웃었다. 물론 몇 잔 마신 소주의 위력 때문이기도 했겠지만, 눈물 나게 웃기는 사연이었다. 두 분 다 술병을 따지 못한단다. 안주를 뜯고 잔을 준비했으나 마실 수가 없더란다. 소주 한 병만 따 달라고 아무리 외쳐도 낚시에 빠져서 들은 척도 않더란다. 할 수 없이 항구에서 녹슨 못을 주워 돌멩이로 두드려 병뚜껑에 구멍을 뚫어 간신히 한 병을 마시고 들어왔단다. 나이 지긋한 아저씨 둘이 낑낑거리며 쪼그리고 앉아 병뚜껑에 구멍을 뚫는 장면을 생각하니 그림이 재미지다. 세상에나 '세상에 이런 일이' 분명하다.


나는 자전거를 아주 잘 탄다. 나 스스로 배웠다. 아버지의 짐자전거가 좋아서 끌고 다니며, 그러다가 익숙해져서 페달에 발을 올리고 밀고 다녔다. 요즘의 스케이트보드와 같은 방법으로 한발로 밀다가 속도가 붙으면 두 발을 올리는 식으로 탔다. 자전거와 내 몸이 하나로 여겨질 무렵부터는 짐자전거 안장 아래로 다리를 끼우고 엉덩이를 빼고 끼우뚱거리며 자전거를 탔다. 그 장면을 간략하게 소개하면 이렇다. 왼편 페달에 오른발을 올리고 왼발로 줄줄 밀며 가다가 속도가 붙으면 두 발을 모두 올리고, 속도가 줄면 또 밀곤 하는 방법이다. 이 자세가 어느 정도 숙달되면 중심을 잘 잡을 수 있어 넘어지지 않게 된다. 이 자세에서 점차로 자전거를 기울여도 될 정도로 익숙해지면 오른쪽 다리를 안장 아래 공간으로 끼우고 오른쪽 페달을 돌릴 수 있게 된다. 물론 말처럼 쉽지는 않다. 넘어지고 넘어지고 또 넘어지고. 까지고 까지고 또 까지고. 무릎이며 손바닥이 상처 딱지투성이가 되어도 아픈 줄도 몰랐다. 우리 때 아이들 대부분은 이렇게 자전거를 배웠다.

다리가 짧아 페달을 돌릴 수는 없어도 언덕을 내려갈 때는 몸통을 밟고 한 번 더 올라 안장에 앉았다. 안장에 앉으면 흔들리는 짧은 다리를 모아 자전거 몸체 위에 올리고 허리를 숙여 팔을 벌려 핸들을 잡고 탔다. 우쭐해지는 내 맘과는 달리 그 장면은 그리 멋지지 않았다. 커다란 자전거에 올라앉은 꼴이 서커스단의 원숭이 모양이었다는 것을 다른 아이들 모습을 보고 알았다. 하지만 그 기개가 웅대하고 우쭐해하던 표정은 볼만했겠다고 자신한다. 볼품없던 다른 아이들과 나는 별개라는 생각은 지금도 변함이 없으니 말이다. 그렇게 타다가 속도가 떨어지면 맵시 있게 내려서거나 다리를 다시 끼우고 페달을 돌려야 했다.

안장과 핸들 사이가 너무 멀고 손의 아귀가 작아 브레이크 잡기가 쉽지 않다. 가속도를 줄이지 못하여 "으갸갹! 아~악!" 철조망 울타리

정든 타향에서

에 처박았다. 옷이 찢어지고 팔뚝에 상처가 나 피가 난다. 아프기보다 창피하다. 대강 수습하여 자전거를 끌고 가려는데 무릎이 몹시 아리다. 운동화 위로 붉은 피가 흐른다. 찢어진 바지를 올리고 보니 뼈가 보이는 것 같이 큰 상처가 벌어져있다. 50년이 더 지났는데 아직 무릎에 반짝이는 흉터가 남아있다. 볼 때 마다 아팠던 기억이 생생하지만, 한편으로는 웃겼던 장면이라 생각되어 나도 모르게 웃음을 흘리며 한 번씩 만져보곤 한다.

몇 년 전 단오 날, 단오장에서 파전에 신주(국사성황님께 제를 올리는 술)를 몇 잔 걸치고 얼콰한 기분으로 남대천 변을 따라 집으로 왔다. 약간의 음주 자전거는 나름의 낭만이 있다. 콧노래를 흥얼거리며 천천히 자전거를 끌고 걷는 기분도 꽤 쏠쏠하다. 함께했던 김 형은 자전거를 끌지 않고 타고 갔다고 했다. 평소 마시지 않던 막걸리에 감겨 집 앞에서 내리다가 그만 넘어지고 말았단다. 보기 흉하게 인중과 광대뼈 부근에 쓸린 상처가 나서 마스크를 쓰고 출근했다. 퇴근길에 좋은 핑계거리가 생겨, 위로주 한잔으로 재미가 더 났다. '그렇게 보기 싫지는 않아, 마스크? 괜찮아, 분위기 있는데.' 위로의 말을 하면서도 큰 사고가 아니어서 모두가 웃고 마셨다. 내가 아닌 남의 아픔은 술맛을 배가 시킨다. 내가 아주 못돼 먹은 인간이 아닌데도 말이다.

고요함을 넘어 적막감마저 흐른다. 최대 10만 명을 수용한다는 거대한 운동장이 숨을 멈췄다. TV로 개막식을 구경하던 지구촌 전체가 '숨소리조차 낼 수 없었다'라는 말이 맞는 표현일 것이다. 멀리 굴렁쇠를 굴리는 소년이 나타나 운동장을 가로지르며 축제는 절정을 맞았다. 바로 어제의 일처럼 생생한 자랑스러운 장면을 젊은이들은 먼 과거 적에 있었던 행사의 하나로 대수롭지 않게 여기는 것 같아 아쉽다. 이런 유의 차이점이 세대 차겠거니 여기지만, 어느덧 우리 또래들이 한참이나 나이든 사람에 속한다는 사실을 선뜻 받아들이기는 쉽지 않고 적응하기도 힘이 든다. 이래서 사람들은 늙어가며 주책없다는 말들을 듣는 게 아닌가 하는 생각이 들어 더 조심스러워진다.

'아, 이런. 말이 또 옆으로 새려고 하네. 올림픽 이야기가 아닌, 자전거 이야기를 하려는데 서두가 너무 길어졌네.', '88서울올림픽'이 열렸던 해에 일어난 자전거에 얽힌 이야기를 하려는데 말이다. 88년 그 시절까지도 자가용은 영화 속에서나 볼 수 있는 남의 나라 이야기였다. 물론 몇몇 부자들은 빼고 대부분은 자전거를 탔다. 택시는 돈이 많이 들었고 버스는 붐벼서 웬만한 거리에는 자전거를 이용했다.

그날도 다른 여느 날과 다름없는, 그 날이 그 날인 그런 평범한 날이었다. 앞서거니 뒤서거니 자전거를 끌고, 퇴근길에 들러서 '딱, 한잔?'만 하자는 선술집을 향해 가는 그런 날 말이다. 말처럼 퇴근길에 '딱, 한잔'이면 자전거를 타고 쌩하니 집을 향해 달려갈 수 있을 정도로 멀쩡들 했다. 하지만 그 누구도 그러지 않았다. 오늘은 네 명이 시작했으니, 각자가 '딱, 한잔'이면 적어도 3차는 가야 어지간히 마쳐질 것 같다. 술판이 벌어지면 자전거는 각자가 알아서 술집 안마당 적당한 곳에 세워뒀다가, 출근길에 들러 타고들 왔다.

네 명이서 1차, 2차로 마시고 헤어지려는데, 그날따라 자전거를 끌고 나온 최 형이 한잔만 더 하자며 길가 생맥주 집으로 잡아끈다. 최 형의 자전거를 전봇대에 기대 놓고 옥신각신 아웅다웅 즐거운 실랑이를 하는데 길 가던 젊은 놈이 자전거를 타고 줄행랑을 놓는다. 마치

자기의 자전거인 양 주저함도 없이 올라앉아 생하니 달려간다. 모두들 어이가 없어 멍하니 얼굴만 바라보다 사태를 깨닫고 소리친다. "야~ 인마 거기 서!", "도둑이야~!", "잡아라~!" 우르르 쫓아 뛰었지만, 50m도 못 쫓고 길가에 주저앉아 죽겠다며 헐떡였다. 너무나 얼척이 없어 멍해지며 술 생각도 함께 달아나 각기 헤어져 집으로 들어갔다.

아침에 사무실에 모여 어제 일을 복기하니 너무 웃기는 사건이었다. 하필이면 다음날이 최 형의 당번일이라 일찍 출근하려고 자전거를 맡겨놓지 않았노라고 말했다. 장정 네 명이 선 채로 눈앞에서 자전거를 도둑맞았다. 현장에 있었던 당사자인 우리를 빼고는 잘 믿으려 하지 않는 거짓말 같은 사실이다. 물론 퇴근길에 좋은 핑계의 안주거리로 위로주 한잔이 유난스레 재미났었다. 그날따라 마당에 고이 모셔져있는 내 자전거로 눈길이 자주 가며 흐뭇한 마음이 들었더라는 것을 부인하지는 않는다.

자전거를 배우던 시절엔 자주 자빠지고 넘어졌지만 그 후에는 넘어진 기억이 없다. 그런데 얼마 전에 사이클을 타다 멋지게 공중을 날아올라 원을 그리며 크게 돌아 떨어졌다. 보도블록을 넘어 풀숲으로 태질을 당했다. 그날따라 기분이 상쾌하고 몸 상태도 최상이라 속도를 내어 시내를 한 바퀴 돌았다. 경포를 돌아 강문 솔숲 길을 내달려 안목항 공중화장실에서 시원하게 볼일을 마치고 남대천을 따라 유천택지 쪽으로 돌아오는 코스다. 강릉 시내를 외곽으로 한 바퀴 도는 내가 즐기는 좋아하는 길이다.

남대천 변을 따라 올라오다 '처음처럼' 소주 공장 앞에서 다리를 건넌다. 주유소를 지나며 굴다리 아래를 통과한 후 교도소 쪽으로 방향을 90도로 꺾는 커브길이다. 설치된 교통안전 볼록 거울 반사경을 통해 양편의 상황을 살피며 조심을 해야 하는 길이다. 반사경 속으로 자동차가 보이지 않는다. 그래도 습관적으로 좌우를 살핀다. '아뿔싸, 늦었다.' 차가 보이지 않는다고 속도를 줄이지 않은 것이 화근이었다. 속도를 이기지 못해서 보도블록 경계석과 충돌하며 날아올라 태질을 당했다. 정신을 수습하여 사방을 살펴보았다. 어깨며 무릎 쪽에 풀물이 들었다. 다행히 크게 다친 곳은 없는 것 같다. 자전거를 챙겨 들고 절뚝이며 걸어가 교도소 앞 정자에 앉았다.

기분이 아주 많이 상했다. 대상도 없이 화가 치밀었다. '내가 넘어지다니…….', '그 정도 속도를 감당치 못하다니' 오래전에 끊어버린 담배 한 대가 간절해진다. 목구멍으로는 알싸하게 넘어가는 소주 맛이 났다. 누굴 만나 이 속상한 상황을 주절거리고 위로 받아야 속이 풀릴까. 더 없이 좋은 이 안주거리를 누구와 함께하며 마실까 생각해 보았다. 없다. 굳이 찾을 필요도 없지만 이젠 이런 일은 맛있는 안주거리가 되지 못한다. 듣는 이 모두가 걱정하는 '걱정거리'일 뿐이다.

넘어지는 일이 재미났던 때가 참 좋았던 시절이었다는 것을 시리게 느꼈다. 맛있던 소주는 혼자 마시던 술이 아니다. 혼자 마시는 소주는 너무 쓰다. 소주는 무미한 술이다. 그날그날 마시는 사람의 기분에 따라 맛이 변하는 묘한 술이 소주다. 친구와 함께 마셔야만 맛 좋은 소주 맛을 느낄 수 있다. 자전거를 보면 소주를 달게 마시던 친구가, 시절이, 아리도록 그리워진다. 코끝으로 달콤한 소주 냄새가 느껴진다. 목구멍이 화끈해지며 명치끝이 찡하고 울려온다.

정든 타향에서

# 돼지껍데기

− 문 밖에서 보면 문 안의 모든 것이 부럽게 보인다. −

·

·

빈 봉두나 다름없이 남는 게 별로 없는 간조 날이다. 월급을 받아 봤자 별반 남는 것이 없어 가난하기는 매한가지였다. 그래도 마음만 은 부자가 되는 날이고 기다려지는 날이다. 일주일도 버티지 못하고 빈털터리가 되어 식권을 깡 해 가며 연명하지만, 주머니 속의 현금 감 촉만으로도 기분이 좋아지는 마음만은 부자인 날이다.

"500원씩만 내서 마셔도 충분해." 큰형이 방세를 챙겨 넣으며 말한 다. "쩨쩨하게 1,000원씩 내! 쪽팔리게 거지처럼." 작은 형이 인상을 구기며 호기롭게 말하고 바닥에 침을 찍 뱉는다. 우선 셋이 쓰는 방세 를 분배해서 내고 남은 돈에서 1,000원씩 모아 술추렴을 한다. 돼지껍 데기가 연탄불 위에서 지글거리고 달걀프라이도 앞앞이 두 개씩 놓여 있다. 진수성찬이다. 안주가 익기도 전에 아침으로 시켜먹은 라면 국물로 소주를 세 병이나 마셔서 모두 얼굴이 불콰하고 눈이 슬슬 풀리기 시작했다. 목소리의 톤이 높아지고 어깨가 펴졌다. 꼬나문 담배를 호기롭게 빨며 평상시와 다르게 중지와 검지사이에 끼우고 까닥거리며 여유를 부려본다.

새벽까지 월급봉투를 쓰고 나온 나는 꼴이 나아보였으나 야간조일을 한 형들은 몰골이 흉악했다. 대강 물만 묻히고 나온 목주름에는 기름때가 끼어 한눈에 보아도 공돌이라는 걸 알 수 있다. 주변 드럼통 화덕을 끼고 앉은 다른 사람들도 모양새가 같은 무리라 신경 쓸 필요는 없으나, 사이사이 끼어 앉은 여공들 때문에 마음이 지레 움츠러들어 괜스레 거드름을 피워본다. 하지만 많은 여공들 중 우리 세 명에게 관심을 보이는 이는 한명도 없었다.

똑같은 작업복을 입었어도 모양새가 빼어나 보이는 몸매 좋은 여자들이 간혹 섞여있다. 남보다 허리가 잘록하고 엉덩이가 암팡지고 가슴이 탐스럽게 보이는 눈길 가는 이가 종종 눈에 띠어 가슴을 설레게 한다. 곁눈질로 살펴보면 이미 그런 여자들에겐 대개가 짝이 있어 그림의 떡이었다. 그래도 그게 어딘가 남몰래 흘깃거리는 재미도 나름 황홀하고 쏠쏠하여 불만은 없다. 자기도 눈이 있으니 나처럼 준수한 이가 관심을 보인다는 걸 모를 리는 없겠고, 언젠간 내게도 기회가 오리라는 허망한 생각만으로도 마음이 훈훈해 진다.

나름의 기술을 인정받은 공원들은 정식 직원으로 임금이 많아 제가끔 짝을 지어 동거들을 했다. 개중에는 결혼은 하지 않고 혼인신고만 한 법적인 부부로 아이를 낳아 기르는 커플도 있고 모두가 열심히들 산다. 임시직 잡부였던 나보다는 상당히 신분이 높으신 거룩한 분들로 모두가 부러워 보였다. 그때는 몰랐다. 초라하고 옹색하기만 했던 이들이 경제를 살리는 역군이었다는 것을. 산업화와 경제발전의 주역이었다는 것을 예견도 하지 못했다. 이들이 모여 신도시가 생겨났고 지금은 마을의 터줏대감 노릇을 하는 도시의 중심인물들이 되었다. 이제는 하나둘 은퇴하여 존중받는 원로로 대접받지만 개중에 몇은 퇴물 취급을 받으며 천덕꾸러기 취급을 당하기도 한다. 요즘 젊은 이들은 그들이 있어 화려한 오늘이 있음을 모르는 체 하거나, 제 잘못된 탓의 원인이라 여기며 부정까지 한다. 자신의 처지를 받아들이며 살았던 세대와 부정하며 사는 세대의 충돌이 뉴스가 되는 세상이되었다. 심지어는 부끄러운 부모의 이력이라 여기며 애써 거부하거나 외면하고 멸시하기까지 하는 인종도 나타나는 세상이다.

돈 없고 시간만 많아 괴로움으로 죽치고 있던 날 형들을 만났다. 소왕로 호정이네 집에 모여 꽁초를 피워 물고 할 일 없어 물먹기 고스톱을 치며 뭉개고 있는데 형들이 나타났다. "이게 누구셔? 완전 남진이네.", "서울이 좋긴 좋나봐. 촌티가 안보여." 한눈에 보아도 동대문 표가 확실한 옷으로 쫙 뽑아 입고, 은하수를 피울 수 있는 부류임이 티 나도록 필터를 씹으며 나타났다. 꼬나문 담배와 꼴이 웃겨도 멋지다며 공치사로 분위기를 살렸다. 잘만하면 도가니 집에 가서 노가리에 막걸리 몇 됫박은 얻어먹을 성싶어 보여서다.

"여기 양미리 한 두름!", "노가리도 한 두름에 막걸리~이 한 됫박!" 흙바닥이 다져지고 길들여져 시멘트처럼 반질거리고, 높은 천장으로 서까래가 드러나 나름 운치가 있는 넓은 홀에 진흙 벽돌을 쌓아 화덕 겸 테이블로 만들어진 주위로 둘러앉으며 형들이 돌아가며 외친다.

작전 성공이다. 한동안 서울로 돈벌이 떠나 보이지 않던 형제가 금의 환향하였다. 다니던 직장을 옮기기 위해 며칠 짬을 내어 내려왔다고 한다. 직장이 어디냐고 아무도 묻지 않는다. 어디 구석진 곳에 붙어있을 오막살이 공장이 뻔한데 자존심 상하게 물어서 초칠 필요가 없다는 건 눈치로 모두가 다 알고 있다.

'일? 많아. 너도 올라갈래?', '내가 말하면 돼. 취직? 걱정 마.', '우리와 함께 살면 방세도 삼분의 일. 돈 쓸 데가 없어.' 구로공단, 청계천, 천호동, 불암동, 시흥. 서울 변두리에 슬레이트 지붕의 게딱지 같은 공장이나 공단의 제법 큰 공장도 공원이 없어 난리일 시절이다. 전국 각지에서 처녀 총각들이 모두 서울로 몰려들었다. 가난한 마을을 벗어나고 싶어 안달 났던 청춘들이 신천지를 찾아 모여들었다. 열악한 환경이나 처우를 따져 묻거나 항의할 생각조차도 하지 못했다. 가난을 벗어나 배불리 먹을 수 있다면 체면 따위는 개나 물어가라던, 청계천의 공돌이가 분신하고 어쩌고저쩌고 말들은 많았으나 누구 하나 관심은커녕 눈길조차 주지 않던 시절이 이때다.

마을길이 넓혀져 버스가 들어오고 일거리가 많아 집집마다 땟거리 걱정이 없어졌다. 등 따시고 배부른데 불평은 언감생심 웬 말. 권력과 돈이 인격과 인품을 결정짓는 황금만능시대로 진입되던 시기에, 급행료와 빽이 없어도 환영받는 유일한 일터는 공장뿐이었다. 배우지 못한 자, 가난한 사람이 환영받는 최고의 일터. 이곳은 인간의 존엄성이 상실된 공간임에도 누구도 불평을 말하지 않던 하류 인생들이 마지막 희망 찾아 절규하며 연명하던 막장이다. 새 세상으로의 탈출을 꿈꾸던 삶의 현장으로, 삼시세끼 먹을거리만 있어도 충분히 행복해하던 민초들에게는 풍요로움이 넘치는 넉넉한 신천지였다.

나의 든든한 '빽'줄인 형들을 따라 시흥의 커다란 공장 앞에 도착했다. 야간 조와 주간 조의 교대시간이라 출퇴근으로 복잡했다. 퇴근하는 사람들은 한 줄로 서서 몸수색을 당했다. 물자의 반출을 막는 뒤짐이라 했다. 큰형이 종이를 주며 적당히 적어 넣으란다. 이력서다. 학력란에 고졸이라 적으란다. 대졸은 뽑지 않는단다. 이력서를 들고 있는 무더기의 사람들이 두 줄로 직원을 따라 들어갔다. 반장 완장을 찬 사람 서너 명이 기다리다가 각자의 부서에 필요한 기능공을 호명하여 뽑아간다. 금방에서 세공을 하던 형들은 기능공으로 분류되어 뽑히고 나는 잡부로 남았다. 부서별로 이력서를 거두고 노무과 직원이 따라오란다. 장부에 이름을 적으며 일주일치 식권을 나눠준다. 식당에서 밥을 먹을 수 있는 식권이고 필요하면 언제든지 노무과에 신청하여 쓰면 된다고 한다. 아침차로 올라와 보따리는 노무과에 보관하고 바로 취직이 되어 현장에 배치되었다. 나의 든든한 빽줄 형님들도 알고 보니 나와 같은 신세다. '젠장'이다. 그래도 형들이 미리 월세방을 얻어 놓아 고생을 줄인 것에 감사했다.

'국진기업' 숟가락을 만드는 공장이다. '가랑'이 내가 일할 작업반이다. 뭘 뜻하는지는 아직도 아리송한 일. 프레스로 숟가락 모양을 찍어내면 앞부분을 롤러로 밀어 납작하게 만들고 다시 숟가락 모양의 프레스로 찍어내면 기본 모양이 완성된다. 우리 가랑조는 이것들을 모아다 드럼통처럼 생긴 팔각통 속에 쟁여 넣는다. 통속에 물을 채운 후 주먹만 한 나프탈렌 모양의 약품을 넣고 뚜껑을 걸어 잠근 후 스위치를 올려 돌린다. 수저의 때를 빼는 과정이란다.

커다란 통이 한참을 덜컹거리며 돌아간다. 시간을 재던 조장이 기계를 세우고 뚜껑을 열어젖히면, 뜨거운 수증기와 물에 섞여 수저가 쏟아져 나왔다. 열기가 식기를 기다려 커다란 바구니에 담아 철제테이블 위로 옮겨놓고 둘러앉아 종류별로 숟가락을 분류하여 규격 통에 가지런히 담는다. 같은 일을 12시간 반복해서 한다. 야간조의 밤 12시 야식 시간과 주간조의 낮 12시 중식 시간 1시간이 휴식 시간이다. 11시간씩 반복되는 노동이다. 교대시간이 가까워지면 기계 청소와 주변을 정리를 해 다음조가 출근하면 바로 작업을 이어 받을 수 있도록 운영했다. 시간의 공백을 최소화하기 위한 방법으로 눈인사와 함께 작업을 인수인계한다.

반복되는 일이 지겨워지면 돌아가며 빈 통을 끌고 물건을 운반하는 척 공장을 한 바퀴 돌며 구경을 한다. 수백 명이 모두 숟가락을 만든다. 포크와 나이프, 티스푼 종류도 많고 모양도 예쁘다. 지방 도시에서는 볼 수 없는 고급 제품이다. 모두 외국에 내다 파는 수출품이라고 한다. 마지막 검사 과정은 매우 깨끗하여 더러운 우리는 들어갈 수 없다. 요즘 반도체 공장 복장과 비슷한 복장을 하고 검사를 한다. 불량품은 모두 기계로 파쇄 하여 고철로 처분한다. 내 눈으로는 찾을 수 없는 흠집이라 무지 아깝다. 퇴근길에 하는 몸수색이 이해가 되었다.

가랑조와 같은 단순 작업은 월급이 적어 대부분 원하는 부서에 줄을 대고 빈자리가 나길 기다린다. 두 달 만에 내가 조장이 되었다. 싫다고 했다. 책임지는 자리보다는 건성거리는 지금의 위치가 좋다. 누구의 간섭도 없다. 고참이 되어 자주자주 빈 통을 끌고 나들이를 나간다. 조장이 아닌 고참이 누리는 특권이다. 어느새 공장의 꽤나 알려진

　　　　　　　　　정든 타향에서

인물이 되었다. 고등학교까지 나왔고 조장도 사양하고 기술직도 마다 하는 좀 웃기는 괴상한 놈으로.

그를 만난 날도 빈 통을 끌고 여공이 많은 검사과로 가는 중이었다. "정형. 담배 한 대 피고 하지." 대위 계급장을 단 헐렁하게 보이는 군인이 나를 보며 아는 체를 했다. '이건 뭐지?' 하는 심정으로 담배부터 받아 한 모금 빨아본다. 고급 담배라 맛이 좋다. 직장 예비군 카드를 정리하다 나를 발견했다고 한다. 직장 예비군 중대장이고 예비역이란다. 고등학교 출신에, 거기다가 하사관은 여기서는 찾아보기 쉽지 않단다. 오늘은 작업에서 빠져서 예비군 사무실에서 카드 정리를 도와달란다. 노무과에 말해 놓았으니 바로 오라고 한다. 고학력자(?)에 하사관의 특별 대우다.

노무과와 문을 사이에 두고 있는 예비군 중대는 제법 군부대처럼 꾸며져 있었다. 호마이카 명패가 놓인 커다란 중대장 테이블과 사무용 철제 책상 티 탁자와 레자로 만든 소파가 놓여있다. 하는 일은 간단했다. 새로 들어온 직원을 소대에 배치하고 훈련 일지를 작성하는 일이다. 개인 신상 카드는 연필로 작성한다. 너무 자주 들락거리니 지우기 쉽게 연필을 사용하다 감사기간에만 볼펜을 쓴다고 한다. 각자의 카드에 훈련일과 시간을 적는다. 사실 공장에서 자율적으로 한 번도 훈련을 해 본 적은 없었다. 훈련은 모두 중대장이 혼자서 책상 위에서 하고 있었다.

쉬엄쉬엄 하다가 야식 먹고 한잠 자고 자기가 출근하여 깨우면 퇴근하란다. 고맙게도 커피와 담배도 한 갑 챙겨준다. '참 고마운 아저씨다.' 남자 공원들 대부분은 전국 각지의 오지에서 몰려든 깡촌 출신들이었다. 거기다 방위 출신이 많았다. 국졸에 드문드문 중졸이니 그럴 만하다. 라디오를 들으며 최대한 천천히 일을 하는데, 문이 열리며 노무과 직원이 들어와 야식 먹으러 가자고 한다. 엉겁결에 따라서 직원용 식당으로 갔다. 공원용 식당과는 전혀 딴 세상이다. 자율 배식에 반찬이 고급지다. 거기다 식권을 받는 아주머니도 없다. 모두가 조금씩 먹는다. 아쉬웠으나 체면상 보조를 맞추어 먹고는 사무실로 돌아왔다.

"정형 주판 놀 줄 알아?" 노무과 직원이 도움을 요청한다. 내일부터 노무과로 와서 일을 도와 달라고 한다. 본적은 공돌이 그대로였으나 하는 일이 노동에서 사무직으로 바뀌는 순간이었다. 500명쯤 되는 직원이 개개인 가불하고 식권 발행 받아가서 월급 정산이 산더미였다. 출근부를 보고 총 일 수에 일당을 곱하고 가불액과 식권 발행 비를 빼면 되는 간단한 일이었으나 그 수가 많았다. 대부분이 월 급여로 받는 현금은 얼마 되지 않았다. 모자라는 생활비를 식권으로 받아다 주변 상점에서 깡해서 써버려 수령액이 적었다. 근처의 슈퍼나 술집에서는 현금보다 식권을 더 선호하였다. 액면가보다 낮은 금액으로 받아 월말에 회사에서 액면가로 받으니 이중으로 이문을 남겨서 언제나 대 환영이었다.

한가한 시간엔 가랑조로 나가 어울리며 시간을 보냈다. 사무원들보다 그들이 더 좋았다. 원적이 같아서만은 아닌, 약자로서의 동질감으로 맘이 편했던 것 같다. 예비군 중대에서 노무과로, 총무과에서 가랑조로. 출근부를 찍고 수위실을 통과해서는 가랑조로 가지만 매일 근무지가 바뀌었다. 하지만 퇴근만은 항상 가랑조와 함께했다.

정든 타향에서

어쩌다 한번, 쉬는 날 하는 시내 나들이는 고통의 연속이었다. 영화 한 편을 맘 놓고 보기 어려웠다. 세상이 온통 최루 가스로 숨을 쉴수 없다. '개새이들 왜 데모를 해서 이 난리야!' 나들이 나온 공원들의 불평이다. 먹고살기 힘든데 유신이면 어떻고……. 노동자들 대부분은 정치에 관심이 없었다. 민주주의는 지금도 잘되고 있다는 생각들이다. 배부른 놈들의 새로운 놀이로 바라보며 동조를 하지 않는다. 데모의 주최가 잘 먹고 잘사는 번지르르한 대학생들이니 거부감이 들어 영 못마땅해들 했다. 노조가 결성되기 시작했고 몇몇은 분신까지 하며 저항해도 아직은 유신정부를 지지하는 사람이 더 많은 세상이었다.

노무과에서 덤으로 받는 식권으로 퇴근길에 술자리를 만들어 조장급 공원들과 어울려 마시니 어느새 그들의 중심에 자리하게 되었다. 고향으로 돈을 송금하는 그들이 보면 나는 다른 세상의 사람으로 보이는 모양이다. 공원인데 근무지가 일정치 않고, 여유로워 보이는 내게 거리감을 느껴 좀처럼 속마음을 내보이지 않는다. 유난히 눈빛이 맑고 입성이 항상 단정한 공원이 말했다. 자기도 고졸인데 중졸로 속였다고. 형은 고졸이 아닌 것 같다고. 자기에게만 말해달란다. 형을 믿지만 몇몇은 노무과 끄나풀로 생각한다고.

"네 좋을 대로 생각해. 난, 끄나풀이 아니야. 잠시 머물다 갈 거야. 너희들 일에 관심도 없고 흥미도 없어. 지금이 재미있어.", "사람들이 형을 좋아하니 조금만 도와줘요. 우리와 함께 해야 세상이 바뀔 수 있다고 말해줘요." 머리가 깨어 있는 자들의 노동운동이 시작되던 시절, 그들 대부분은 불순분자로 분류되어 관리되고 감시받았다. 그러다 수상한 낌새만 보이면 끌려가 사상범으로 가혹한 고문과 형벌로 초죽음이 되도록 고초를 당했다. 은밀하게 이루어지던 일이라 신문이나 방송에서는 일절 보도되지 않던, 겉으로는 한없이 평화롭던 군사 정권의 치하였다. 너무나 가난해서 일거리만 만들어 주면 감지덕지하던 무지의 시절. 이성과 감성보다는 배고픔이 가장 괴로웠던 세상에서도 자아가 싹트기 시작했다.

당연하다고 생각했던 일들을 '왜?' 라고 한번만 더 생각하고 고민하고 행동했더라면 하는 아쉬움으로 아직도 마음 한 구석이 아리다. 앞서가는 사람은, 남의 고통을 외면하지 않는 사람은 그 시야와 사고가 남과 다르다. 우선 그들은 남과 다른 우수한 두뇌를 가지고 있다. 모두가 빵을 찾을 때 인간의 존엄을 생각했다. 다른 사람의 아픔을 보듬는 가슴을 가졌다. 눈물과 인정으로 사람을 보았다. 사람들은 그들을 따랐고 그들은 삶을 바쳤다. 뼈를 깎는 고통을 이겨내는 인내로 그들 덕에 오늘이 탄생되었다.

내 자리가 아닌 곳은 마음이 편치 않다. 같은 괴로움도 급이 다르나 보다. 맛나던 돼지껍데기도, 훈훈하던 드럼통 테이블도, 인사도 하지 않고 그곳을 떠났다. 요즘도 뉴스에서 그 지방의 소식을 자주 접한다. 겉모습이 변하고 도시의 이름이 바뀌어도 그 도시들은 아직 이방인들의 삭막한 속 모습은 변함이 없는 것 같아 마음이 아프다. 판자촌에 가난으로 허덕일 땐 지금 같은 무시무시한 범죄는 발생되지 않았었다. 연탄불을 피우던 시절에는 연탄가스로 사람들이 죽어 나갔는데, 화려함이 더해진 신도시에서는 무서운 범죄로 선량한 이들이 죽어 나간다. 순박하던 금순이도 착하던 기영이도 모두가 돈을 좇아 눈빛이 변했다. 늙어가는 그들의 빈자리를 빈국의 이방인들이 차지하고 있다. 그래서 도시는 나날이 더욱 낯설어 보인다. 뉴스에서 전하는 도시의 소식은 사건과 사고가 대부분을 차지했다. 그래도 나는 뉴스에 비춰지는 군상들을 열심히 살펴본다. 얼핏이라도 착했던 소양로의 형들이 보일 것 같아 찾아보게 된다. 그들의 요량으로는 아직 그 도시를 벗어나지 못했을 것이라는 생각만으로도 도시가 정겹게 느껴지기도 한다.

40년 가까이 시간이 흘렀는데도 요즘 별미로 여기며 먹는 껍데기 안주에는 손이 가지 않는다. 노동자들의 가장 싼 술안주였던 껍데기를 보면 그들이 생각나서다. 천출 돼지껍데기도 요즘은 그 위상이 많이 향상되었다. 콜라겐이 많아 건강에 좋은, 특히 여성 피부 미용에 무지 좋다는 껍데기. 미식가의 별미 음식으로, 젊은이들에겐 피부 미용 건강식으로, 베이비부머들의 낭만의 안줏감으로 귀하게 대접받는 식재료가 되었다. 가난한 이들의 전유물로 싸게 배불리 먹을 수 있어 맛나게 즐겨먹던 시절이 아련하게 그리워진다.

아픔도 서러움도 세월이 흐르면 모두가 아름답고 귀하게 기억된다. 다시는 되돌아가고 싶진 않아도, 그 시절의 기억만큼은 곱게 포장하여 간직하고 싶어진다. 돌아보면 아픔마저도 그립다. 껍데기의 빛깔조차 저녁놀을 닮은 것 같아 더 짠하게 가슴이 저려온다. 코끝으로 연탄불 냄새가 스멀스멀 살아난다. 어금니 사이에 껍데기가 낀 것처럼 마음이 텁텁해져서 빈 요지 질로 손이 분주해진다.

# 떴다 떴다 비행기

## – 하니네 유럽 여행기 –

·

·

어린 시절 뜻은 몰라도 무척 좋은 기분, 천당 같은 세상을 표현하는 말로 '비행기 탄다.', '홍콩 간다.'라는 말을 자주 사용했다. 비행기가 하늘 위에 떠가고 돈 많은 부자들이나 타던 꿈의 교통수단이니 다들 그리리라 믿고 그렇게 불렀다. 없는 물건이 없고 먹을거리가 풍부하고 미녀들이 넘치는 땅 홍콩은 어디에 붙어있는 나라인지는 몰라도 지상낙원이라 상상했었다. 낙원의 대명사 '홍콩'은 유명인들이나 다녀오는 샹그리라 같은 곳이라 생각했다. 이름 있는 가수나 배우가 공연을 다니는 환상의 나라가 동남아와 홍콩이었던 시절이다.

우리나라 최초의 실내 체육관인 장충체육관을 우리 기술로는 지을수 없고 건축 기술이 뛰어난 부자 나라 필리핀에서 지어주었다고 믿을 정도였었던 시절(리모델링 공사로 새로워진 장충체육관 개관 뉴스를 보고 나는 50년도 더 되어 내가 알고 있던 사실이 잘못되었다는 것을 알았다.) 각종 국제 대회는 방콕이나 쿠알라룸푸르에서 열렸으니 가난한 나라 한국에서 보면 대단한 부자 나라들이 모여 있는 지역이 동남아시아였었다. 유럽이나 미국은 감히 상상도 못할 어마어마한 나라로 여겨 꿈이 미치지 못하던 하늘같이 우러러보던 곳이다.

독일에서 결혼하여 사시던 아내의 언니가 가족들과 고향에 왔다. 초등학생 아들딸과 남편까지 함께 온 어마어마한 사건이다. 1984년 한국의 재래식 화장실이 수세식으로 바뀌기 시작하여 용기를 내셨단다. 인형처럼 생긴 처조카들이 신기했고 독일인 큰동서도 흥미로웠다. 2년 후 독일을 가보고 그들이 우리나라에서 느꼈을 충격을 알 것도 같았다. 요즘 캄보디아나 베트남에서 느끼는 우리의 느낌보다 더 큰 문화의 차이를 느꼈을 것 같았다.

1986년 처형의 초청장이 왔다. 해외여행이 자유롭지 못하던 시절이라 초청장이 있어야 여권을 내고 비자도 받을 수 있었다. 안보 교육을 받아야 여권이 나온단다. 지방에는 안보 교육장이 없어 서울에 가서 이틀 동안 교육을 받았다. 우는 아이도 그치게 한다는 안기부에서 교육을 담당했다. 남산 어디쯤에 있는 교육장을 물어물어 찾아갔다. 외국에 나가 북쪽의 공작원에게 포섭당해 북한으로 넘어갈까 염려되어 시키는 안보 교육이다. 처음에는 긴장했으나 내용이 조잡하고 강의가 지루해서 건성건성 들었다. 공무원은 하루, 일반인은 이틀이 교육 일정이다. 아내는 한심하고 너절한 교육을 이틀이나 받았다.

한국을 대표하는 술 '인삼주'도 사고 여러 가지 한국적인 선물을 준비했다. 마땅히 살 좋은 물건이 없던 때라 어려움이 많았다. 한 달을 머물 계획이니 세 식구 짐이 엄청나다. 새로 산 여행 가방에 무게를 초과하지 않도록 저울에 달아가며 짐을 꾸려 넣고 하루 전 서울로 출발했다. 여의도 부근에서 인편에 부탁했던 비행기 표를 전해 받고 김포공항에 도착했다.

747점보 비행기 프랑스 국적의 에어프랑스다. 점보비행기를 타 본다는 건 보통 사람 이상이라는 신분의 사람이 되었다는 것을 의미하던 때다. 크다, 좋다, 꿈 등이 그 당시의 점보 비행기가 상징하던 의미다. 어마어마한 비행기에 좌석은 너무나 작았다. 엉덩이와 어깨가 꼭 낀다. 무릎이 앞좌석에 닿아 다리를 모아 붙이고 엉덩이를 삐딱하게 틀고 앉아야했다. 아내와 나 사이에는 6살 난 딸이 있어 그나마 숨통이 트였다. 덩치 큰 외국인 끼리 앉은 모양은 보기에도 측은하다. 출발 전부터 사람들의 표정이 밝지는 않다. 요즘의 대한항공이나 아시아나항공 같은 좌석은 너무나 감사한 인간적인 배려로 예전엔 꿈도 꿀 수 없었다. 비행편이 많지 않아 그나마 표 구하기도 어려웠다.

얼떨결에 붕 떠서 일본이다. 나리타 공항에서 한 시간 가량 머물다 다시 날아올랐다. 일본에서 본 일본 놈도 일본도 우리나라와 똑같았다. 사람의 생김새와 창밖으로 보이는 풍경이 서울과 비슷하게 같았다. 일본인을 일본 놈이라 불러서 좀 미안한데 어쩔 수 없다. 아직도 하는 짓을 보면 일본사람이나 일본인이라 불러줄 마음이 생기지 않는다.

태평양을 건넌다. 여덟 시간 가량 엉덩이가 끼는 의자에 앉아있으니 비행기탄 기분이 황홀하지 않다. 호강과 호사의 대명사 '비행기 탄 기분'이라는 말을 만든 놈(너무 고통스러워서 그분이나 사람 또는 인간이란 호의적인 표현을 사용할 수가 없다.)은 비행기를 타보지 않은 놈이 분명하다. 덩치가 코끼리만한 외국인들은 미동도 하지 않고 잘들 참는다. 대단한 참을성이다. 외국에 나가면 모두가 나라를 대표하니 언행에 신중을 기해 한국인으로 부끄러운 짓을 하지 말라던 안기부 직원의 교육 내용이 아니었어도 분위기상 꼼짝을 할 수 없었다. 다행히 먹을 것을 자주 주고 술도 공짜로 주어 위안이 되었다.

죽기 일보직전에 알라스카 공항에 도착했다. 공항 주변을 걸으며 이제 봄이 시작되려 하는 알라스카의 경치를 구경했다. 눈이 쌓여있는 신기한 광경에 추위도 잊고 한참을 밖에서 보냈다. 공항의 면세구역에는 알라스카 특산품을 팔고 있어 구경거리로 볼만했다. 열 시간을 더 가면 파리 드골 공항에 도착한단다. 김포를 떠난 지 12시간이 지났는데도 말이다. 좌석에 묶일 것을 생각해서 열심히 걷고 몸을 풀었다. 여섯 살 난 예쁜 딸 짱구가 재미있어하며 견뎌줘 고맙고 대견하다.

유럽으로 넘어서며 비행기가 요동을 친다. 지옥이 따로 없다. 처음 하는 비행의 설렘은 이미 사라지고 없다. 부자와 성공한 사람만 타는 비행기니 일반인이 보면 얼마나 선망의 대상이 되었을지 알 만하다. 말에 말이 붙어 비행의 신비로움과 행복함은 과장이 너무 많이 되었음을 경험자들은 알고 있었지만 전해 주지는 않았다. 선망의 대상이던 비행기 타는 맛이 괴롭기만 하다면 누가 부러워하겠는가 말이다. 말해주지 않아도 영화나 뉴스의 화면에서 본 장면에서 비행의 즐거움은 잘 전해지고 진실은 은폐되었다. 비행기 트랩을 내려오는 사람들의 행복해하는 모습으로 비행의 괴로움이 즐거움으로 잘못 전해지는 것이다.

　20시간을 버티던 장하디 장한 딸아이가 비행기가 활주로에 내리는 순간 멀미를 했다. 덩치 큰 늙은 여승무원이 불평을 하며 뒤처리를 해줬다. 노처녀가 분명하다. 아이를 낳아 키운 경험이 있다면 아이의 건강이 우선 염려되었을 상황인데 불평부터 하는 인간성 없고 직업관이 부족한 늙은이다. 그래도 직장의 상사에게는 나름 꼬리치는 기술은 뛰어난 노하우가 있나보다. 근무 태도로 보면 잘려도 벌써 잘렸어야 했을 밉상인데 아직 잘리지 않은 걸 보면 말이다. 옆에 있던 남자 승무원이 향기 스프레이를 뿌리며 아이를 걱정해주고 위로해 준다. 아마도 도착했으니 너무 염려 말라는 말인 것 같았다. 외국인이나 한국인이나 잘생긴 사람이 대체로 인간성이 좋긴 매한가지인 듯하다.

　공항이 커도 너무 크다. 프랑스는 올림픽을 유치하려고 우리나라와 경쟁하다 떨어졌는데도 아직 올림픽 유치 광고 포스터를 비행기와 공항에 여기저기 붙여놓고 있다. 뮌헨 가는 비행기로 갈아타야 한다. 비행기 표를 들고 직원으로 보이는 사람에게 손짓발짓으로 물어 간신히 터미널을 찾고 공항 구경을 했다. 으리으리한 공항이다. 뭉실거리는 프랑스 발음에서 괜히 주눅이 든다. 덩치 큰 백인이거나 흑인, 보자기를 쓴 중동 사람이 대부분이다. 우리 세 식구가 큰 공항에 유일한 아시아인이다. 사람들이 힐끗거리며 우리를 구경한다. '뭘 봐!' 생긴 걸로는 우리가족이 최고다. 한국에서도 예쁜 가족이라는 소리를 듣는 우리인데, 여기서는 객관적으로 짜게 평가해도 우리가 단연 돋보였다. 유행의 나라 프랑스도 별 것 없었다. (공항에서 아주 잠깐 머물며 든 생각) 한 시간쯤 지나 뮌헨 공항에 도착했다. 작은 규모에 놀랐다. 올림픽을 열었던 도시의 공항이 김포보다 훨씬 작았다. 드골공항의 큰 규모에 주눅 들었던 마음이 편안해지며 왠지 친숙해지는 느낌이다. 아이의 이모와 이모부가 마중을 나왔다. 이렇게 반가울 수가! 처음 타보는 커다란 흰색 벤츠가 이모 내외를 더 돋보이게 했다. '차 좋다. 부자네.' 면허도 없던 내가 보니 동서가 더 멋져보였다. 거기다가 독일 말도 잘하고(독일 사람이니 당연히 잘하지 하는 간단한 생각도 없이 모든 게 다 부러웠다.) 무척 친절했다. 징그럽게 끌어안고 볼에 뽀뽀를 해댄다.

히틀러가 만들기 시작했다는 자동차 전용도로, 속도 제한이 없는 도로 아우토반으로 벤츠가 달린다. 자동차 소리가 엔진음인 '부웅'이 아닌 '끼이~양'이다. 공기를 가르며 내는 타이어 소리다. 옆에 앉아 흘낏 보니 160km, 180km, 210km로 소음도 이젠 삐~융(차 안에서는 들리지 않았지만 느낌이 그렇다.)으로 바뀌었다. 안전벨트를 맨다는 개념이 없던 한국에서는 매보지 않았던 안전벨트를 오른손으로 힘주어 잡고 어금니가 소리 나게 앙다물어졌다. 요즘은 아우토반도 차가 많아 잘 달릴 수 없지만 1986년 통독 전 독일의 도로는 단연 세계 최고였다.

40분쯤 지나 아우토반을 벗어나 구불거리는 마을 도로로 접어들었다. '로젠하임 팡' 이모네 집 가는 도로다. 20시간이 넘는 비행으로 녹초가 된 아이가 멀미가 난다해서 커브길가 옆에 차를 세우고 토했다. '하니 토' 라는 새로운 지명이 탄생되는 순간이었다. 30년이 지난 지금도 그 길은 이모네 가족과 우리를 아는 팡 읍의 사람들은 '하니가 토' 한 길로 부르며 즐거워한다고 한다. 물론 우리를 모르는 사람들도 전설 같은 이야기를 전해 들으며 '하니 토' 라 부른 단다. 마을이 생기고 아시아인 가족의 첫 방문이었으니 우리 식구는 그 마을의 뉴스거리로 이목을 집중시켰던 유명 인사였다.

독일하면 나치 – 히틀러 – 분단국가 – 베를린장벽 – 손기정 – 탄광 – 광부 – 간호원 – 라인 강의 기적 – 벤츠 – 아우토반 – 뮌헨 맥주 축제 – 뮌헨 올림픽 테러 – 검은 9월단 – 로젠하임 치즈 정도가 우리나라 사람들이 알던 독일에 대한 상식적 내용이다.

80년대 한국 경제가 좋아지며 새로운 음식 문화가 소개되기 시작했다. 그 중 하나로 치즈는 유명 식품회사에서 로젠하임 치즈를 기술 전수 받아 만들어 판다고 광고를 많이 하여 대부분 우리나라 사람들은 치즈는 로젠하임에서 만드는 것이 최고고 다른 제품은 모두 짝퉁으로 이해하던 때였다. 광고에서는 분명 로젠하임엔 치즈가 천지라고 했는데 전혀 아니다. 바이에른 지방은 알프스 기슭이라 낙농업도 발달했으나 공업과 상업이 더 발달된 독일의 부자 동네였다. 치즈축제장에서 본 치즈는 냄새가 심해서 먹기 어려웠다. 둥글고 커다란 치즈를 작두나 큰 칼로 잘라내어 맥주와 함께 잘들도 먹는다. 우리나라에서 파는 쫀득하고 맛있는 로젠하임 치즈는 정작 로젠하임에는 없었다.

치즈보다는 흰 소시지가 내 입맛에는 더 좋았다. 아침식사로 나오는 물에 끓여 따끈한 소시지는 구운 토스트, 삶은 계란, 갓 내린 커피와 환상적인 궁합으로 미각을 살려냈다. 축제 장터나 주막에서 맛볼 수 있는 초절임 무채와 함께 나오는 소시지는 독일을 대표할 음식이다. 주점마다 다른 맛의 맥주와 함께 먹는 소시지는 맛있는 먹을거리다. 세 번을 더 방문하여 로젠하임과 뮌헨은 많이 친숙해졌는데도 맥주와 소시지 외에는 기억에 남는 음식은 별로 없다.

정든 타향에서

독일을 대표하는 술, 맥주. 사람들이 모두 맥주를 마신다. 그런데도 독일을 상징하는 맥주 상표는 없다고 한다. 마을마다 저마다의 맥주가 있어 그 수를 셀 수 없다고 했다. 동서와 어울려 다녀본 술집들도 다 자기 집 맥주와 몇 가지의 뮌헨의 대표 맥주를 팔았다. 사람들은 대부분 그 집에서 만든 맥주를 마셨다. 마개를 열었다 닿을 수 있는 수제병맥주나 막걸리 냄새와 비슷한 양조 냄새가 나는 생맥주를 마셨다. 여름이라 더워서 야외에 천막을 치고 마을별로 맥주 축제를 자주 열었다. 커다란 생맥주잔을 두 손으로 잡고 마셨다. OB맥주와 크라운맥주 두 가지 뿐이었던 우리나라 맥주와는 맛이 완전히 달랐다. 우리나라 사람들이 소맥을 마시는 이유를 알 것도 같다. 이건 맥주도 아니었다.(오해하지 마시라 80년대를 말함이니. 사실은 지금도 맥주 맛은 별로다.)

모차르트의 도시 잘츠부르크는 이모네 집에서 한 시간도 걸리지 않았다. 강원도 산골 촌놈의 눈에도 기가 막히게 아름다운 산골이다. 같은 산인데 알프스는 산세가 다르다. 구릉이 있어 낙농가가 있고 절벽에 뾰족하고 험한 돌산이 어우러져 그림같이 아름답다. 카메라로 대강 구도를 잡아도 모두가 예술이 되는 풍경이다. 산속 지하주차장에 차를 세우고 시내로 나왔다.

"말! 로! 못! 해! - 표현 불가! -"

카드 속으로 내가 들어왔다. 동화의 나라에 내가 출현했다. 어떻게 사람 사는 마을이 이렇게 아름다울 수 있는가! '미라벨' 정원에 내가 섰다. 사운드 오브 뮤직의 마리아 선생과 일곱 명의 아이들이 보이지 않으니, 영화 속은 분명 아니다. 모차르트 생가에서 모차르트 초콜릿을 사서 맛보고 마을 구경을 했다. 사진도 마구 찍었다.(30년간 이사하고 짐정리하며 한참씩 본 몇 번을 제외하곤 앨범 속에 들어있다.)

도시의 경치를 한눈에 볼 수 있는 웅장한 호헨잘츠부르크성에 올랐다. 세상에나 이 경치를 보게 우리 가족을 초청해준 이모네가 고맙고도 감사하다. 경치? 말로는 표현할 수 없다. 내 글발이 약해서가 절대 아니다. 못 믿어도 할 수 없다. 이 장소에서 아래를 내려다 본 사람은 충분히 이해하리라 믿는다. 가보지 않았다면 이참에 한번 가보시길 간절히 권하는 바이다. '넋을 놓았다'는 말이 실감 나는 순간이다.

이 좋은 장소에서 나는 커피를 마셨다. 커피 잔이 도토리 깍정이만한 것이 양은 '에게'다. 커피 향은 기가 막힌데 양이 너무 조금이다. 설탕을 넣어 홀짝, 그리고 끝이다. 내가 처음 맛 본 에스프레소다.(이탈리아 밀라노지방에서 고온고압으로 빠르게 추출해 마시던 커피라는 걸 나는 한국에 돌아와 백과사전을 통해 알 수 있었다.) 맛과 향은 좋은데 양이 적어 불만이 많았다.(지금은 여행 중에 아메리카노를 마시면 오줌이 자주 마려워 카페인을 보충하려고 가끔 마신다. 향이 좋고 맛이 강해 집에서도 기구를 구해 가끔 뽑아 마시기도 한다.)

커피에 유감이 많았던 대신 맥주로 인해 여행 내내 내 기분은 최고였다. 고등학생 때 학교선생님들이 유럽에서는 맥주 값 보다 물 값이 비싸다하여 믿지 않았는데 사실이었다. 이렇게 좋을 수가. 목이 마를 때마다 길가 카페에서 맥주를 사 마셨다. 마시면 좀 이따 오줌이 마렵고 화장실을 핑계로 카페를 찾고 맥주를 마시고 화장실을 이용하고 '와~ 유럽 참! 좋다.'

비엔나는 묵직하고 중후하다. 잘츠부르크가 마리아 선생과 일곱 아이들이라면 비엔나는 루트비히 폰 트랍 대령과 같다. 고풍스럽다는 말이 이곳에서 나왔나 보다. 영화 아마데우스의 주제 음악이 귓가에 잔잔히 흐르는 느낌이 저절로 들었다. 도레미송의 잘츠부르크와 너무나 대조적이다. 마차를 타고 구 시가지를 돌며 관광을 했다.

괴테 동상을 보며 괴테처럼 거만하게 앉아 한참을 쉬었다. 공원 구석진 곳에 이젤을 세워놓고 뭔가를 전시하는 모양이다. 그림이다. 채색화도 있지만 대부분은 무채색의 목탄화다. 멀리서 가까이서, 이리 보고 조리 봐도 도대체 모르겠다. 20점쯤 되는 그림을 둘러보다 서서히 형체가 눈에 들어왔다. 서둘러 딸의 손을 끌고 도망치듯 공원을 나왔다. '참, 빌어먹을 놈. 그릴 게 그렇게 없었나?' 그림은 모두 여러 형태의 여러 각도로 그린 남자의 성기였다. 하! 하! 하! 그림 그리는 재주보다 모델 설득하는 재주가 뛰어난 화가임이 분명하다.

바바리아 지방의 주도 뮌헨은 참 평화롭고 한가한 풍광이 여유롭고 풍요롭다. 옥토버페스트 축제의 중심에 있는 호프브로이하우스에서 왕관과 HB 마크가 선명한 1,000cc 생맥주잔 가득 향기 넘치는 정통 독일맥주를 받아들자 감격에 몸이 떨렸다. 넓은 홀을 가득 채운 사람들이 소금 붙은 프레첼 빵과 소시지를 안주삼아 맥주를 마신다. 모두들 나처럼 처음 온 관광객인지 흥분하여 눈이 동그랗고 목소리가 크다. 자기가 마신 생맥주잔은 약간의 돈을 지불하고 가져올 수도 있지만 망설이다 포기했다. 매일 마시는 맛있는 맥주로 나는 독일을 사랑하게 되었다. 이렇게 배부른 사람들이 세계대전을 두 번이나 일으켰다니 믿어지지 않았다.

지금도 그때를 생각하면 가끔 후회가 된다. 버스를 타고 로마로 갔다. 지금 생각해 봐도 그때 로마를 보지 말았어야 했다. 로마와 베니스를 보니 그 후에 보게 되는 지중해지방의 나라들과 유럽 곳곳의 유적지가 로마의 축소판 같아 감명이 적었다. 유럽 여행의 마지막을 로마로 끝냈더라면, 아마도 유럽 전역에서 느꼈을 감동이 훨씬 더 컸으리라고 생각되었다. 나는 로마의 유적을 처음 바라보며 아무런 감동과 느낌이 없었다. 멍~ 감전된 듯 한참을 숨조차 쉬지 못했다. '아~ 로마!' 그게 다였다. '인간, 참 대단하다!'

트레비분수에서 동전을 던졌다. 또 오길 간절히 소망하며. 30년이 지났는데 아직 다시 가 보지는 못했다. 동전의 효험이 아직 발효되지 않았나보다. 아름다운 천사의 성 다리위에서 필름을 샀다. 평상시의 열배 쯤 되는 가격으로 팔면서 일요일에도 나와서 봉사하는 자기에게 감사하란다. 바가지를 썼는데도 그의 말처럼 감사했다. 그가 아니었으면 그 날 사진을 찍지 못할 뻔했다. '로마의 휴일'의 오드리 헵번처럼 진실의 입에 손도 넣어 보고, 바티칸 프랑스근위병 옆에서 기념사진도 찍고, 성 베드로성당의 지하와 천장을 두루 구경하였다. ─아멘─

피렌체라고 생각되는 곳에서 저녁을 먹었다. 밥이 먹고 싶어 아내가 재료에 라이스 어쩌고 하는 글이 있는 메뉴를 주문했다. '에 툇퇴! 이게 뭐야.' 덜 익은 쌀죽에 술맛이 났다. 지금까지 추적해 본 결과는 그 음식은 리조토의 한 종류라고 추측만 할 뿐 정확하게는 알 수 없었다. 세상에나 뭐 이런 몹쓸 음식도 다 있나.

베니스에서는 소매치기가 많으니 지갑과 소지품을 잘 챙기라는 말을 여러 번 들어 이태리 사람 모두가 도둑으로 보였다. 그래도 베니스 식당은 너무 맘에 들었다. 오징어튀김과 가자미튀김이 우리나라와 맛과 모양이 똑같아 오랜만에 입이 호강했다. 베니스의 상인으로 엄청 친숙한 물의 도시, 그래서 더 좋았다. 너무 풍광이 그림 같아 나중에 아내는 커피숍을 열며 이름을 베니스라 지었다. 한국의 베니스, 속초에는 지금도 가장 오래된 유명한 카페로 그 자리를 지키고 있다. 간판에는 1985년이라고 표시돼 있지만 우리가 개업한 것은 1987년이 아닌가 한다. 그때부터 지금까지 속초의 중심가 네거리 '베니스 카페' 2층 창가에서 보는 거리의 모습은 속초의 명물이 되었다.

돌아오는 길에 파리에 들리기로 하였다. 뮌헨에서는 직항이 없어 파리에서 갈아타고 했다. 때문에 1박 하며 관광을 하기로 했다. 일정이 바빠서 오전에 도착해서 짐을 보관함에 맡기고 작은 가방만 들고 택시에 올랐다. 영어가 나보다 엄청(?) 유창한 아내가 호텔로 부탁했다. 멀리서 에펠탑이 보였다. 파리에 왔다는 것이 실감났다. 중심가로 들어온 택시가 호텔 앞에 멈추고 근사한 복장의 벨 보이가 문을 열고 우리를 맞았다. 으리으리한 호텔은 예약제라 방이 없다고 죄송하다며 굽실거린다. 정말 다행이다. 나중에 알고 보니 특급 호텔은 방값도 어마어마했다.

가방을 끌고 가격이 저렴해 보이는 호텔을 찾아 골목을 헤맸다. 힘들어하는 딸아이 때문에 아내 혼자 호텔을 찾기로 하고 딸과 나는 거리에 쭈그려 앉아 아내를 기다렸다. 한참을 지나자 딸아이의 표정에 근심이 가득하다. "아빠, 엄마 잃어버리면 어떻게 해. 아빠 영어도 못하잖아.", '이런 젠장. 아빠의 체면이 이게 뭐야.' 나도 영어를 공부해야겠다고 그때 다짐했다. 돌아와서는 '언제 쓰겠다고' 하며 곧 포기했지만.

아내가 구한 호텔은 가격에 비해 훌륭했다. 짐을 들여 놓고 프론트에서 프랑을 환전하고 파리 지도를 얻어 지하철역과 관광할 곳에 표시를 했다. 우선 드골 광장에 있는 개선문에 가기로 했다. 프랑스 돈과 갈 곳을 표시한 지도를 보이니 표와 잔돈을 내 주었다. 지하철로 잠깐 사이에 도착했다. 역에서 올라오니 개선문이 코앞에 보인다.

자동차길 중심(무지하게 넓다. 나중에 지름이 200m가 넘는다는 걸 알았다.)에 웅장한 개선문이 있다. 차가 너무 많이 다녀 들어갈 수가 없다. 눈치를 보다 냅다 뛰어 길을 건넜다. '아니 횡단보도도 없는데 이 많은 사람들은 어떻게 들어왔지?' 우리처럼 길을 건너는 사람도 보이지 않으니 말이다. '신기하네~' 개선문 아래에는 무명용사의 무덤이 있고, 위에 있는 등불은 꺼지는 일이 없으며 헌화는 시든 적이 없다고 한다. 개선문은 내부가 박물관으로 전시물은 그저 그렇다. 계단을 빙빙 돌아 위층 전망대에 서니 파리 시내가 한눈에 보였다. 전망대에서 내려오며 지하도와 바로 연결되었다. '이런, 그럼 그렇지. 지하도를 왜 생각 못했지. 이그~ 촌놈' 길을 건너던 장면이 민망하고 우스워 낄낄거리며 지하철을 탔다.

몽마르트 역에서 골목을 따라 오르며 커다란 성당이 나타나고 성당 앞 계단에 앉아있는 여러 인종의 사람들이 보였다. 서로가 구경거리가 되어주며 모두가 행복한 표정이다. 우리 모양의 사람은 가끔 마주치는 못생긴 일본인뿐이고 한국인은 한 번도 만나지 못했다. 말을 거는 외국인은 모두 우리를 보고 재팬이냐고 물어본다. '이렇게 잘생긴 일본인이 어디 있니? 코리안이다.' 라고 대답해 준다.

일본인을 무시하는 말이 아니다. 80년대 일본인과 지금의 일본인은 모습이 많이 다르다. 요즘 일본인은 우리와 구별이 어렵고 중국인도 좀 촌스러울 뿐 세 나라의 인종은 비슷하게 생겼지만 그땐 참 심했다. 우리도 잠시 앉아 다리를 쉬며 경치와 인간 구경을 했다. 관광객 사이로 참새가 많다. 겁을 상실한 참새가 사람 손 위에 내려앉아 빵부스러기를 얻어먹기도 한다. 참새구이를 포장마차에서 팔던 시절이라 내 눈에는 맛있는 꼬치구이 안주로 보여 침이 고였다.

골목을 따라 오르면 몽마르트 언덕, 조그만 언덕 건물사이의 길가에 좌판을 펴고 앉은 거리의 화가들로 북적인다. 가격이 비싸지 않아 기념으로 딸의 초상화를 그렸다. 너무 예쁘게 공주처럼 그렸다. 부모의 마음이 흐뭇하라고 상술로 그리는 것 같다. 이 그림은 집에 와서 굴러다니다 버려졌다. '에이 돈만 버렸다.' 그래도 관광객 놀이에 재미는 있었다.

에펠탑은 파리 어디에서나 보였다. 센Seine 강가에서 멀지 않아 풍경도 좋고 공원도 넓어 쉬기에 좋다. 철골 탑이 크고 높아서 그렇지 내 눈에는 별로였다. 시간이 늦었는지 입장료가 비쌌었는지 정확한 기억은 없지만 우리는 오르지 않기로 했다. 아내와 나 모두 탑보다는 강가가 좋았다. 근처에는 카페도 없는데 화장실이 급했다. 쩔쩔매다 경찰관을 만나 물었다. 말이 통하지 않아도 손짓발짓으로 뜻이 통했다. 따라오라고 손짓을 하고 앞장을 서서 안내해 주었다. 반지하에 위치한 화장실 문이 잠겨있다. 경찰관이 난감해하며 다시 따라오란다. 숲이 우거진 으슥한 곳에서 볼일을 보란다. 여자는 안쪽에서. 나와 경찰은 망을 보며 숲 입구에서 함께 실례를 했다. 다정한 친구처럼 실실 웃으며 가끔씩 마주보며, 고마운 친구다.

호텔로 돌아오며 발견한 마트에서 저녁거리를 사서 호텔방에서 먹기로 했다. 유럽의 식당은 절차가 복잡하고 번잡했다. 한 가지만 후딱 먹고 나오면 좋으련만 전식에 본식에 후식까지……. 말이 통하지 않아 더 어렵다. 전기 구이 통닭, 우리나라에서도 유행인 전기 구이 통닭을 발견했다. 맥주와 통닭, 음료수, 바게트 빵 등등 한 보따리 들고 개선장군처럼 의기양양해져서 호텔로 돌아왔다. 고추장에 찍어먹는 통닭 맛? '죽인다!'

파리 드골공항. 요즘 생각하면 웃기지만 촌놈 철수의 첫 해외여행(내 주변의 그 누구도 해외여행의 경험이 없었다. 변변한 안내 책자도 없었고)에서 완전히 혼이 빠졌다. 터미널 모양이 똑같아 여기가 거기 같고 거기도 여기 같다. 가방을 찾아 비행기 탈 곳으로 가서 붙여야 하는데 같은 모양의 보관소가 너무 많다. 직원처럼 보이면 무조건 붙잡고 보관소 짐표를 보이며 물어보는데 자세하게 알려주는 놈은 없다. 대강 손짓이다. 다행히 잘생긴 직원이 연필로 동그라미를 그려주며 보관소 번호와 위치를 가르쳐준다. '이렇게 쉬운 걸.' 내가 너무 대견하고 자랑스럽다. 하지만 나는 그 누구에게도 이 이야기는 하지 못했다. 너무 창피해서.

비행기에 오르니 집에 다 온 것처럼 마음이 가볍다. '비어, 땡큐. 비어, 땡큐. 와인? 땡큐. 티? 노우' 여유가 생기니 좌석도 견딜 만하고 공짜로 주는 맥주도 와인도 너무 맛있다. 그리고 푸욱 잠들고 다시 알래스카. 딸에게 약속한 알래스카 인형을 사러 면세점에 들렀다. 졸음이 오는 눈을 가진 순록 인형과(아이가 조름이라고 이름을 붙여주었다.) 기념품 몇 가지를 잔돈 달러를 털어서 사줬다. 나중에 집에 와서 살펴보니 모두가 '메이드 인 코리아'다. '에이, 실망' 요즈음 대개가 '메이드 인 차이나'나 '메이드 인 베트남'인 것처럼 그땐 그랬다.

20년이 좀 더 지나서야 나는 다시 그 땅을 여행했고 그때보다 오히려 더 버벅대며 다녔다. 지금도 그렇지만 좀처럼 세련되어지지 않는다. '아~ 뭐가 가장 기억에 남느냐고?', '비밀인데 로젠하임 호수에서 수영하며 튜브 끼고 나체족들 구역에 가서 발가벗은 수많은 사람들 구경한 것. 특히 매트형 튜브에 홀랑 벗고 누워 일광욕하던 노랑머리의 아가씨.'

# 고양이 '니꼴라'

– 사랑은 만물에 유효하다 –

．

．

　꼬마 고양이를 얻어왔다. 가끔 쥐가 눈에 띄어 고양이를 기르기로 하였다. '톰과 제리'의 열성 팬으로 어벙한 짓이 매력인 톰과 같은 고양이를 한번 길러 보고 싶었는데, 쥐까지 출몰해 주니 완벽한 조건에 금상첨화가 아니고 무엇이겠는가. 타이밍도 절묘하게 예쁜 고양이를 발견했고, 한 마리 얻기로 말해두었다. 아주 약간의 돈을 어미 먹이 값으로 지불한 후 완전히 우리 고양이가 되었다.

　동네 어르신들 말씀으로는 고양이를 기르면 쥐가 더 많이 들어온다고들 한다. '톰과 제리'에서처럼 고양이와 쥐는 천적이자 공생관계에 있어서 그렇단다. 쥐가 고양이 똥을 무척 좋아한다나. 그래서 목숨을 걸고 고양이 주변을 알짱거리고, 고양이는 쉽게 먹이를 구하고……. 믿거나 말거나 그럴듯한 추론이다. 전혀 검증되지 않은 이론이지만 왠지 믿고 싶어지는 재미난 이야기다.

만화에서는 제리에게 톰은 언제나 당하기만 하는 고양이다. 영리한 쥐 '제리'와 어리숙하지만 순진한 고양이 '톰'. 텔레비전에 방영되어 어린아이뿐 아니라 어른들도 좋아했던 재미난 만화 영화다. 인류와 함께한 유익한 동물 고양이, 인류의 적 쥐. 지구상에 존재하는 생명체 중 인간이 가장 혐오하는 동물은 뱀, 쥐, 거미, 거머리, 박쥐, 모기, 파리, 바퀴벌레(이놈은 너무 혐오스러워 이름에 벌레가 붙어있다.) 등 아주 많이 있다. 특이한 인간들 중 어떤 이는 이들이 귀엽고 사랑스럽다며 애완용으로 기르기도 한다. 하지만 대다수의 보통 사람은 이름만으로도 충분히 공포를 느끼며 진저리 치는 경우가 보편적으로 나타내는 반응이다.

아이러니하게도 우리 집에서 최초로 길러보았던 동물은 '쥐'였다. 온 가족이 진저리 치며 혐오하고 싫어했던, '찌~익 찍찍. 맞다! 바로 그 쥐.' 딸아이는 4살이었고 아내가 부업으로 조그마한 옷 가게를 할 때였다.

가게와 집이 붙어있어 생활이 편리한 구조의 집이었지만 집이 너무나 허술하게 지어져서 겨울에는 방안에 떠놓은 물이 얼었고, 여름에는 사우나를 방불케 하는 더위로 우리 가족을 괴롭혔다. 그 시절 많은 주택들은 대부분이 비슷하였고, 하수 시설이 잘 되어 있지 못해서 주변에 쥐들이 많았다. 우리 집에도 쥐가 가끔 들어왔다. 부엌 여기저기에 쥐구멍 천지였다. 쥐구멍은 아무리 애쓰고 막아도 다음날이면 뚫리고 말았다. 가을철에 밤송이로 막으면 한동안은 효과가 좋기는 했지만 그때뿐이다. 쥐는 다른 곳을 또 뚫었다.

쥐로 인한 피해가 심해지자, 나라에서는 거국적으로 쥐잡기 운동을 벌이기로 했다. 거리에는 쥐를 잡자는 포스터가 붙었고, 1년에 몇 번은 전국이 같은 날 같은 시간에 쥐약을 놓는 '쥐 잡는 날'로 정했다. 그 시대를 살아보지 않은 신세대들도 충분히 그 실상을 짐작할 만하겠다. 쥐약 놓는 날이 정해지면 라디오와 신문, 텔레비전에서 연일 주의 사항과 참여를 독려하는 뉴스가 나왔다. 동네 반장님은 약을 나눠 주고 실태와 전과를 살피느라 분주하고 바빠서 정신이 없다고 하시면서도 신나하시는 것 같았었다.

'아~ 아~, 이장입니다. 개는 묶어 두시고 물독과 음식물이 저장된 곳은 모두 뚜껑을 덮으셔야 됩니다.' 이장님의 마을 방송이 하루 종일 마을을 왕왕 거려 쥐약을 놓지 않으면 대역죄를 저지르는 듯한 착각에 빠질 지경이었다. 그래도 다음날 뉴스에 빠짐없이 등장하는 쥐약 사고 보도는 거르는 때가 없었다. 매번 마을의 개 몇 마리도 죽어 나갔고, 할 일 없던 동네 아저씨들의 안주거리로 술추렴이 벌어지곤 하여 요즘의 축제와도 같았다.

웃기지만 웃을 수 없는 끔찍한 뉴스 중 기막힌 이야기가 한 가지 있다. 줄거리를 살펴보면 대강 이런 이야기다. 아마도 제주도에서 있었던 일이라고 기억된다. 반상회에서 반장님이 나라에서 무상으로 쥐약을 집집마다 준다고 얘기했단다. 마을마다 있는, 나서기 좋아하고 난 체하는 사람 중에 한 사람이 "세상에 공짜로 주는 약이 약효가 있을 리 있나. 말짱 헛일이야."하고 말했다나. 그 말을 들은 반장은 마을 사람들 앞에서 무안을 당하자 "못 믿겠으면 한 병 마셔보지?" 했고 "약효도 없는 약 누가 못 마실까 봐!"하며 한 병을 마셨단다. 결

정든 타향에서

과? 다음 날 전국적으로 뉴스에 나왔고 정부에서 무료로 나눠주는 쥐약의 효능을 확실하게 증명해 주었다는 웃지 못할 이야기도 있었던 시절이다.

'약 먹었냐?' 또는 '약 먹었다.'와 같은 신종어가 나타난 시기가 이 시절이다. 상대방의 말은 듣지 않고 자기의 주장만 고집하는 사람에게 '약 먹었냐?'라고 하였고, 쥐약 먹은 쥐가 고양이 앞에서 '약 먹었다.'라며 심술부리는 장면을 연상하여 강자 앞에서 허세부릴 때 주로 사용되고는 하던 말이다.

회를 거듭하며 쥐약의 효과는 좋으나 피해가 커 사람들이 사용을 꺼렸다. 약 먹은 쥐를 먹은 개와 고양이 같은 육식 가축에 피해가 많았고, 약을 먹은 쥐가 구석에 기어들어와 죽어 부패하며 나는 냄새는 참기가 어려웠다. 점차 사람들은 쥐 퇴치 용품으로 쥐약보다는 약국에서 파는 '쥐포수 끈끈이'와 철물점에서 파는 쥐덫을 이용하기 시작했다.

쥐포수의 단점은 끈끈이를 밟은 쥐가 발이 붙은 상태로 살아서 찍찍거리며 꿈틀거리는 역겨움에 있었다. 다시 사용 하려면 쥐를 죽여서 뜯어내야 하는데 보통 사람으로서는 어려운 일이었다. 통째로 버리면 비용이 많이 들어 많은 수의 쥐를 퇴치하기에는 어려움이 있었다.

쥐덫은 두 가지 종류로 한 가지는 용수철을 이용하여 쥐를 죽여서 잡는 것이었고, 다른 한 가지는 철망으로 우리를 만들어 산 채로 잡는 것이 있었다. 용수철이 강해서 쥐의 몸 일부가 잘리거나 찢어져서 피를 흘리며 죽은 쥐를 쥐덫에서 빼내는 일은 쉬운 일이 아니었다. 또한 철망우리에 먹이로 유인하여 생포해 잡는 쥐덫은 쉬워 보이나 실상은 제일 어려웠다. 살아있는 쥐를 죽여야 꺼낼 수 있기 때문이었다. 문을 열고 막대기로 때려 잡으려다가는 놓치기 일쑤였고, 물통에 넣어 익사시켜서 버리는 방법이 가장 좋은 방법인데 작업이 더럽고 고통스러웠다. 쥐는 잡기도 어려웠고 처리에도 번거로움과 더러움으로 비위가 약한 사람들에게는 비록 남자라 하더라도 곤욕스런 일이었다.

우리 집 쥐덫에 쥐가 잡혔다. 처음에는 보이지 않아 실패인 줄 알았는데 구석에 뭔가가 있는 것 같았다. 자세히 살펴보니 크기가 엄지만한 생쥐였다. 쥐도 작은 놈은 그리 징그럽지 않았다. 내키지는 않아도 나름 귀엽기까지 했다. 쥐덫을 보며 가족회의를 열었다.

"이걸 어떡하지?"

"죽여?"

"살려?"

"어! '제리'네."

"와! 재주 많네."

"길러 보자. 혹시 알아? '제리'처럼 재미있을지?"

많은 고민 끝에 기르기로 하였다. 이름은 '제리'라 부르기로 하고, 쥐덫을 당분간 집으로 쓰자고 결정했다. '제리'는 기막힌 재주꾼이었다. 사각형의 쥐덫을 위아래 없이 자유자재로 돌아다녔다. 원숭이보다 더 재주가 뛰어난 것 같았다. 징그럽던 까만 눈도 나름 보석이 빛나는 듯 착각이 들 정도로 반짝이고, 먹이도 아주 조금만 먹었다. 아이가 좋아하는 햄, 소시지, 과자 같은 먹을거리가 쥐덫 안에는 항상 풍족했다.

일주일쯤 잘 살던 '제리'가 아침에 보니 죽어 있었다. 너무 어렸거나 삶에 스트레스를 많이 받아 죽었으리라 짐작했지만 아쉬움이 컸다. 하지만 한 번 더 쥐를 잡아 길러 보자는 마음은 가족 모두에게 없었다. 아무리 쥐라 해도 너무 작아 죽이기 불쌍해서 길렀던 것으로, 정이 든 것은 아니다. 잠깐 동안이나마 쥐를 길렀었으나 아직도 쥐나 파충류를 애완용으로 기르는 사람들을 이해할 수 없기는 매한가지다. 요즘도 그런 류의 사람들은 가끔 '세상에 이런 일이' 같은 TV 프로그램에 출연할 정도인 것을 보면 특별한 분류의 소수인 것 같다.

제리 사건 후 6년이 지나 꼬마 고양이가 입양되어왔다. '제리'에 이어 '톰'이다. 만화처럼 같은 공간에서 살지는 못해도, 어쨌거나 쥐와 고양이다. 새 식구의 이름이 고양이니까 당연히 톰이어야 한다고 생각했는데, 딸아이가 '니꼴라'라고 이름 지었다. 자기가 가장 좋아하는 동화책 주인공 이름이란다. 프랑스 작가 '르네 고시니'와 삽화가 '장자크 상페'가 함께 쓴 '꼬마 니꼴라'는 딸이 곁에 두고 낄낄거리며 읽는 동화책이었다. 아이가 구해오는 동화책을 통해 이미 우리 집의 한 식구가 된 '니꼴라'가 새끼고양이로 우리에게 다가왔다. '꼴라'는 '니꼴라'를 부르는 이름이다. 이름이 세 마디면 사무적이고 정감이 떨어진다. 그래서 그냥 '꼴라'가 되었다.

식구가 늘어서 네 식구가 되었다. 사람 사는 세상이나 동물의 왕국엔 언제나 서열이 있다. 조화롭게 질서를 지키며 살기 위해 꼭 필요한 요소다. 자연스럽게 누가 정해주지 않아도 눈치껏 알아서 급에 맞게 생활을 했다. 물론 각자가 다 나름의 근거로 서열을 정하고 편하게 지냈다. 내가 정한 서열은 내가 1, 아내가 2, 딸이 3, 꼴라가 4, 모두에게 불만이 있을 수 없는 합리적인 서열이다. 물론 아내나 딸이 생각하는 서열과는 많은 차이가 있음을 나는 알고는 있었지만 나는 개의치 않았다. 각자가 제 편한 순으로 정하면 불만들이 없을 테니 말이다.

우리 집 대장 자리는 거실 소파의 중앙이었다. 다 같이 모여서 결정하지 않았어도, 말하지 않아도 자연스럽게 인정하는 서열이 정해졌다. 거실 소파에 앉는 자리가 그날의 서열로, 나름 아내의 눈치를 볼 잘못이 없는 날은 중앙이 '나' 옆에 '아내' 딸은 내 무릎 또는 둘 사이에 끼어 앉아 대장 노릇을 했다. 피아노 연습을 게을리 했거나 숙제를 다 못한 날, 월말고사 성적이 떨어졌을 때는 구석에 딸아이가 홀로 앉고 아내의 기세에 눌린 내가 그 옆에서 얌전히 아내가 보는 TV 프로를 재미있어 하며 함께 보았다. 이럴 때는 아내가 대장이다. 마음속으로는 항상 내가 대장이었으나 실상은 아내가 대장인 날이 훨씬 더 많았다. 열에 한 번 정도가 나였을까?

식구가 늘었어도 처음에는 변화가 없었다. 울음소리조차 눈치를 보며 내던 꼴라가 한 달 쯤 지나자 우리 집 상황을 다 파악하고 맹수(?)의 본색을 서서히 드러냈다. 크기도 주먹만 했던 놈이 이젠 주먹 두 개만 해졌고 약하디 약하게 박혀있던 귀여운 이빨도 물면 제법 따끔했다. 발톱도 소파를 긁으면 득득 소리가 날 정도로 튼실해졌다. 반란의 징조가 나타나기 시작한 시점이 이때부터였었다.

거실 소파를 혼자 차지한 꼴라가 내 자리에 사지를 뻗고 누워 문소리에 한쪽 귀만 쫑긋하고 귀찮아 죽겠다는 몸짓으로 윙크 하는 듯 한 쪽 눈을 억지로 뜨고 바라다본다. 내가 다가가 "내 자리야! 비켜" 하면 마지못해 몸을 뭉그적거리며 자리를 조금 옮기고는 내버려 두라는 신호로 꼬리를 두어 번 흔들고는 그만이다. 나나 집사람에게는 이정도의 양보도 감사하라는 자세로 못마땅한 동작으로 움직이지만 자기를 가장 예뻐해 주는 주인인 딸아이에게는 어림도 없었다. 딸이 오는 소리에는 아예 반응이 없었다. 철저히 무시했다.

딸은 그러는 고양이가 예뻐 죽는다. 그 꼴을 보고 있다가 내가 "야! 누나한테 버릇없이, 비키지 못해! 네 자리로 가!"라고 야단을 치면 불만이 많은 어기적거리는 자세로 마지못해 구석의 자리로 옮겨 앉았다. 내가 다른 일을 하거나 시간이 지나면 슬며시 발을 뻗어 딸아이의 허벅지와 엉덩이를 밀어내기 시작한다. 하는 꼴이 재미있어 내가 못 본 척하면 딸아이가 자리를 바꿔줄 때까지 계속하여 할퀴며 괴롭혔다. 남자인 나에겐 잠시 왕의 자릴 양보하나 여자들에게는 어림없다는 거만한 태도였다. '니꼴라'는 수고양이다. 동물의 세계에선 수놈이 대장인가 보다.

걸음걸이도 어찌나 품위 있었는지 '고양이 왕족의 혈통이 아닌가?' 하는 생각이 들 정도였다. 자다가 일어나서도 행동을 고상하게 했었다. 우선 등을 활처럼 휘며 쭈쭈 기지개를 켜고, 꼬리를 있는 대로 하늘로 치켜세우곤 발끝으로 엉덩이를 실룩거리며 거만하게 걸었다. 내 다리 사이를 지날 때는 '좀 친해 볼까?'라고 하는 것처럼 거만하게 머리와 목을 슬쩍 비비고 지나간다. 다정하게 "오, 꼬올라아~" 하고 불러주면 몇 번 더 비비적대고, "뭐야" 하고 무시하면 뒷발로 '팍' 걷어차고 제 갈 길을 갔다. 딸아이가 가로막고 있으면 비비적거리지도 피해가지도 않고 할퀴고 물어뜯는다. 물론 아프지 않게 살짝 물고 뜯지만 그 동작이 '졸병 저리 비키지 못해' 라고 말하는 느낌이었다.

언제부터인지는 확실하지 않지만, 어느 날부터 스리슬쩍 꼴라는 애완동물에서 서열을 다투는 가족으로 인정받기 시작하였다. 영리하게 스스로 자기의 영역을 확보하고 끼어든 것이다. 고양이를 길러본 뒤부터는 좋아했던 개가 명청해 보이기까지 했다. 내가 길러보았던 개와 고양이는 종마다 나름의 성격과 상징적인 기질이 있었다. 고양이와 개는 본성도, 습성도 판이하게 아주 달랐다. 두 종을 길러보며 각기 다른 재미를 느낄 수 있었다.

종류에 관계없이 개는 대부분 주인에게 무조건 알아서 기며 복종한다. 어쩌다 가끔 주인이나 사람을 무는 사고를 치는 개도 있기는 하지만, 병들었거나 식용으로 길러지는 종이 대부분이다. 덩치 큰 도사견을 이리저리 교배시켜낸 육용의 가축화된 개로 사람의 사랑을 받아보지 못해 사고를 쳤다. 식용으로 기르며 충직한 개이기를 바라는 미련한 사람들이 만들어낸 사고로 개의 잘못은 아니다. 반려견으로 길러지는 개는 그 종류에 관계없이 무조건 주인에게 순정적이다. 절대 복종하도록 오랜 세월 동안 DNA가 변화하였나 보다.

고양이는 개와는 아주 달랐다. 사람과 함께 생활하지만 굉장히 독립적인 습성이 있어서 매사에 '너는 너. 나는 나. 넌 주인? 그래, 주인하고 싶으면 해. 그래도 난 나야.' 하는 듯 생활을 한다. 아마도 '고양이의 핏속엔 아직 맹수의 자존심이 남아있지 않나?' 하는 생각이 들기도 한다. '밥 줘!', '싫어?', '그럼 난 간다.' 한번 삐짐으로도 밖으로 나가 길고양이가 되었다. 그러다 가끔씩 제가 아쉬우면 한 번씩 들러 머물다가도 맘에 차지 않고 싫으면 미련 없이 떠나버리곤 했다.

사람과 수평적 관계를 유지하며 도도하게 구는 고양이가 매력적이고 좋다. 개는 주인이 보살펴줘야 생활하지만 고양이는 함께 생활만 해주면 귀찮게 하는 법이 없다. 맹수인 호랑이와 사자도 덩치만 컸지 생태학상 식물목 동물 중에서 모두 고양잇과로 분류되는 것만 보아도 분명 고양이가 그 중 으뜸인 것이 확실하다. 고양이는 충분히 그런 대접을 받을 만한 영물이다.

고양이와 생활하며 고양이를 모시는(?) 역할이 생겼다. 아내는 먹이와 목욕을, 나는 똥을 치우는 담당이 되었다. 늘 고양이에게 무시당하는 딸아이는 그때그때 제 좋을 대로 촐랑거리며 보조 역할을 했다. 자연스럽게 동물인 고양이를 인간 셋이서 모시는 모양새가 된 것이다. 모두 불평불만이 없었고 열성적이었다. 지나서 생각해보니 '이 또한 영물인 고양이의 농간이 아니었나?' 싶다.

고양이 똥 담당인 나는 딸과 함께 차를 타고 나가 바닷가를 헤매며 좋은 모래를 골랐다. 알갱이의 크기가 좁쌀보다 굵은 깨끗한 모래를 골라서 자루에 담아왔다. 질 좋고 튼튼한 예쁜 종이상자를 구해서 모래를 깔아주면, 고양이가 알아서 볼일을 보았다. 모래상자는 크기가 중요했다. 상자가 크면 고양이의 발이 안에 들어갔고, 깔끔한 고양이는 발에 묻은 모래를 털며 무척 괴로워했었다. 크기가 공책만한 상자가 제일 좋았다. 신문을 두어 겹 깔고 모래를 절반 정도의 높이로 넣어주면 고양이가 좁디좁은 상자의 모서리에 올라 앉아 볼일을 보았다. 발에 모래를 묻히지 않으려고 상자모서리에 네 다리를 올려놓고 불안해하며 힘주는 표정이 가관이었다. 이때 그 광경이 재미있어 구경을 하면, 아주 못마땅한 표정으로 돌아보며 '아~우웅'하고 불만 섞인 소리를 내고 삐쳐서 구석으로 들어가 한동안 우리와 놀아주지 않았다. 자존심이 무척 센 고양이었다.

물을 싫어하는 고양이의 목욕은 아내의 몫이다. 싫다고 앙탈을 부리다가도 아내가 째려보며 '꼬올라아~'하고 한마디 하면 꼼짝을 못했다. 술 마신 다음 날의 내 표정과 비슷한 모습에 웃음이 났다. '귀찮아 죽겠지만 내가 한번만 봐주지.'하는 표정. 입술을 살짝 열고 이빨을 조금 보이며 작은 소리로 '캬~아~' 불만을 표시하고, 눈을 꼭 감고 한 눈만 비뚜름하게 떠서 상황을 살폈다. 샴푸와 헹굼이 끝나도록 앞발로 팔을 감싸고 손가락을 살짝 깨물며 소심하게 항의했다. 털을 드라이로 말리는 사이에도 불만스러운 듯 '갸르릉'거리며 빨리 끝낼 것을 종용했다.

매사가 꼴라로 시작해서 꼴라로 끝났다. 세 식구 모두가 자청해 꼴라의 부하 노릇을 하며 즐거워하게 되었다. 우리의 대장 꼴라에게 드디어 임무가 주어졌다. 계단을 타고 올라왔는지 아래층 가게에 쥐가 들어왔단다. 쥐를 잡거나 밖으로 쫓아내는 일이 고양이 꼴라가 할 일이었다. 숨을 곳이 없는 장소라 꼴라의 첫 임무는 너무나 쉽게 해결되리라 모두가 기대했고, 의심하지 않았다. "짜잔~" 모두가 꼴라에게 응원을 보내는 가운데 쥐와 마주하게 되었다. 겁에 질려 탈출을 노리던 쥐가 고양이를 보았다. 고양이를 본 쥐가, '이건 또 뭐야.' 라고 말하는 듯 고개를 갸웃거리며 긴 코털을 탐지기처럼 움직였다. "취~익!", '냐야옹~!'이나 '캬~악' 같은 전투적인 소리가 아닌 괴상한 소리를 내며 고양이의 털이 모두 쭈뼛 일어섰다. 등이 활처럼 휘었다. 펄쩍 뛰어 쥐에게 달려들었다, 가 아니고 내 품으로 뛰어올라 앞발로 내 옷을 움켜잡고 애처롭게 바들바들 떨었다. 거만 덩어리 꼴라의 난생

181                                          정든 타향에서

처음이자 마지막 쥐와의 대결은 그렇게 비참하게 KO 패로 끝났다. 어이없는 혼란 속에서 쥐는 유유히 문을 지나 밖으로 여유롭게 도망쳤다.

하긴 그렇다. 당연한 결과다. 꼴라 잘못이 아니다. 꼴라는 정기적으로 손톱깎이로 발톱을 깎는 고양이로 인간화 되어있었던 것이다. 본의 아니게 놀다가 할퀴면 아프기도 하였고 덩치가 커지며 사방에 물건을 긁어 대어 상처를 내, 우리가 손톱 깎는 날 꼴라도 함께 깎았다. 무기도 없이 무서운 적을 무찌르라 했으니 얼마나 황당했겠는가. 꼴라의 잘못은 아닌 것 같다. 인정은 한다. '그래도 그렇지 고양인데, 본능도 없었나? 쥐를 보고 놀라다니…….'

쥐를 보고 놀라는 고양이 꼴라도 이제 더 넓은 생활공간과 여자 친구가 필요하게 자라났다. 방에서만 기르기엔 역부족이었다. 동물병원에서 거세를 하면 다시 새끼 고양이처럼 양순해진다고 하지만 못할 노릇인 것 같다. 가게 직원이 자기 집이 단독주택이라 해서 꼴라를 부탁하였다. 한 달쯤 지나니 꼴라가 이상하단다. 아내와 딸아이가 놀라서 번개처럼 달려가 꼴라를 데리고 왔다. 눈빛이 흐렸다. 불러도 간신히 눈만 살짝 떴다가 도로 감는다. 둘이 훌쩍이며 동물병원으로 안고 뛰었다. 꼴라는 병원에서 죽었다. 주사바늘을 꽂은 채로.

연탄 창고였던 곳에 가둬놓았었다고 했다. 사장님 집 고양이라 잃어버릴까 봐 그랬다고 한다. 넓은 세상에서 자유롭게 살라고 보냈는데, 잘 살고 있다는 말만 믿고 있다가 꼴라를 죽인 꼴이 되었다. 방에서 가족으로 사람처럼 생활하던 꼴라가 배신감과 상실감에 우울증과 화병으로 죽은 것 같아 더 미안했다.

20년이 넘게 세월이 흘렀는데도 꼴라 이야기를 자주한다. 요즘도 아내와 나는 길고양이만 보아도 반가워 한참을 부르며 인사를 건넨다. 꼴라의 분신인 양 반갑고 그립다. 꼴라처럼 영리한 고양이를 한 번 더 길러보고 싶지만 자신이 없어 포기하기로 했다. 끝까지 책임질 수 없는 일은 시작을 하지 않는 것이 좋겠다는 생각이 아내와 나의 마음이다. 생명이 있는 것은 함부로 대하면 안 된다. 내 생명도 하나 그들의 생명도 하나다. 모두에게 소중하기는 매한가지이다.

　'꼴라야, 미안해. 너를 잊지는 못할 것 같아.'

정든 타향에서

# '짱구' 가출 사건

### - 가출, 성장통의 한 장르다 -

·
·

'짱구'는 내가 우리 딸을 부르는 별명이다. 우리 가족이 아니고는 아무도 모른다. 딸의 별명이 '짱구'라는 것을. 짱구가 어쩌고 하면 아내만 '아~ 하니' 하고 알아듣는다. 특별히 딸에게 불만이 있다거나 놀랄 만큼 발랄하고 귀여운 짓을 했을 때 부르는 나만의 별명이다. 남들은 좀 듣기 그런 듯한 별명을 지어 애칭으로 부르기도 하지만, 딸아이는 '하니'라는 이름이 너무 맘에 든다며 이름 외에 다른 별칭으로 불리는 걸 크게 반기지 않는 눈치였다. 우리도 딸이 싫어하는 일을 만들어서 아옹다옹 하기 싫어 이름만 사용하고 불렀다. '하~니~이~', '하닛' 그때그때 불리는 리듬과 억양만으로도 충분히 의사를 전달할 수 있어 불편함이나 아쉬움은 없었다.

하니는 자기 자신이 완벽한, 착하고 귀여운 자식으로서의 도리를 다한다고 생각하는 눈치였다. '에그으~ 메롱이다.' 아빠인 내가 보기에는 너무나도 자주 엉뚱하고, 잘난 체하고, 실수가 많은 짱구로만 보이는데도 말이다. 그래서 하니가 짱구인 것을 짱구인 하니만 모른다. 자기 이름을 끔찍이도 좋아하는 아이 면전에서 '짱구'라고 말해도 자기를 칭하는 줄 몰랐다. 나름 완벽한 자식이라 자부하고 있으니 자기가 '짱구'라고 불릴 리는 없다고 확신하는 모양이었다. 역시 '짱구'다운 자부심이고 '짱구'임을 증명하는 행실이 분명한데도 말이다. 예쁜 딸(세 식구 모두의 주관적 관점에서만. 남들도 가끔은 인사치레로 이용하기는 했었다.) 짱구는 어려서부터 책 읽기를 무척 좋아했다. 같은 내용의 그림책을 질리지도 않는지 반복해서 읽어주기를 요구했었다. 같은 내용의 책이라도 그날의 자기 기분에 따라 다른 감정을 느끼는 것 같았다. 엄마의 꾸중을 들은 날은 더욱 더 불쌍하게 느껴지는 콩쥐가 가여워서 눈시울을 붉혔고, 기분이 좋은 날은 해피엔딩을 기다리며 즐거워하는 식으로 항상 새로워 하였다. 어려운 부탁도 아니었고 '훌륭한 부모의 역할은 이런 거야'하고 스스로를 대견해 하던 초보 아빠였던 나는, 감정을 넣어 유명 성우보다 몇 백 배는 더 실감나는 목소리와 몸짓까지 더해 신명나게 읽어주곤 하였었다.

4살이 지난 어느 일요일 아침, 모처럼 늦잠을 자고 있는 안방으로 내 방법 그대로 신나고 흥겹게 동화책을 읽는 딸아이의 목소리가 들려왔다. 감정 표현이 아빠인 나보다도 더 실감나고 세련되게 들렸다. 제 맘대로 꾸며서 흉내를 내는 게 아니었다. 정말 책을 읽고 있었다. 아빠 옆에서 들으며 글자를 눈으로 보고 익혀 읽게 되었나 싶다. 그즈음 들어 부쩍 길을 가다 상점의 간판을 읽는 아이의 모습을 보며 '한

정든 타향에서

글이 쉽긴 쉽구나.' 하고 생각한 적은 있어도 책을 읽으리라고는 생각하지 못했다. 놀랍다. 천재의 탄생 순간이라고 느끼며 너무 감격하여 딸아이 방으로 뛰어들어 침대에 함께 올라 환호하며 감격해했었다.

가만히 생각해보니 나도 어렸을 때 특별히 한글을 힘들여 배운 것 같지는 않았다. 국어 시간 받아쓰기에서 매번 100점을 받지는 못했어도 읽기에 어려움을 느꼈던 적은 없었던 것 같다. '그럼, 내가 천재? 내 딸도 대를 이은 천재?' 그땐 몰랐다. 다른 집의 모든 아이들도 대부분 그런 과정을 거친다는 것을. 초등학교 2, 3년을 다녀도 더듬거리며 읽는 특별한 몇 명을 제외한 대부분의 아이들이 다 그렇다는 걸. 대부분의 초보 부모들은 아무것도 모른 채 나처럼 매번 감격하고, 자신의 유전자가 너무나 훌륭하다고 스스로 만족해하며 대단한 자부심을 느낀다는 것을…….

짱구의 책 사랑은 나이가 더해 갈수록 그 폭이 넓고 깊어져 갔다. 짱구는 용돈이 생기면 서점으로 달려가 책을 고르고 맘에 드는 책을 사왔다. 사온 책들 대부분은 서점에 쭈그리고 앉아 거의 다 읽었지만 개의치 않았다. 빨리 읽고 천천히 읽고, 또 읽고, 또 읽고, 옆에서 보면 신기할 정도였다. 한동안은 책속에 몰입하여 주인공으로서 생활하는 것 같았다.

훌륭한 위인들의 이야기인 전기문을 읽어보면, 어린 시절의 모습들 대부분은 서로들 비슷하게 닮은 점이 많았다. 공통점 중 하나는 위인들은 어렸을 때 독서를 좋아했었고 그 양도 많았다는 점이다. 정리하자면 이렇다. 대부분의 위인들은 독서를 좋아하여 많이 읽었다. 우리 짱구도 책읽기를 좋아하고 많이 읽는다. 그러므로 짱구는 위인의 반열에 낄 수 있는 요건을 갖추고 있다. 초보 아빠였던 나는 '우리 짱구가 위인의 반열에 오르는 사람으로 성장한다.'라는 상상의 절정 부분에선 남몰래 감격스러워하기까지 했었다. 온몸을 타고 흐르는 행복감에 매번 몸을 떠는 전율을 느꼈던 것 같다.

짱구는 기대를 저버리지 않았다. 초등학교 1, 2학년을 우수하게 수료하고 3학년이 되었다. 다달이 월말고사를 보았고 중간고사에 학기말시험을 치르던 시절에 매번 1등을 독차지할 정도였다. 친구들보다 성장도 빨랐고 예뻤다.(이때부터 남들로부터 진정성이 느껴지는 '예쁜 하니'라는 말을 듣기 시작했다. 내가 객관적 관점으로 보아도 분명 예뻤었다.) 취미로 배우는 피아노 솜씨가 보통을 넘는, 재능이 뛰어나다는 칭송도 들었다. 딸 자랑에 술값 지출이 늘어나던 시절로 참 좋았던 때였다.


위인의 반열에 속하는 위대한 아이 '짱구'가 사라졌다. 그러니까 이야기책에서 하는 방법으로 설명하자면 이렇다. '아홉 살이 되던 해의 어느 봄날, 일요일 아침 눈을 뜨니 예쁘고 영특하고 총명한 아이 하니가 보이지 않았다.' 정도로 표현될 사건이었다. 매사에 자주 '짱구' 짓을 하는 아이여서 크게 놀라지는 않았던 것 같다. 일요일 아침은 늦잠을 잘 수 없었다. 마음속으로는 매번 늦잠을 자겠다고 다짐을 했으나, 일요일이라는 흥분으로 나도 모르게 다른 날보다 일찍 일어나졌다. 특별히 다른 계획이 있는 것도 아닌데 항상 이렇게 늦잠자길 실패했다. 나를 닮은 딸도 일요일엔 더 일찍 일어났다. 그런데 오늘은 짱구가 보이지 않았다. 거실 TV 앞에도, '제믹스' 오락기 앞에도 짱구가 없다. 나보다 일찍 일어나면 책을 읽거나 요즘 새로 구입한 게임기로 게임을 하는데, 오늘은 집안 어디에서도 짱구를 찾을 수 없다.

짱구는 요즘 브라질 소설가 'J.M. 바스콘셀로스'의 '나의 라임 오렌지 나무'를 이희재 씨가 만화로 그린 만화책에 푹 빠져있었다. 감성 덩어리 주인공 꼬마 '제제'의 가슴 찡한 이야기에 동화되어, 자신을 외로움에 홀로 사는 가여운 소녀로 미화시키고 비운의 공주 놀음에 마음을 빼앗겼나보았다. '저를 찾으시려면 수복탑으로 오세요.' 탁자 위에 놓여있는 메모지의 내용이다. '이건 또 뭐야?' 가출을 하며 찾을 수 있는 흔적을 남기다니. 역시 짱구다웠다.

6·25 전쟁에서 38 이북 땅이었던 속초를 수복하고 이를 기념하여 세운 탑이 '수복탑'이다. 어머니와 아이가 북녘을 바라보고 서있는 좀 초라한(그래서 더 분위기는 있지만) 속초 수복 기념탑이다. 시외버스 터미널 앞 삼거리 고성 방향과 영금정항구로 이어진 국도변에 있어 제법 차량의 통행량은 많으나 대부분은 지나치는 한적한 곳에 자리해있다. 요즘은 깔끔하게 공원화 되어있지만 80년대 말 그곳은 바닷물이 바로 밑까지 들어오는 속초항의 외진 곳이었다. 고기가 잘 잡혀 낚시꾼들이 모여들었고 나이 드신 어른들이 잠시 들러 쉬어가는 한적한 길가의 초라한 공원이었다. 바다를 향해 낡은 목재 벤치가 놓여있었고 항상 빈 술병과 깡통 담배꽁초로 지저분했던 소박한 쉼터였다.

집에서 20분은 족히 되는 거리라 차를 타고 거리를 살피며 갔다. 하니가 언제쯤 나갔는지 알 수 없어서, 혹시 인도를 걷고 있는 아이를 발견할 것도 같았기 때문에서였다. 하니가 집을 나간 시간이 꽤 지났는지 거리에서는 찾지 못했다. 수복탑 못미처에서 차를 세우고 내렸다. 요놈이 도대체 어떻게 하고 있나 궁금하여 삼거리를 멀리 돌며 살펴봤다.

　수복탑 앞, 어디서나 가장 눈에 잘 띄는 벤치 위로 콩대가리가 보였다. 뒷머리가 볼록한 우리 짱구가 분명하다. 얼굴 표정은 볼 수 없었지만 나름 분위기는 '참, 외롭다'였다. 아빠가 메모를 못보고 찾으러 오지 않으면 어쩌지……. 걱정이 되는, 그래서 시간이 너무나 더디게 가는 가슴 조이는 시간인 것 같았다. 골탕을 먹이려고 한참을 서성이다 "하니야"하고 아무렇지 않은 목소리로 불렀다. "아빠~!" 감격에 찬 목소리를 애써 속으로 삼키며 태연한 척 대답한다. 우린 그렇게 만났고 바다를 보며 한참을 앉아있었다. 주로 책 이야기를 많이 했다. 그러다 '배고프다. 밥 먹으러 가자'며 집으로 돌아왔다. 참 싱겁게 끝났지만 하니에게는 생각이 많았을 '생애 최초의 가출 사건'이었다. 가출 소녀 '짱구'와 그의 아빠 '나' 나름 각자의 역할을 잘 소화한 작은 소동이었지만, 참 재미났던 기억 속의 사건으로 요즘도 가끔 그 시절이 떠올라 행복해하곤 한다.

　재미있고 현명한 가출 놀이는 이래야 한다. 뭐, 특이한 묘수가 있는 것은 아니지만 나쁜 가출이 되어서는 곤란하다는 말이다. 인생이 송두리째 바뀌는 위험한 일이 될 수도 있고, 불행의 원인으로 두고두고 한으로 남을 수도 있기에 하는 말이다. 가출 사건 놀이에서는 가출자의 가출 장소 선택이 가장 중요한 요소라 할 수 있겠다. 가출 장소는 반드시 부모가 찾을 수 있는 곳이어야 기대했던 좋은 결말을 얻을 수 있다. 또한 부모의 역할도 역시 중요하다. 여기서 부모는 적당히 허둥대며 걱정이 되어 죽을 뻔하였다는 것처럼, 너를 찾아 정말 다행이라는 듯, 찾아 주어야 한다. 가출자는 가출의 목적을 즉시 달성하려는 욕심을 고집해서는 안 된다. 요구 사항을 상대방에게 알렸다는 것으로도 만족할 줄 알아야 성공적인 가출을 완성할 수 있기 때문이다. 가출을 사건으로 만들지 말고 놀이로 여기려는 가벼운 마음가짐이 상처를 남기지 않는다. 시간이 흘러서도 오래도록 행복한 기억으로 추억되어야 바람직한 가출이라 할 수 있겠다.

나의 첫 가출은 딸보다는 3년 쯤 늦은 초등학교 5학년 때였다. 2학기가 막 시작된 9월 초. 저녁밥을 먹기 전이었다. 정확한 기억은 없으나 대강의 기억은, 부모님이 나의 요구를 거절하였고 나는 뿔이 나 집을 나왔었다. 다시는 돌아가지 않으리라 결심하며. 짱구의 가출과 비교하면 나의 가출은 충동적이고 대책이 없는 무모한 가출이었다. 그래도 여유 있는 부모라면 허둥거리며 찾는 척이라도 해서 자식을 다독여 주어야한다. 하지만 그 시절 나의 부모님은 자식의 어리광을 받아주실 만큼의 여유가 없으셨다.

멀리 가지도 못했다. 식구들이 찾으며 부르는 소릴 듣고, 바로 들어가기 위해 뒷산 공동묘지가 시작되는 중턱의 첫 무덤 잔디 위에 앉아있었다. 어두운 밤 묘 등에 누워 불 켜진 집을 바라보며 배고픔을 참아가며 괴로워하였지만 아무도 찾아주지 않았다. '철수가 보이지 않네, 철수가 없어졌어. 누구 철수 본 사람 없어?' 식구 모두가 소란스러워지며 저녁밥도 마다하고 나를 찾아 나서주기를 간절히 바랐지만 집안은 잠잠하기만 했다. 두런거리며 밥 먹는 소리가 한동안 나다가 그만이었다. 어머니가 부엌에서 설거지 하시는 소리와 식구들이 마루에서 듣는 라디오 연속극 소리만 섞여서 들려왔다. 아무리 기다려도 나를 찾을 기미조차 보이지 않았다. 나라는 존재의 유무에 관심을 보이는 식구는 아무도 없었다. 하지만 사건이 이렇게 전개되는 것의 책임은 전적으로 나에게 있었다. 출입이 자유롭던 나는 항상 내 맘대로 행동했고 생활에 치여 사시던 부모님은 그런 나를 용인해 주셨다. 그날 나를 찾지 않은 것은 평상시 내 멋대로의 생활이 가져온 당연한 결과였었다.

모두가 잠든 밤 살며시 숨어들어 부엌에서 밥을 찾아 먹고는 들어가서 잤다. 다음 날 아침, 고맙게도 아무도 어제 어떻게 보냈냐고 물어보지 않았다. 평상시 다른 날처럼 친구들과 쏘다니다 들어왔겠지 하는 것 같다. 다섯 명의 자식 중 가운데인 셋째이니 있어도 없는 듯, 없어도 있는 것 같은지 나의 가출을 아무도 알지 못했다. 나 홀로 벌였던 처절했던 투쟁을 나만 알고 있는 꼴이었다. 배만 고팠던 참 슬픈 가출 사건이다.

아마도 어렸을 때의 서글펐던 가출 경험으로 나는 딸의 가출 사건을 나름 잘 치러 냈던 것 같다. 단언컨대 나는, 이 세상에서 가출 경험이 없는 사람은 없다고 자신 있게 말할 수 있다. '그건 네 생각이고 난 없네, 이 사람아.'라고 말하는 사람이 그래도 혹시 있다면, 가출 경험이 없는 사람이 정말 있다면. 보름날 달빛 아래 서서 발밑을 살펴보시라. 분명 남들에게는 다 있는 그것이 없을 것이다. 그러면 조용히 돌아가자, 자신들의 세상으로. 내가 말해줄게. '여기는 너희들의 세상이 아니야, 사람들의 세상은 이렇단다. 모두가 한두 번씩은 가출을 해, 그리곤 후회를 하지. 그러다 또 가출을 하고, 다시는 이런 짓은 하지 않겠노라고 맹세도 자주해.'

정든 타향에서

오늘 우리 한번 다 같이 가출을 꿈꿔 보자. 꿈이 있는 인생이, 가출을 꿈꿀 수 있는 사람이 행복한 사람이다. '짱구야, 우리 다시 가출 한번하자~'

# Part 3

# 사랑할 수 있어
# 행복하다

# 사는 것이 아니고 받는 거야

― 같은 생각이 아니라고 틀린 생각인 것은 아니다 ―

•

•

어제까지만 해도 비가 오고 날씨가 정말 찌뿌듯해 걱정을 많이 했단다. 맑은 하늘을 보며 하니가 즐겁게 재잘거린다. 한두 번 들어본 말이 아닌데도 기분은 좋다. 가는 곳마다 우리가 와서 날씨가 좋아졌다며 환영을 해 주어 선택받은 가족인 양 우쭐해하기도 한다. 모처럼의 여행을 날씨로 망친 적은 없으니 날씨 운은 상당히 좋은 것 같다. 하긴 9월의 날씨는 원래 그런 것 아닌가 싶기는 하지만 말이다. 런던 시내가 내려다보이는 언덕에서 내려와 그림 같은 상점이 있는 거리로 들어섰다. 예전에 하니가 그림엽서를 보내주었던 거리라 모습이 낯설지 않다.

아내와 딸은 오랜만에 함께하는 쇼핑으로 좋아 죽는다. 거리의 모습이 모두 재미나다. 인종이 다르니 사람 구경만으로도 시간이 잘 간다. 설렁거리며 하는 동네 구경도 지루하지 않다. 고개를 들고 한참을 보아야 하는 높고 거대한 빌딩이 많고도 많다. 담장이 높고 대문도 웅장해서 보는 이의 마음을 초라하게 만드는 거택도 많고. '다들 누가 주인이지?' 어떻게 언제 돈을 모아 저리도 좋은 집들을 사서 또는 지어서들 살고 있는지 무지하게 궁금하다. 아주 간단한 답을 귀여운 우리 사위가 해줬다. '아바님, 사는 게 아니고 받는 겁니다.' 어눌한 한국말이 더 없이 정겹게 들린다. 맨손으로 시작해서 자식 키우고 먹고 사는 보통의 정상적인 방법으로 살아가는 평범한 사람은 불가능하다는 말이다. 경제학 박사님의 말이니 틀린 말은 아니겠고. 누구나 아는 상식적인 답인데도 우문에 현답으로 다가옴은 지극히 상식적인 간명한 말이기 때문인가 싶다.

딸이 살고 있는 런던 도심의 고택은 가격이 무척 비싸서 월급쟁이의 봉급을 모아서는 당대에 구입하기가 만만치 않다고 한다. 불가능한 수준이 더 맞는 말이다. 엄청난 재테크의 달인이거나 큰 액수의 복권에 당첨되지 않는다면 말이다. 15평 정도 넓이의 월세도 300이 넘는다니 살기 어렵겠다. 사위의 말을 들으니 그런 집을 물려줄 수 없는 내가 미안한 기분을 가져야할 것 같다. '미안해 하니, 아빠가 부자가 아니어서.' 웃으며 산책을 하지만 기분은 묘했다. 웃자고 한 말에 죽자고 덤빌 일은 아니지만 드는 미안한 마음은 쉽게 가시지 않았다.

개구리들이 올챙이 시절을 잊고 방자하게 굴어 '올챙이 적 생각도 못하는……'이라는 말이 생겼는지 알 수 없지만, 요즘 개구리는 올챙이를 방자하다 말하고 올챙이는 개구리를 늙은 꼰대라며 하대한다. 다른 세대를 인정하지 않고 나와 다름만 탓한다. 3, 40대에 할부로 소형차를 마련하여 우주를 얻은 듯 양양하던 우리와, 모두 차는 당연하게 있고, 왜? 우리 집은 소형차를 타냐며 아니꼬운 표정을 짓는 세대는 서로가 서로를 이해할 수 없다.

우리 세대의 결혼은, 사랑하는 사람을 만나 부모님의 허락을 받고 내 힘으로 결혼식을 올린 그런 결혼이었다. 저 푸른 초원위에 그림 같은 집을 짓고 사는 꿈을 꾸며 형편껏 단칸방에서부터 시작하는 것이라는 생각이 다수였다. 그런데 요즘 아이들은 다르다. 결혼은 부모에, 부모에 의한, 나를 위한 결혼이어야 한다고 생각한다. 너희 마음대로 낳았으니 내 맘이 흡족하도록 해주는 것이 당연한 것이 아니냐는 말이다. '정말 맞는 말이다.'라고 인정은 해도 마음이 개운치는 않다.

한 번쯤은 나도 부자 부모가 아니어서 불평도 했고 부자 부모님을 상상도 해봤었다. 상상은 달콤하지 않다. 허무하고 허황하다. 그래서 우리 세대는 내가 누리지 못했던 상상의 세상을 자식에게 만들어주기 위해 죽을힘을 다했다. '아빠도 차암~. 다른 집 좀 봐' 자식은 만족을 모른다. 내가 한발 앞으로 나가면 남들은 두세 발 가는지 좀처럼 간격이 좁혀지지 않는다. 보통 능력의 사람은 출발점이 다름을 극복하지 못한다. '뱁새는 황새를 앞설 수 없다.' – 진리. 억지 부리면 말로가 비참하다. '가랑이가 찢어진다.'

'딸 아들 구별 말고 한 명 낳아 잘 기르자'고 손가락 수만큼 낳던 시절이다. '가난은 아이가 많아서'라고 둘만 낳으라더니, 내가 결혼하니 한명만 낳으란다. 나는 개명이 남들보다 빨라서가 아니라 기를 자신이 없어 정부 시책에 잘 따르는 착한 국민이 되기로 했다. '뭐 특별한 유전자도 아닌데 아들이 꼭 있어야 할까?'하는 생각도 들고. 부모님의 무능이 아닌 자식의 많음으로 힘들었다는 것을 몸으로 체험한 우리 가족은 정부의 말을 참 잘 들었다. 형도 동생도.

대학은 기본, 대학원에 영어 연수. 밥벌이 못하면 졸업 연장 그리고 계속해서 학생. 취업하면 차 사주고. 넓은 집 구해서 결혼시켜주고. 세간은 일류로 들여놔 주고. 아이 낳으면 길러주거나 비용 대주고. 때마다 바리바리 챙겨 안겨주고. 불편한 곳은 없는지 안부 묻고. 참, 부모하기 어렵다. 주변의 또래들이 사는 보통의 모습이다.

물론 아주 특이한 경우도 드물게 있기는 하다. 당대에 부를 이뤄 전설이 된 우리나라의 고 '정주영' 회장님이나 자수성가의 아이콘이 된 '빌 게이츠', 어린 시절 영어를 배우려고 외국 관광객 무료 가이드를 하였다는 영어교사 출신 알리바바 회장 '마윈' 등 세계적인 인사들도 있다. 이들이 가진 것은 받은 것이 아니다. 자신의 힘으로 만든 것이다. '고래보다 새우를 잡아 성공했다.'는 마윈 회장은 '누가 더 나은 자선 사업을 벌일 수 있을지를 두고 빌 게이츠와 경쟁하겠다.'고 선언하였다. 자선 사업의 대명사가 된 빌 게이츠는 자선 사업을 하면서 흰 머리가 늘었단다. 돈을 버는 것보다 제대로 쓰는 게 더 어렵다고 말한다. 한마디 한마디가 참 평범한 것 같은데도 절로 고개가 숙여질 만큼 감동적이다.

'나는 남들보다 죽을 만큼 더 고생하며 살았다.'라는 말을 감히 이들 앞에서는 할 수 없다. 당대에 부를 이룬 이들의 이야기를 듣거나 책으로 읽어보면 '그래, 참 열심히 살았군. 뭐야, 그런데 별 것도 아니잖아'라는 생각이 잠시 들기도 한다. 하지만 조금만 더 진정으로 느끼며 생각해보면 그들의 역동적이고 도전적인 생활 태도는 나나 보통 사람과는 확연한 차이점이 많다는 걸 알게 된다. 그래도 너무 기죽을 건 없다. 나도 내 힘껏 죽어라 살았으니 말이다.

죽어라 아끼고 아껴서 집사람에게 한소리 듣고, 자식에게 아빠는 왜 그리 사느냐고 훈계까지 듣고, 울대가 올라와도 꿀꺽 삼키고 듣고도 못 들은 척 그렇게 산다. 뼛속까지 가난했던 기억을 지울 수 없어서, 쓰는 돈보다 지갑 속에 든 돈이 더 흡족한 그런 사람이 되었다. 적자 난 카드를 쓰면서 외식에 나들이도 즐거운 요즘의 아이들은 절대로 이해를 못한다. 그들이 못 미더워 한소리 하면 별 걱정을 다한다며 괜찮다고 손사래다. 가난의 추억이 없으니 겁도 없다. 믿을 구석은 늙어가며 작은 능력마저 상실해 가는 부모밖에 없으면서도 말이다.

'버리는 게 아니고 필요한 사람들이 다 써요. 걱정 말고 이젠 좀 버리며 살아요.' 아내의 말이 다 옳다는 걸 나는 진작부터 알고 있다. 문제는 세포 속에 각인된 가난했던 시절의 기억들이다. 심호흡을 한번 하고 버린다. 창고에는 버릴 게 너무 많다. 하나하나 나름의 역사가 있어서 바라보면 버릴 수 없다. '버리는 게 아니다.' 염불 외우듯 마음을 다잡고 정리해 나간다. 한두 가지 놓아두었다가 손자와 만지작거리며 '이건 말이야, 옛날에 네 엄마가 너만큼 어렸을 때 사용하던 거야.'라고 말해 주고 싶은 것도 있어 또 돌려놓고 버리지 못한다.

'그래, 하니야. 사는 게 아니고 받는 거야.' 딸아이가 받았다고 좋아할 만한 것이 얼마나 될지, 예쁘게 낳아주고 길러줘서 고맙다는 말 한마디에 얼마나 많이 감격했는지 전해 줄 수는 없지만. '하니, 아빠 그래서 또 미안해. 잘 생각해 봐. 그래도 뭐 조그마한 거라도 받은 건 없나 하고.'

# 청춘이고 싶다, 청춘이 아니어서

- 젊어 보이고 싶다. 젊어질 수 없으니 -

.

.

오랜만에 만나는 사람이나 처음 대면하는 사람들은 나를 보고 이런 말을 자주한다. '아유, 어쩜 그럴 수 있어요? 40대 후반이나 50대 초반쯤으로 생각했어요.' 듣기 좋다. 자꾸 들으니 거짓이 아닌 것은 분명할 터. 친구들의 모임이나 친교 모임에 나가보면 또래들은 정말 많이들 늙어 보인다. 그들이 정상이라면 내가 젊어 보이는 것이 사실이란 말씀. 젊어 보이는 것이 아니라 사실 젊다. 남들에게는 겸손 떠느라 뭘 그리 좋게 말해주시냐고 손사래를 치지만, 사실은 나도 젊다는 말을 확실하게 믿는다. 가끔 자다가 화장실에 가서 거울에 비친 늙은이를 발견하곤 깜짝 놀라는 일 말고는 젊다는 생각엔 변함이 없다.

내가 젊다는 사실을 증명해 줄 확실한 증거들을 나열해 보면 무수히 많지만 아주 조금만 얘기해 본다면 이 정도다. 나는 예쁘고 젊은

사랑할 수 있어 행복하다

여자만 보면 가슴이 벌렁거리며 기분이 좋아진다. 나와 비슷해 보이는 연배의 여자가 상냥하게 관심을 보이면 불쾌해진다. 좀 떨어진 곳에서 유리에 비치는 모습은 완전한 20대다. 똥배가 없다는 아내의 말이 듣기 좋고 배에 절로 힘이 들어간다. 엉덩이가 작아진 것 같다는 말을 듣고 나니 신경이 많이 쓰인다. 요즘은 집중적으로 힙 업 운동에 집착한다.

물론 나도 내가 그리 젊다고는 생각하지 않는다. 도저히 젊은이들과 함께할 수 없는 것들도 여러 가지 있기 때문이다. 스마트 폰을 이용하지만 그들처럼 항상 손에 들고 다니며 시도 때도 없이 깔딱거리지는 못한다. 러닝머신에서 유재석이 진행하는 런닝맨이나 무한도전보다는 뉴스나 바둑, 야구를 보는 것이 더 재미나다. 길을 걸으며 큰소리로 떠들지도 못한다. 다른 사람을 의식하지 않는 버르장머리 없는 행위를 자유롭게 못한다. 그 외에도 기타 등등. 이 내 젊음을 가로막는 장애 요소들이다. 많은 노력으로도 극복하기 힘든 사항들이라 아주 젊어 보이는 것은 애초에 포기하기로 했다.

사실은 50대 초반으로 보이는 것도 감지덕지다. 50대 초반으로 보이기는 너무 힘들다. 좋아하던 술, 담배, 콜라, 기름진 고기, 흰쌀밥 등을 끊었다. 대신 정기적이고 규칙적으로 운동, 선크림 바르기, 야채와 과일 먹기, 화내지 않기, 욕심을 버리고 마음 비우기 등을 지속적으로 실행하고 생활화 하였다.

담배는 완전히 끊는 데 10년쯤 걸린 것 같다. 지금은 전혀 볼 수 없는 광경이지만 세기 전에는 일의 시작과 끝에 모두가 담배를 피워 물고는 하였다. 1990년까지만 해도 선생님들의 책상에는 재떨이와 담배가 놓여있고 쉬는 시간에나 심하면 수업 도중에 담배를 피우는 선생도 있었다. 3월 초 새 담임이 정해지면 어머니 대표들이 작은 쟁반에 주전자와 컵, 거기다 재떨이에 담배와 라이터까지 올려서 책상에 놓아 드렸다. 칠판에는 '정신봉'이라고 쓰인 굵고 긴 몽둥이까지 걸어 놓고. 관공서는 물론 일반 사무실에서도 아무 거리낌 없이 담배를 피웠다. 여자들에게는 끔찍이도 금하면서 남자들만. 건강을 위해 하는 운동전에도 한 대 피고, 쉬며 한 대. 등산하며 한 대. 마라톤하며 한 대. 당구를 치거나 술을 마실 때는 줄담배를 피워서인지, 당구장이나 술집에서는 눈이 매워 눈물이 날 정도였다.

새 밀레니엄 세상이 되며 비흡연자들이 권리를 주장하기 시작하여 금연구역이 생기기 시작했고 흡연자들이 눈총을 받기 시작했다. 자연히 냄새가 싫어 횟수를 줄이던 나는 담배를 피우지 않아도 견딜 수 있게 되었다. 하지만 술을 마시거나 당구를 칠 때는 역겹던 냄새가 구수하게 느껴지며 나도 모르게 담배를 찾게 되고는 했다. 절반의 실패다.

세상에서 가장 인심 좋은 것이 술과 담배다. 모르는 사람에게 청해도 싫다고 거절하는 경우가 없다. 그러니 좀처럼 끊기가 힘들다. 술을 마시면 정신을 잃을 정도까지 마시게 되고, 다음 날에는 전날의 일이 기억나지 않는다. 보통 이럴 때 '필름이 끊겼다'고 한다. 알코올에 뇌가 찌들어 기능을 잃어버린 경우다. 아내의 걱정으로 술을 끊었다. 술을 끊으면서 자연스럽게 담배도 끊게 되었다. 내 사랑 선희를 잃는 것보다는 술과 담배를 끊는 것이 더 쉽기 때문에 어려움은 없었다.

세상에나 술을 마시지 않아도, 담배를 피우지 않아도 지구는 돌고 모두가 그대로다. 오히려 더 맑고 깨끗하고 즐겁고 행복해졌다. 맨 정

사랑할 수 있어 행복하다

신으로 술판에 끼어보면 참 가관이다. 고장 난 녹음기처럼 한 소리를 또 하고 주제가 뒤죽박죽으로 모두들 자기 말만 하며 꽥꽥 댄다. 사람이 아니다. 술이 과한 사람은 하루 날 잡아 술을 마시지 말고 참석해서 모양을 관찰해 보면 스스로 술을 끊게 된다. 그들의 모습이 너무 추해서.

술과 담배를 멀리하거나 끊게 되면 생활이 규칙적이고 예상 가능하게 되어 통제가 쉬워진다. 정기적인 운동도 가능하고 맛없던 과일과 채소의 맛을 느낄 수 있게 된다. 저절로 기름진 음식이 싫어지고 담백하고 정갈한 음식이 좋아진다. 탄산음료도 몸이 거부하게 되어 좋은 음료를 마시게 된다. 얼굴에서 술독이 빠지고 피부에서 윤택이 난다. 순식간에 5년은 젊어 보인다. 2~3년 쯤 지나면 10년은 젊어진다. 남들이 그렇게 말하기 시작한다.

검은 머리칼이 새치에서 흰머리로 바꿔 불리며 청춘은 물론 장년도 멀어지나 보다. 새치를 뽑다 어느 순간 뽑을 수 없게 된다. 이렇게 뽑아대다 대머리 될까 염려될 정도에 이르면서 염색을 시작한다. 개중에는 세월 따라 산다며 그냥 하얀 백발로 지내기도 하지만 나는 염색을 한다. 백발의 얼굴이 상상되지 않는다. 70세가 되면 염색을 멈출 예정이다. 아직은 내 나이에 백발 적응이 어렵다. 10년이 길면 몇 년이라도 더 염색을 할 생각이다. 아내와 하니가 흰머리도 어울릴 거라고 말해줄 때까지는.

젊어지려고 시도하는 순간이 바로 늙어지는 시작점이다. 그때부터 자기 관리를 잘하면 세월의 흐름을 스스로 조절할 수 있게 된다. 나는 이미 때를 놓쳐 효과가 적지만, 아내는 자신을 잘 통제하여 친구들보다 15년은 젊어 보인다. 사실은 20년쯤 젊어 보이지만 남들이 자기 처라 너무 후하다고 할까 봐 좀 깎은 거다. 아내의 말은 항상 진리다. 믿고 따르면 축복이 있을 것 같다.

'마라톤 그만해. 얼굴이 늙어 보여.' 아내의 말에 나는 마라톤을 중단했다. 아내의 말이 사실이기 때문이다. 풀코스를 완주하고 근처의 사우나에 가보면 뒤태는 완전 부시맨 엉덩이로 '탱탱' 소리가 날 정도인데, '으악' 대부분은 얼굴도 부시맨이다. 사막에서 사냥하는 부시맨은 엉덩이가 가장 예쁜 종족이다. 과한 햇빛 노출과 수분 부족으로 얼굴은 쭈그러들어 볼품없지만 말이다. 마라톤 동호인들의 대부분이 다 그렇다. 그래서 나는 요즘은 자전거를 주로 탄다. 강문과 안목해안 솔숲을 걷든가. 넘치면 모자란 것만 못하다. 선크림 듬뿍 바르고, 선글라스 쓰고, 모자 쓰고.

40대 중반에도 근육이 울끈불끈 대단한 헬스클럽 모임의 총무가 말한다. '유산소운동만 하지 마시고 근력운동도 좀 하세요. 지금도 몸이 좋으시지만.' 요즘 들어 내 연배의 회원들이 기구의 무게를 늘리며 은근히 근육 경쟁들을 한다. 여름이 다가오면 보이는 현상이다. 해수욕장에서 벗은 몸을 그려보며. 나라고 빠질 수 없지. 20번 정도 할 무게에서 10개 미만으로 올렸다. 근육 붙는 소리가 들리는 것 같다. 신경을 관절에 집중하여 부상을 예방한다. '뿌득' 했다가는 도로 아미타불이다.

나이는 마음에서 결정된다. 그래도 지나치면 꼴불견이다. 차림은 젊어져도 언행은 젊게 하면 안 된다. 조금은 천천히. 별일도 아닌 일에 발끈하지 말고. 손해를 보더라도 양보하고. 화내지 않고 온화하게.

사랑할 수 있어 행복하다

엉거주춤하지 말고 허리를 펴고 고개는 들고. 거만하지 않고 여유롭게, 당황하지 말고 당당하게. 아쉬울 것 없는 나이에 부족하면 불쌍해 보이고 지나치면 주책이 된다. 어렵지 않다. 그래, 그냥 그렇게 살면 된다.

'어르신' 나이 든 어른을 존경한다며 부르는 말이다. 나도 특별한 존칭어가 아쉬울 때 자주 이용하던 존칭어다. 요즘 들어 부쩍 자주 듣게 된 호칭이기도 하다. 나를 부르는 말인 줄 모르는 때가 많은 호칭으로 들을수록 어색하고 불편해진다. 그동안 예사로 들어왔던 사장님이나 아저씨라는 호칭에서 어르신으로 바뀌어 간다. 말로만 젊어 보인다며 호칭은 어르신이다. 너그럽고 부드럽게 미소 지으며 '어? 어~어!' 어색하게 받지만 속마음은 그렇지 못하다. '네 눈에 내가 어르신으로 보이냐? 형님이나 오빠도 있잖아!'

요즘 내가 보는 거울은 확대 거울이다. 아내가 준 화장용 거울인데 이게 없으면 아무것도 볼 수 없다. 보통의 거울로는 젊어 보이는데 이 거울로 보면 진실이 보인다. 어르신이 거울 속에서 나를 바라보며 말한다. '철수 많이 늙었네.' 코끝이 찡해지며 시큰해지고 눈물이 핑 돈다. 보는 사람이 없어서 다행이다. '그래도 그게 어디야. 젊어 보인다잖아' 혼잣말로 중얼중얼 위로해 보지만 위로되지 않는다.

# 헬스 보이

― 사랑, 즐거움, 소망, 만족, 행복, 건강 그중의 제일은 건강이다 ―

·
·

우람하다. 팔뚝이 아가씨 허리만 하다. 가슴이 넓고 두터워 보기에 징그럽다. 허벅지의 과한 근육으로 걸음걸이가 부자연스러워 많이 불편해 보인다. 늘어뜨린 두 팔이 저절로 벌어져서 '형님' 하는 자세다. 호흡이 거칠고 짐승스럽다. 운동을 하다 잠시 쉬는 짬을 이용하여 그들이 사용하는 기구를 들어보면, 내 힘으로는 꼼짝도 하지 않는다. '에구, 그 아저씨도 참~' 하는 표정의 자랑스러운 미소가 입가로 번진다. 내가 참 많이 부러워한다고 생각하는 모양이다. 짐승 보듯한다는 속마음을 들키면 안 되지 싶어 마주보며 웃어준다. '꼼짝도 않네, 몇 kg이나 돼?' 하고 물어주면 아주 좋아 죽는다. 덩치만 커다란 순한 양이다. 하긴 성질이 지랄 맞은 놈은 꾸준하게 참고 운동을 하지 못한다. 좀 미련스럽고 우직해야 매일 반복해서 운동하고 몸을 가

사랑할 수 있어 행복하다

꿀 수 있다.

남자의 로망이 꿈틀거리는 우람한 근육에 있다고 믿는 이들이다. 할 일도 많고 시간도 부족할 나이의 젊은이가 매일 헬스클럽에서 죽치고 운동을 한다. 근육을 위해 먹고 싶은 음식도 못 먹고 술도 마시지 않는다. 오로지 근육에 목숨을 건다. 참 안 돼 보이는 젊은이들이다. 자기들은 나름 목적이 있겠지만 왜 불편하게 근육을 키우는 데 정력을 쏟는지 도무지 이해가 되지 않는다. 불어나는 근육에서 희열을 느끼겠지만 보기에 좋지만은 않다. '그래, 당신은 10년을 넘게 끙끙거리며 만날 그 턱이냐. 그 꼴은 뭐 좋아 보인다고.' 라고 하면 달리 할 말이 없긴 하다. 다 나름대로 생각이 있을 테니 각자의 선택인 셈이다.

건강과 관련이 있는 직업군에 있는 모든 이들이 말하는 공통점은 운동을 하라는 것이다. 하루 30분 이상 주 5일 정도가 그들이 말하는 일관된 주장이다. 다들 나름의 이유와 과학적 근거를 들어 침 튀기며 주장하고 권장한다. 말로는 참 쉽지만 그 실행이 만만치 않다. 대단한 각오와 끈기가 요구되는 일이다. 1~2년을 참고 견디면 몸에 익숙해져서 며칠만 운동을 빼먹어도 컨디션이 나빠진다. 나중에는 숨을 쉬는 것처럼 운동이 자연스럽게 생활화 된다. 그렇게 되기까지는 참고 견디는 방법밖엔 달리 묘수는 없다. 운동 종목마다 제각기 마라톤의 쾌감 러너스 하이Runner's High와 같은 황홀한 행복감에 빠져들게 하는 쾌감을 보상 받게 되어 자신도 모르게 일벌처럼 죽자하고 운동에 빠져들고 만다.

'그럼 어떤 운동을 해야 할까?' 등산, 사이클, 조깅, 마라톤, 걷기,

헬스, 에어로빅, 테니스, 조기축구, 골프, 배드민턴, 수영, 야구 등이 주변의 이웃들이 주로 하는 운동들이다. 특이하고 이색적인 새로운 종목들이 계속 개발되고 보급되어 가짓수가 나날이 늘어나는 추세다. 어떤 종목들은 월등한 신체조건을 갖추지 못한 사람은 엄두조차 낼 수 없는 것들도 많다. 그저 부럽게 바라만보면 탄성만 지른다. 이 많은 종목들 중에서 자기 여건에 맞는 것으로 골라서 하면 된다. 거의 모든 종목들은 경제력과 체력 그리고 여가시간을 필요로 하여 선택에 신중을 기해야한다. 나와 같거나 비슷한 류의 사람들과 어울려야 스트레스를 적게 받고 오래도록 즐길 수 있다.

'어떻게?' 동호인 클럽에 가입하거나 홀로 한다. 한 가지를 꾸준하게 하든지 여러 가지를 섞어서 하면 된다. 여기서 좋은 방법이란 포기하지 않고 할 수 있는 방법이 좋은 방법이다. 처음 대하는 운동은 기본자세와 기능을 바르게 배워야 실력이 빠르게 향상되고 부상을 방지할 수 있다. 잘해 보이는 고수들의 자세를 눈썰미로 보고 익혀도 되나 얼치기가 되기 십상이다. 자세가 바르게 정착될 때까지는 개인 교습을 받는 것이 가장 좋은 방법이다. '스포츠는 폼이다.'라는 말은 절대 빈말이 아니다.

'준비는?' 우선 종목에 따라 필요한 기구를 준비한다. 주변을 둘러보면 앞서 실행하는 가까운 사람을 찾을 수 있다. 없으면 전문점에서 추천을 받아도 좋다. 꼭 필요한 장비를 먼저 구입한다. 등산을 한다면 등산화. 사이클에는 자전거. 수영에는 수경과 수영모, 수영복 등을 말한다. 가격은 너무 비싸지 않으나 성능이 좋은 중상의 것이 좋다. 사용해 보면 나중에 자연히 이유를 알게 된다. 처음부터 비싼 제품을 구입하면 좋겠으나, 자기에게 맞지 않는 운동이라 중도에 포기하면 낭비하게 되어 아깝다. 그렇다고 너무 가격이 싼 제품은 품질이 괜찮아도 남 보기에 없어 보이나 싶어 바로 바꾸게 되어 이 역시 낭비하는 꼴이 된다. 좋은 방법은 앞서 시작한 선배들이 많이 사용하는 제품으로 구입하는 경우다. 실패의 확률이 적고 동질감을 느껴 쉽게 다가가 어울리기에 좋다. 초보의 장비가 너무 고가이면 그것도 좀 웃기며 어울리지 않는 일이다. 그래서 대부분의 장비에 있는 초급자용, 또는 입문용을 사용하면 가장 무난하다.

'자, 이제 시작해 보자.' 운동은 무조건 한다고 해서 되는 건 아니다. 처음 시작이 중요하다. 쑥스러움을 버리고 주변의 선배들에게 무조건 물어본다. 처음 입문을 바르게 해야 성취도도 높아지고 부상도 예방된다. 코치가 있으면 주저 말고 물어보고, 이해되지 않으면 될 때까지 매달려 배우면 된다. 코치란 원래 그러라고 있는 사람이다. 이용하지 않으면 그들은 존재의 의미가 없어져 해고되고 만다. 묻고 배워야 그들도 좋아한다. 누이 좋고 매부 좋고, 도랑 치고 가재잡고, 처음부터 잘하는 사람은 없다. 못하는 게 당연하다. 쑥스러울 필요가 전혀 없다. 초보가 못하는 것을 아무도 이상하게 여기지 않는다. 혼자서 틀리게 끙끙거리면 마음이 닫힌 사람으로 여겨 도와주지 않는다. 개인 교습이 필요한 경우엔 기초 입문과정에서는 투자하는 것이 바람직스럽다.

호의적인 표정을 보이면 적극적으로 다가가 인사하고 안면을 튼다. 빠른 시간에 많은 사람과 인사를 트는 것도 운동하는 좋은 환경 만들기에 꼭 필요한 조건 중 하나다. 성격상 사람과 부대끼는 것이 싫어도 눈인사나 미소정도의 관심은 보이는 것이 좋다. 내가 열린 모습을 보여야 상대방이 다가와 도움을 준다. 마음이 내키지 않으면 덤덤하게 지나치면 된다. 감정을 보이지 말고 있는 듯 없는 듯 무관심으로 지내도 상관은 없다. 인상이 괜찮고 통하다 싶은 사람에게는 좀 더 적극적으로 인사하며 교감하면 도움을 많이 받게 된다. 운동하는 장소에서 동호회 가입을 권유받게 된다면 성공적인 입문을 한 경우이다. 싫은 것을 어쩔 수 없이 가입하면 안 된다. 싫으면 이유를 설명하여 감정이 남지 않도록 하여야 한다. 물론 가입하여 활동하면 많은 사람과 인맥을 맺게 되고 배우는 과정에서 도움도 받을 수 있어 좋다.

'천릿길도 한 걸음부터' 처음부터 잘하면 그보다 좋은 일은 없을 것이다. 하지만 인생사 마음대로 되지 않는다. 남과 비교하지 마라, 성과는 없이 스트레스만 받는다. 운동신경이 발달한 사람은 무슨 운동이나 잘한다. 안되면 남보다 좀 더 많이 오래 하면 된다. 내 건강을 위해 하는 운동인데 스트레스를 받으면 오히려 화가 된다. 좀 못하여도, 폼 나지 않아도 운동을 한다는 목적에는 100% 달성하는 것이므로 문제될 것이 없다. 남보다 시간이 더 들고 성취도가 늦어도 개의치 말고, 즐겁게 참여했다면 그것으로도 충분하다. 남들과 능력을 비교하여 스스로 위축될 필요가 없다. 그는 나보다 먼저 하였거나 운동 능력이 뛰어난 사람이다. 부러워는 해도 위축될 필요는 없다. 아무도 당신을 비웃거나 흉보지 않는다. 그들도 당신과 같은 시절이 있었기에 격려와 응원의 마음으로 바라보는 것이다. 하루 이틀 시간이 흘러 쌓이면 주변에 나를 부러운 시선으로 바라보는 초보자가 생길 것이고 때문에 없는 힘도 불끈 솟을 날도 반드시 생기게 된다.

사랑할 수 있어 행복하다

미풍에는 파도가 일지 않는다. 작용과 반작용의 원리가 철저하게 적용된다. 매일 같은 강도의 자극으로 운동하면 몸이 적응하여 긴장 감과 자극이 없어 그 성과가 아주 적어진다. 같은 시간 운동을 하여도 '느리고 빠르게, 아주 빠르게, 힘들게, 아주 힘들게'와 같이 변화와 자극을 주어야 운동의 효과를 볼 수 있다. 그렇다고 뱁새가 황새 흉내 냈다가는 가랑이가 찢어진다. 너무 지나치게 자극을 주면 견디지 못하고 근육이 손상되어 부상이 발생된다. 직업적인 스포츠맨도 아닌데 침 맞고, 부황 뜨고, 약 먹고 재활 치료하고 하는 부상이 발생될 정도로 자극을 주어서는 안 된다. 아침에 일어나 약간의 뿌듯함을 느낄 정도의 자극이면 적당하다. '아이쿠! 끙!' 소리가 날 정도로 심하면 부상을 당하게 된다. 욕심을 버리고 아주 천천히 그 효과를 기대하며 기다리다보면, 어느 날 불현듯 거울을 보고 놀라게 된다. 나도 모르는 사이에 변한 모습을 발견하고 흐뭇해하게 된다.

운동을 하다보면 자연스럽게 승패를 가리는 게임에도 참여하게 된다. 게임을 하면 승패가 갈리게 되고, 패자의 입장이 되면 내기의 유무에 상관없이 마음이 편하지 않다. 오래전부터 약육강식과 적자생존의 환경 속에서 생활하며 승자의 DNA만이 보존되고, 대를 이어 유전되어 진화하며 잠재되어있어 그런 것이 아닌가 생각된다. 그래서인지 사람들은 승패에 예민하게 반응하고 더 나아가서는 승자를 찬양하고 숭배하기까지 한다. 대개의 사람들은 게임이 없는 운동에는 흥미를 보이지 않는다. 자연스럽게 운동은 게임의 다른 의미로도 통하게 되었다.

게임은 단체경기와 개인경기로 분류된다. 개인경기에서 패하면 혼자 서운하거나 약 오르면 되는데, 편이 있는 경우 특히 내 잘못으로 패하게 된 경우에는 그 미안함이 배가 된다. 가장 이상적인 파트너는 패했을 때 서로 격려하며 다독여주는 성숙한 사람이다. 제 탓은 하지 않고 남의 탓만 하는 파트너는 가급적 피하는 것이 상책이다. 마음 상하고 친구도 잃게 되는 경우가 있어서는 안 되기 때문이다. 상대방이 일정하게 정해져있지 않은 마라톤, 헬스, 수영, 등산 등도 그 때마다 나름 상대를 정하여 홀로 경쟁을 한다. 운동에 흥미를 더하거나 실력을 향상시키기에는 좋은 방법이다. 하지만 평소에 만만하게 생각하던 상대편에 패하여 홀로 괴로워하는 마음이 들었다면 게임하기에는 부적당한 사람이 분명하다. 홀로 즐기는 것만으로도 만족해하는 마음이 되도록 자기 수양을 쌓아야 한다.

마라톤에서 자세가 엉성하고 어기적거리는 아주 느린 만만해 보이는 상대편을 앞서기 위해, 죽을힘을 다해 쌩하게 달리는 듯해도 앞서지 못할 때 기분이 참 씁쓸하다. 지금 내가 달리는 모습이 앞서가는 저 엉성한 사람보다도 못하다는 것이 자명한 사실일터 어찌 기분이 좋을 수 있겠는가. 처음으로 용을 쓰며 들어 올린 역기를 바라보며 흐뭇해할 때, 삐삐하고 볼품없는 사내가 가볍게 들어 올리며 여유로울 때도 그 기분이 묘하다. 운동을 하다보면 나도 모르게 끊임없이 상대방방 비교하며 게임을 하게 된다. 발전에 도움을 주는 비교는 바람직하지만 기분이 나쁘거나 아린 게임은 하지 않는 것이 좋다. 이겨도 좋고 져도 괜찮다는 마음가짐을 가질 수 있다면 금상첨화이겠으나 말로는 쉽지만 참으로 어려운 일이다. 높은 경지에 도달해야 가능한 마음가짐이다. 운동에서 여러 상황과 이론은 그리 중요하지 않다. 운동은 운동 자체로 그 시작만으로도 값진 일이다.

'석가모니불' 운동하며 마음을 다스리는 내 나름의 구호다. 꼴불견을 보았거나 욕이 나오려면 중얼거리며 도움을 받는다. 달리며(등산하며) 음악(노래 뽕짝)을 크게 틀고 가는 사람, 침을 뱉는 사람, 게임하며 구시렁거리거나 화내는 사람, 상대방이 실수하면 티 나게 소리치며 좋아하는 사람, 자기에게 패스하라고 요구하는 자기 위주의 사람, 헬스 기구 꽝꽝 떨어트리며 과시하는 사람, 끝나고 뒷정리 하지 않는 사람 등은 참 함께하기 싫은 사람이다.

균형 있고 고르게 발달된 근육은 아름답다. 물을 박차고 솟아오르는 범고래, 달리는 치타의 날씬한 허리와 부드러운 근육, 독수리의 활공, 호랑이의 포효, 강한 힘에서 뿜어내는 아름다움은 황홀하기까지 하다. 하지만 인간의 육체에는 미치지 못한다. 여러 스포츠에서 정상에 선 선수들의 몸매는 예술품 그 이상의 빛나는 아름다움을 보여준다. 그 정도의 경지에는 이르지 못했어도 황홀함을 느낄 수 있는 몸매를 헬스클럽에서도 만날 수 있다. 운동복이 맵시 나게 어울리고 군살 없는 몸매는 나도 모르게 눈길이 간다. 노골적으로 바라볼 수도, 힐끗거릴 수도 없다. 이상한 아저씨로 오해 받을 수 있다. 적당히 오가며 어쩔 수 없이 보이는 거야 축복이 아닌가. 헬스에서 덤으로 얻을 수 있는 보너스를 받으러 오늘도 가야겠다.

나도 언젠간 그런 눈길을 한 번쯤은 받아 볼 수 있겠지. 그럼 모른 체하며 눈길을 즐겨야지. 꼬리를 물며 이어지는 황홀한 상상만으로도 너무 너무 행복해진다.

# 타타타

- 무상(無常)·무아(無我)·연기(緣起)·희로애락(喜怒哀樂)
내 삶의 과정이 특별하다고 생각하지만,
사실은 누구나 경험하는 삶의 한 과정일 뿐 크게 남과 다르진 않다 -

•

•

성선설과 성악설. 인간의 본성을 크게 나눠본 말이다. 뭐 그리 대단하거나 심오한 의미는 없는 말이다. 그래도 밑도 끝도 없이 자기주장을 왈가왈부하기에는 더 없이 좋은 주제다. 닭이 먼저든 달걀이 먼저든 뭐가 대수인가. 둘 다 인간이 먹을 수 있는 좋은 식재료인 것을. 인간은 먹어야 살 수 있다. 같은 식재료를 놓고도 상황에 따라 달리 말하는 재주를 가졌지만 별 의미는 없다. 배고픈 사람은 맛있는 음식을 생각하고 배부른 사람은 좀 더 심오한 철학적 의미를 찾는다고 유난을 떤다. 상황만 다르지 모두 같은 인류의 한 종으로 특별한 사람들은 아니다. 문제는 지금 '그의 배가 고픈가? 아니면 부른가?'의 차이일 뿐이다.

배부른 상황에서는 고상하고 품위 있는 언행이 가능하나 배고플

213

사랑할 수 있어 행복하다

땐 모두가 같아진다. 먹이를 찾아 껄떡이고 헤매는 허기진 많은 짐승의 한 종으로 생명체의 위치는 모두 대등하다. 잡아먹든, 빼앗아 먹든, 얻어먹든 먹어야 생명을 유지할 수 있다. 벌어먹든지 빌어먹든지는 개인의 능력과 취향이다. 힘 있는 자가 많이 소유할 수 있고 그의 곁으로 얻어먹는 무리가 모여 집단을 이루게 된다. 인간은 본디 악하거나 선하지 않다. 힘 있는 자가 힘의 유지를 위해 자기 합리화의 한 방편으로서 만들어낸 가설의 일부일 뿐이다.

맑고 영롱한 눈빛의 아이가 바라보며 옹알거리면 대부분의 마음씨 약한 어른은 아이의 요구를 들어준다. 생존 본능이 작용하여 배움 없이 자연스럽게 행동으로 표현되고 상대편을 조정하여 소기의 성과를 얻어 생명을 유지한다. 그렇다고 모두에게 이용하는 방법은 아니다. 자기보다 약하게 보이는 상대에게는 이런 표정을 짓지 않는다. 그냥 움켜쥐고 입에 넣는다. 강자의 입장으로 상황이 바뀌면 지배자로 만사를 내 마음대로 할 수 있기에 옹알이나 미소는 의미 없는 행위로 노력할 이유가 없어진다. 상대방의 두려움이나 아픔 따위는 생각할 필요가 없다. 세상의 중심이 자신이기 때문에 미안해하거나 사과할 필요도 없다. 좀 더 영악하게 성장하면, 철학이란 미사여구를 동원하여 자신의 행위를 변명하고 그럴듯하게 멋지게 포장하거나 위장하기도 한다. 그렇다고 해서 표면적으로나 내면적으로 변하는 건 아무것도 없다.

자연에서는 강한 놈만 살아남을 수 있고 진화해갈 뿐 오묘한 진리나 법칙은 없다. 아주 단순하고 명확하다. 내가 살아있어야 세상이 존재하는 것이고 의미 있게 표현되고 형상화 될 수 있다. 내가 존재하지 않는 세상은 이미 세상이 아닌 것이다. '너를 영원히 기억할게' 산 자의 기억 속에서만 존재하는 세상은 이미 내 세상이 아니다. 사라진 것에 대한 미안함의 표현으로 아무 의미도 없는 변명의 말일 뿐이다. 영원한 것은 존재하지 않다는 것을 모두들 알지만, '영원히'라는 말은 사용하기에는 참 편리한 말이다.

전설처럼 전해오는 살신성인의 많은 이야기들은 모두가 힘 있는 자들이 만들어놓은 함정이다. '네가 죽어야 내가 살 수 있다'면 힘 있는 자 현명한 자가 말한다. '네가 죽어라. 역사는 너를 기억하고 경배하리라.' 이래도 죽고 저래도 죽을 판에 약자는 허구의 명분을 따라 총알받이가 되거나 폭탄을 안고 스스로 죽음을 택한다. 강자는 절대 그 좋은 역할은 하지 않는다.

교실 안 선생님의 책상에 있던 꽃병이 떨어져서 깨졌다. '누구냐! 누가 그랬어? 나와 솔직하게 말하면 용서해 줄게.' 모두들 선생님의 눈을 피해 고개를 숙이고 범인인 강한 아이가 자수해 주길 바란다. '책상 위에 올라가 손들고 꿇어앉아' 힘 있는 범인이 힘없는 아이를 지그시 쏘아본다. '네가 손들어.' 아이가 비실거리며 손을 든다. 선생님께 혼나는 게 나중에 힘 있는 아이에게 당하는 것보다는 수월하리라 생각하며, 반 아이들 모두 안도의 숨을 쉰다. '또 너야! 너 때문에 우리가 벌 받았잖아. 투덜투덜' 방금 전까지 알고 있던 사실이 망설임도 없이 바뀐다. 내가 살아남는 게 세상 존재의 원리라는 걸 유전적으로 물려받은 생명체들에게 원인과 과정은 중요치 않다. '나만 아니면 돼'라는 본능에 충실하면 모든 게 합리화 된다.

약자는 항상 실행하는 자이고 강자는 실행 시키는 자로 존재한다.

사랑할 수 있어 행복하다

물론 남들이 보는 공개된 장소에서 폼 나는 행위는 자신이 직접 실행한다. 강한 놈은 좋은 놈이고 절대 선이다. 패배한 자는 주위의 시선에서 동정을 구걸한다. 어림없는 행동이다. 자신을 더 오랫동안 패자로 기억시킬 뿐이다. 패자는 가장 빠른 방법으로 모두에게서 잊혀야 한다. 잊히는 시간이 짧으면 짧을수록 새로이 등장하는 시간이 빨리 찾아온다.

미련을 보이면 추해진다. 대세를 보아야 살아남는다. '운'이 아니면 안 되는 일은 애초부터 안 될 일이다. 될 것 같은 일도 성공하기 어렵다. 운이 동반 되어야 하기 때문이다. 운이 없어 실패했다면, 운이 없는 게 아니라 성공할 수 없었던 일이었기 때문이다. 실패했다면 변명하지 마라. 원인을 분석하여 실패의 요인을 찾아내도 별 볼일이 없다. 그 일에 또 도전한다면 정말 바보다. '칠전팔기'로 성공했다면 그 일은 원래 성공할 일이었다. 자신이 바보이기 때문에 성공이 늦어졌을 뿐이다.

내가 오늘을 볼 수 있는 이유는 살아 있기 때문이다. 아직 많은 사람의 추앙을 받는 전직 대통령도 바위에서 뛰어 내릴 때 끝났다. 이름이 남았다고? 그래서 그게 어쨌는데? 용기라는 이름으로 생을 마감하는 방법을 자살이라 한다. 자살은 용기가 아닌 약자의 변명이며 자기 합리화의 방법이기는 하다. 하지만 끝이다. 다만 그를 이용하는 자들의 꾸밈이며 합리화 속에서 죽어도 죽지 못하고 이용당하거나 조롱거리로 남을 뿐 그 이상도 이하도 아닌 '끝'일 뿐이다.

천만 관객을 동원한 '명량'은 이순신 장군의 성공을 영화한 것이 아니다. 그 개인의 처참한 실패를 모두가 알고 있는 자랑스러운 성공으로 미화시켜 관객 모두를 공범으로 만들어 대박을 터뜨렸을 뿐이다. 현재의 역사는 살아남은 승자들의 기록물이다. 죽은 자를 영웅시하고 미화시켜 살아있음의 정당함을 모두 함께 암묵적으로 동조하여 정당화시키며 살아가고 있는 것이다. 다른 나라라고 특이하거나 특별하지는 않다. 인간의 겉모양만 조금씩 다르고 내면은 대동소이하다. 미국 영화 '아마겟돈'에서 주인공은 지구를 구하고 멋지게(?) 죽는다. 모두가 그를 칭송하는데, 그게 뭐 어쩌라고. 그는 죽어 사라졌는데. 살아남은 자가 죽은 자를 영웅으로 받든다고 해서 죽은 자에게 일어날 수 있는 변화는 아무것도 없다. 이 모두가 다 다음에 일어날 사건에서 나 대신에 죽어줄 대상을 찾는 영악한 인간의 모습인 것이다.

'비겁한 변명입니다!' 어디선가 보았던지 들었던 멋있어 보이는 말이다. 용기 있는 주인공이 외쳤겠지. 왜? 주인공은 멋있어야 하니까. 그런데 그게 네 입장에서나 비겁하지 내 입장에선 지극히 합리적이라는 것이다. 그러면 됐다. 내 입장에서 옳으면 옳은 일이다. 사람들은 서로가 서로에게 최면을 건다. '용감하게 죽어라', '정의롭게 죽어라', '대를 위해 죽어라', '너를 영원히 기억할게' 너는 멋지고 위대하니 나를 위해 죽어달라는 꼬드김이다. 연극이나 영화에서는 주연으로 서로 하겠다고 나서지만, 현실에서는 최면에 걸린 모자란 인간만 나설 뿐이다.

세상의 중심이 '나'여야 재미있다. 세상의 중심이 '너'면 항상 '불행하다', '공평치 못하다', '재미없다'고 한다. '대의명분'을 중요하게 생각한다는 많은 사람들은 세상의 중심에 자기가 서기 위해 남을 이용하고 편들어주고 패거리를 만든다. 그들의 꼬임에 빠지지 않거나

사랑할 수 있어 행복하다

빠져 나올 수 있어야 현명한 사람이고 행복한 사람이다.

오락 프로그램 게임에서 출연자가 이렇게 말한다. '나만 아니면 돼!' 수단과 방법을 가리지 않고 상대방을 몰아붙인다. 이기기 위해 중상모략을 하며 하는 말이다. 결과 – 승자는 배부르고 따뜻하고 패자는 배고프고 춥다. 심지어 한겨울 얼음을 깨고 입수도 한다. – 승자는 행복하고 패자는 슬프다. 과정은 따지지 않는다. 왜? 오락이니까? 아니다. 재미있으면 나만 아니면 모든 게 어찌 되건 개의치 않는다.

현실에서는 어떤가? 오락보다 잔인하고 진지하고 창피하고 아프다. 현실에서의 패배는 죽음이거나 그와 거의 같다. 재기하기가 정말 어렵다. 준비된 입장에서의 실패를 빈손으로 만회하기란 사실상 불가능하다. 처음부터 다시 시작하여 출발점으로 돌아오기란 몸과 마음으로 감당하기엔 너무나 비참하고 힘들다. 현실에서 용감한 전사란 없다. 그냥 죽음으로 모두 같다. '저 사람은 너무 착해서 사업할 수 없어.' 바보라는 말이다. 좋은 먹잇감이라는 말도 된다. 규칙을 잘 지킨 패자도 그냥 패자다. 세상은 패자를 동정은 하지만 결코 함께하지는 않는다. 자신의 이익을 위해 한 번 더 죽이기도 한다.

회사가 망해간다. 살아남기 위해 직원을 정리 해고 한다. 남아있는 사람이 유능한 사람이고 그 집단에서 필요한 사람이다. 현명한 실직자는 그곳에 미련을 두지 않고 다른 일을 찾아 생활을 안정시킨다. 다수가 그렇게 한다. 잠시 조금이라도 더 챙기기 위해 투쟁도 하지만 본인을 위해 적당한 수준에서 타협하고 물러난다. 현명하지 못하여 심하게 최면 걸린 몇몇은 헤어나지 못하고, 영웅 놀음으로 끝까지 질펀이다 서서히 잊혀서 끝내는 홀로 비참한 최후를 맞기도 한다.

'아프냐? 나도 아프다'며 남의 아픔에 편들어주며 의인인 양 나타나는 최악의 집단이 등장한다. '투쟁하라! 왜 쫓겨 나냐? 너희는 잘못이 없다.' 불쌍한 집단을 돕는 척하며 뜯어먹는 나쁜 무리다. 간단하며 상식적인 이야기도 이들과 어울리면 흘려서 잊게 된다. 잠시 좀비가 되어 조정되고 이용되나 대다수는 정상으로 돌아온다. 개중엔 잠시 영웅이 되기도 하고 날뛰기도 하지만, 그 역시 잠시다. 하지만 심기가 허약한 몇몇은 너무 열광하여 본분을 잊고, 세뇌 당한 자 중에 몇몇은 분신자살을 하거나 범법자가 되어 신세를 망치기도 한다. 어느 정도 뽑아 먹으면 이들은 다른 먹잇감을 찾아 미련 없이 동지라고 부르던 사람들을 버리고 이동해 간다. 남겨진 이들은 그나마 손에 쥐었던 퇴직금과 위로금도 모두 날리고 몸보다 마음이 황폐해져서 부서져간다.

나를 알고 나를 찾자. 한마디로 주제 파악을 하자는 말이다. 냉정하게 나의 가치를 평가해 보자. 남의 눈으로 나를 보며 스스로 평가하자. 부끄럽다는 느낌은 자신을 과대평가해서 오는 느낌이다. 거지가 동냥을 하는 장면을 보고 아무도 다른 생각을 하지 않는다. 왜? 거지가 동냥하니까. 동냥이 부끄러우면 아직 거지가 아니다. 거지같은 놈이다. 분명 거지인데 거지인줄 몰라 동냥도 못해서 굶는 한심한 놈이다. 거지 무리에서도 쫓겨 날, 거지도 못되는 거지같은 놈이다.

'너는?'

'나?'

'거지같은 놈이다.' 60년을 살아보고서야 이제 조금 볼 수 있다고 느끼는 그저 그런 사람이다. 등장인물에서 마지막을 채우는 그 외 수두

사랑할 수 있어 행복하다

룩 중 하나다. 진작 자신을 알았더라면 하고 살아가는 그런 사람이다.

진작 알았더라도, 다음 생이 있다 해도 다시 살아보고 싶지는 않다. 지금보다 더 잘살 자신이 없다. 몇 가지 정도는 변할 수 있을지 몰라도 큰 틀의 변화는 없을 것 같다. 어린 시절 바꾸고 싶던 부모님도 지금 생각해 보면 꽤 괜찮은 분들이었다. 일제 말에 살아 남으셨고, 전쟁 중에 고향을 버리고 맨몸으로 월남하셔서 고생이라는 단어에 부끄럼 없이 고생고생 살며 나를 키워내신 부모님이 존경스럽기까지 하다. 부모 탓, 남 탓만 하며 투덜이로 성장한 내가, 이제 모든 것이 다 내 탓이었음을 알게 되었다.

집사람 말만 잘 들었어도 지금보다는 훨씬 나았을 것 같은 생활도 내 탓이었고 게으름 때문이었다. 운이 없던 게 아니고 열심히 찾지 않았던 내가 잘못이었다. '그래, 이건 꿈이야. 꿈이라면 어느 시절에 깨어나면 좋을까?' 하고 생각해 봤다. 내 아내가 부탁할 때, 내가 처음 아내 말을 따르지 않았을 때로 가고 싶다. 그때부터 시작해서 내가 세상에서 가장 좋아하는 아내가 싫어하는 말, 행동, 짓을 하지 않고 살아보고 싶다. 아내와 자식이 괜찮다고 허락해 준다면, 나는 그때 그 시절에 깨어나 살고 싶다.

남들의 존재도 인정하고 중요하지만 내 가족이 더 소중하다. 내(가족)가 좋아하는 일만 하고 살고 싶다. 내가 살아가는 데 방해되는 놈들 욕해준 것처럼, 남들 욕 듣지 않게 살아야겠다. 어렵지 않다. 쉽다. 아내가 좋아하는 말과 행동만 하면 된다. 믿어도 좋을 사실이다. 내가 아는 세상의 모든 아내들은 모두가 남자들보다 더 총명하고 현명했다. 내 아내가 이 사실을 확실하고 명확하게 잘 증명하는 하나의 본보기로 항상 함께하고 있다.

인간은 그냥 태어나는 존재이다. 선하게도 악하게도 태어나지 않는 '무'의 존재로 태어난다. 각 개인마다 세상이 존재하고, 그 세상의 중심은 '나'다. 선, 악, 행, 불행, 있다, 없다 등은 내가 존재해야만 의미 있고 존재하는 것들이다. 내가 싫으면 남도 싫다. 욕할 일을 하지 않으면 욕먹을 일도 없다. 가는 말이 없으면 오는 말도 없다. 세상의 중심이 나지만 중앙에서 돌 맞는 짓은 말아야겠다.

아름다운 이 세상 소풍 끝내는 날,
가서, 아름다웠더라고 말하리라…….

―천상병, 「귀천」처럼 말할 수 있는 삶을 살고 싶다.

사랑할 수 있어 행복하다

# 그림자밟기

*— 뛰어야 벼룩, 그래도 뛰어야 멀리 간다 —*

․
․

아버지가 늦으신다. 오늘도 어김없이 약주를 드시고 오시려나 보다. 아버지께서 취하신 모습만 보아도 그 날의 상황을 짐작할 수 있다. 많이 드시지 않아 향긋한 술 냄새를 풍기며 들어오시는 날은 기분이 좋으신 날이다. 뭔가 자랑할 만한 일이 있을 정도로 운이 좋았던 날이라는 말씀. 그런 날에는 손에 과일이나 과자 봉지가 들려있고 때로는 돼지고기가 넉넉하게 신문지에 쌓여 자전거 짐받이 위에 실려 있었다. 드물게는 주머니에서 푼돈을 찾아 골고루 용돈을 주시기도 하셔서 명절과도 같은 그런 날, 가족 모두의 얼굴이 함박만 해지는 매일이었으면 하고 바라는 그런 날이다.

아버지를 기다리는 시간이 길어지면 기다리는 시간만큼이나 불안감도 커졌다. 약주를 많이 드셔서 넘어질 듯 갈지자로 위태하게 걸으시거나 남의 집 담벼락에 기대어 아주 오래 소변을 보고 계실 것이 뻔하기 때문이다. 어쩌다 많이 드신 날은 옷이 흐트러지고 심한 날은 바지가 엉덩이에 걸려있거나 허리띠가 풀려있는 경우까지도 있었다. 다른 모르는 사람이야 상관없다 해도, 내 친구들이 보았을까 봐 조마조마 마음이 졸아 들었다. 숨기고 싶은 그런 날은 목소리마저 우렁차서 온 마을 사람들 모두가 약주 드신 아버지가 오시는 걸 알 수 있었다. 하루의 일정이 꽤나 사나운 운수 불통의 날로 보이는 것 모두가 시빗거리로 보이시는 날인 것 같다.

고만고만하게 하루하루 연명하는 대부분의 우리 마을 아버지들은 사시는 모습도 모두들 비슷하셨다. 하지만 우리 아버지는 다르셨다. 대취하신 날을 빼고는 완전히 달랐다. 우리 아버지는 황해도 출신이면 누구나 알만한 거부의 장남으로 풍족한 유년 시절을 보내신 분이시다. 그런데도 피난살이로 무척이나 힘들고 고단한 삶을, 경험하시지 못한 가난을 묵묵히 이겨나가셨다. 역경 속에서도 품위와 고상함을 잃지 않으시는 잘생긴 아버지가 자랑스러웠다.

잘 차려입으신 모습은 외국의 영화배우 게리쿠퍼나 커크다글라스보다도 훨씬 멋지게 보였다. 당시엔 좀처럼 볼 수 없는 190cm쯤 되는 훤칠한 키에 균형 잡힌 몸매는 바라만 보아도 황홀해 새눈이 떠질 지경이었다. 더블 재킷에 통 넓은 바지를 차려입고 나서면 후광으로 마을까지 훤해졌다. 고향 부호의 아들로 전쟁만 없었다면 한평생을 그런 모습으로 사셨을 것을. 참으로 불운한 시대의 아버지셨다.

6, 70년대 가난했던 마을의 아버지들은 욕을 잘하고 싸움도 마다하지 않고 자주 했다. 언행이 거칠고 폭음에 가정 폭력이 다반사였다.

사랑할 수 있어 행복하다

별일도 아닌 일로 시비하기, 시도 때도 없이 고성방가하기, 전봇대나 담벼락, 골목길 등에 소변 보기, 길가에 가래침 뱉기, 쓰레기 함부로 버리기, 남의 일에 참견하며 열 내기, 나이를 잊고 까불기, 남 의식하지 않고 웃통 벗기, 지나치게 비굴해지기, 어울리지 않게 거드름 피우기……

그래도 우리 마을에는 아버지가 계셔서 가난했지만 꽤나 괜찮은 품위 있는 마을로 조금씩 바뀌어갔다. '어쩌면 공부 잘하고 잘생긴 우리 형제 때문이 아니었을까?'하는 생각이 조금 더 우세하지만, 아마도 우리 마을 사람들 모두가 비슷한 생각을 하면서 살았을 것이라는 게 더 정확할 것 같기는 하다. 어쩌다 듣게 되는 마을 아저씨들의 지난날의 이야기들 모두가, 내용은 조금씩 달랐지만 우리 아버지의 경우와 거의 같았기 때문에 그런 생각이 들었다.

그 시절 우리 또래는 보기 좋았던 모습보다는 눈살 찌푸리게 하는 장면을 더 많이 보며 자랐다. 영특하다는 소릴 자주 듣던 나는 꼴불견인 어른을 보면 고개를 돌려 외면하며 다짐했다. '난, 절대로 저런 멍청한 어른은 되지 않을 거야.'라고. 하지만 다짐을 했다고 해서 꼭 그렇게 바람대로 되는 것은 아닌 모양이다. 누구나 다 그렇겠지만 성장이라는 건 의식하건 못하건, 바람이 있건 없건 아무 상관이 없으니 말이다. 시간이 흐르면 그냥 저냥 모두가 자란다. 어물어물 하면 중학생, 고등학생, 대학생, 직장인, 새신랑에 아빠가 된다. 별 노력 없이도 팔푼이거나 의식적으로 거부하지 않는 사람이라면 대다수 그렇게들 된다.

어렸을 적의 다짐은 생각조차 않는다. 그때그때 나이와 상황에 따라 다짐이 무수히 바뀌기 때문에 앞서한 다짐은 대수롭게 여겨지지 않는 경우가 대부분이다. 시간은 유수와 같다거나 살같이 빠르다고 비유되지만 실상은 실감하지 못하고 살아간다. 년 단위를 넘어 10년쯤은 지나야 느끼게 된다. 그것도 오랜만에 만나는 친구의 얼굴을 보면서야 알아챈다. 매일 바라보는 거울속의 제 얼굴로는 알 수가 없다. 어제가 오늘 같고 내일도 어제 같고, 자신은 세월과는 별개인 양 아무 생각 없이 살아간다.

직장에서 물러난 내 친구들과 나도 가끔 세월을 잊고 방정을 떨기도 한다. 친구들과 만나면 지나간 40년쯤은 문제도 아니다. 고등학생으로 대학생에 군인도 되었다가 누구 자식의 결혼식과 사돈집 이야기로 몇 십 년은 문제도 안 된다. 너무 재미나지만 남들이 보기에는 어찌 보일까 모르겠다. 늙어서 주책이 되는 것이 아니라 주책없다고 말하는 그들이 젊어서 주책 맞아 보이는 것일 뿐이다. 젊어서는 느낄 수 없는 세월, 참 묘하다. 사실은 지금도 남들이 말해주지 않으면 느끼지 못한다. 그래서 더 묘하다.

언제부터인지 의식하지 못했는데 뭔가 좀 이상하다. 집에서의 내 입지가 요즘 들어 매우 좁아졌다. 대부분의 내 의견이 아내나 자식에게 부정당하고 수정되기 일쑤다. '아빠 참!', '당신 또?' 이런 소리를 자주 들으며 속으로 화가 치민다. 조금 지나면 내 의견이 부당하다는 걸 이내 알아채지만 왠지 그냥 인정하기는 싫어진다. 지나면 후회하고 속상해 하지만, 얼마 못 가 같은 일이 너무나 자주 되풀이 된다. 무시하지 말라는 내말에 아내가 대답한다. '무시는, 누가? 당신이 하고 있어, 나이 들며 점점 더 해' 내 시야가 좁아져 앞일을 예견하지 못해서

225 　　사랑할 수 있어 행복하다

가 아니고 상대방의 의견을 무시하고 내 마음대로 결정하기 때문이라는 설명이다.

아내와 함께 차를 몰고 나가면, 옆자리의 아내는 오랜 세월 같은 말을 부탁한다. "여보 제발 화내지 마, 그런다고 상대편이 듣는 것도 아니고 옆에 탄 사람만 듣기 불편해. 못 본 척 넘기고 운전하면 안 돼? 제발 욕 좀 하지 말아줘." 그래 참 옳은 말이다. 나도 그 느낌은 알고는 있다. 친구들 차에 타면 어찌나 구시렁거리며 운전하는지 옆에 앉아있기 불편했던 적이 많았다. 불시에 끼어든다고, 너무 천천히 간다고, 신호가 바뀌었다고……. 이유도 많고 말도 많았다. 그럴 때마다 속으로 생각했다. '참 말이 많네. 욕도 잘하고. 품위 없게. 나는 안 그러는데.' 아내의 말을 듣고 나서 바로, 그런 나쁜 버릇은 완전하게 고쳤다고 생각했었는데 아닌가 보다. 나만 의식하지 못했나 보다. 아내가 말한다. 심각하게. '내 차를 사서 따로 탈 거야. 이젠 도저히 참을 수 없어.'

귀가 울려 머리가 아프단다. 내 목소리가 너무 크고 욕을 자주해서 항상 마음이 불안하고 머리가 울린다한다. 도저히 못 참겠다고 제발 살려달라고 애원한다. '내가? 정녕 내가? 남들이 그러면 흉보던 내가? 언제?' 도대체 이해가 되지 않는다. 내가 그런 몰상식한 언행을 하다니. 뉴스에 등장하는 정치인과 각종 사건 사고를 보며 흥분하여 욕을 한다고 한다. 축구, 야구, 배구, 스포츠 중계를 보며 끊임없이 욕하고 야유한단다. 드라마를 보며 요즘 으레 등장하는 막장 드라마인 줄 알면서 또 비판하고 욕한다 한다. 제발 나이 값 좀 하란다. 점잖게 적당한 크기로 의견을 말하란다. 보는 사람 누구도 다 알고 공감하는 내용을 왜 그리 격하게 반응하고 상스런 표현을 하느냐고 한다.

나이가 들면 경험도 많고 이해심도 많아질 줄 알았다. 옛날에 내 눈에 보이던 욕쟁이 고집불통 막무가내 영감탱이로 내가 변했다니 미치고 팔짝 뛸 일이다. CCTV라도 설치하여 정말 내가 그렇게 말하고 행동하는지 알아보고 싶다. 내가 가장 경멸하며 싫어했던 장면들을 지금의 내가 하고 있다니 도저히 믿을 수 없다. 정말 문제는 내가 의식하지 못하니, 고칠 수 없다는 거다. 무섭다. 괴물 같은 노인으로 살고 싶지는 않다. 아내와 자식과 주변의 친구들이 떠나버려 혼자 외톨이로 살아가는 영감탱이의 모습을 생각하니 소름이 돋는다.

아버지가 그러셨다. 한해 두해 연세가 드시며 이유 없이 노하시고 트집 잡고 엄마를 괴롭히셨다. 자식들에게는 더 없이 자상하시면서도 유독 엄마를 괴롭히셨다. 아버지 자신은 엄마를 사랑하는 행위라 여기시는 것 같았다. 당하시는 어머니도 보는 자식들도 불편하기 이루 말할 수 없었다. 두 분 다 돌아가신 지금 생각해 보면 모두가 가여우시다. 이왕이면 좀 더 다정하게 사시다 가셨다면 얼마나 좋았을까. 두 분은 참 많이도 서로를 아끼고 위하고 좋아 하신 것은 분명한데 마지막의 장면들은 아쉬움과 안타까움이 많다.

내가 그 장면들을 그대로 재연한다니 기가 막힐 노릇이다. 나도 모르는 사이에 아버지의 아바타가 되었다니 몹시 혼란스럽다. 100세 시대, 그 많은 남은 날들을 아내를 괴롭히며 괴물처럼 산다고 생각하면 소름이 돋는다. 그래도 아버지보다 다행인 것은, 순종이 미덕인 세상이 아닌 것이 다행이라는 말이다. 어머니는 참고 사셨는데 아내는 고쳐준다고 한다. 기회를 줄 테니 화내지 말고 들어보란다. 고칠 수 있

사랑할 수 있어 행복하다

다는 희망적인 말도 함께해준다. 들어보니 전혀 어렵지 않다. 평상시 내가 그렇게 생활했다고 생각했던 일들이다. 그런데 전혀 그렇지 않았다고 한다. 그래서 한편으로는 겁도 나고 걱정이 앞서기도 한다.

우선 목소리 작게, 생각부터 하고 천천히 말하기, 운전하며 여유 가지기, 절대 상대편에 관한 말하지 않기, 남들이 지키지 않아도 여유롭게 질서 지키기, 표정을 부드럽게 하기, 남의 말을 끝까지 듣기, 부정적인 표현 의식적으로 하지 않기. '그래, 뭐 어렵지 않네, 지금부터는 바쁜 일도 없지 않은가.' 아내의 조건에 몇 가지 더 추가해서 해보자. 부탁하기 전에 청소하자, 부탁하기 전에 재활용품 정리 하자, 부탁하기 전에 설거지 돕자, 같은 일도 부탁해서 하면 내가 한 일이 아니다. 자발적으로 알아서 눈치껏. 그래서 과거의 사랑받던(아내에게 확인하지 못해서 자신할 수는 없지만 사랑받았었단 믿음만은 정확하다.) 남편으로 돌아가자.

요즘 들어 아내의 표정이 많이 좋아졌다. 그래도, 흥분하지 말자. 이제 조금 변했을 뿐이다. 자, 좋다. 이대로 계속이다. 먼저 말하지 말고, 말을 자르지 말고, 아내의 말에 긍정적인 반응을 보이자. 아내의 말은 틀린 적이 없다. 아버지의 좋았던 모습만 닮도록 하자. 아내와 아이가 좋아했던 장면들을 자주 생각하며 장면마다 최선을 다해보자. 주변을 바꿀 수 없다면 스스로 환경에 동화 되도록 노력해야 한다. 내 경험이 살아온 삶이 결코 절대적이라는 생각을 버리고 주위를 바라보자. 내가 끔찍이도 싫어했던 그들의 추했던 말이 행동이 내 안에 자리했는지 살피고 찾아서 버리려 노력해야겠다. 온화한 표정과 부드러운 목소리로 다정하고 여유롭게 말하는 생활이 일상이 되도록 살아야한다.

　볕이 좋은 날, 내 아이의 할아버지가 하셨던 것처럼 내 아이의 아
이를 태우고 자전거를 타고 싶다. 경포를 지나 사근진 솔숲 길을 따라
사천항까지도 좋고, 안목항을 지나 바람다리 위에서 주워 온 조약돌
을 던져보라 시켜야겠다. '까드득' 웃는 아이 손에 솜사탕을 사서 들려
주고, 조금씩 뜯어서 서로 먹여주면 그 맛이 어떨지 생각만으로도 행
복해 진다. 왼손은 아내가 오른손은 내가 잡고서 '부~웅'하고 비행기
도 태워줄 생각이다. 딸아이가 샘내어도 어쩔 수 없다. 이젠 네가 엄
마고 우린 할아버지고 할머니인 것을 어쩌라는 말이냐고 말해줄 생각
이다.

　　　　　　　　　　　　　　　　　　사랑할 수 있어 행복하다

# 친절한 철수 씨

– 오지랖 넓은 사람이 들어서 좋을 말 '너나 잘하세요.' –

.
.

"너나 잘하세요."

얼굴 예쁜 영화배우 이영애 씨가 나긋나긋 상냥하게 말한 섬뜩한 표현이다. 영화를 보지 않은 사람들도 상대방을 비꼴 때 사용하는 말로 한동안 유행했던 말이다. 주변에서 들리는 사람들의 대화를 듣다 보면 '가는 말이 고와야 오는 말이 곱다'라는 속담이 맞지 않는 경우가 많다. 요즘 사람들 대부분은 가는 말이 고운지 오는 말이 고운지는 전혀 개의치 않고 제 할 말만 제 흥대로 아무렇게나 말한다. 세상에 뭔 불만이 그리들 많은지 예쁜 얼굴이 험상궂고 밉게 변하여 웃는 표정을 볼 수 없어 아쉬움이 크다.

내가 듣기 싫은 말은 남들도 싫어한다는 간단하고 쉬운 이치를 알고는 있으나 이해는 못하는 것 같다. 내가 하기 싫은 일과 말을 상대방에게 여과 없이 쏟아놓고 시키니 소통이 될 리 없다. 상대방과 마주 보며 하는 대화에 어려움을 느끼며 구석으로 숨어들려고만 한다. 인터넷과 스마트 폰으로만 대화가 가능한가 보다. 익명으로 자신을 숨기고 하는 대화는 여과 없이 자기의 감정을 표현하여 거칠고 사납다. 부끄러움을 느끼지 못하니 도를 넘어선다. 대면하여 주고받는 평범하고 예의 바른 사교적인 대화에 어려움을 느껴 멀리한다. 온라인상에서만 생활이 가능하고 평범한 일상에서의 대인관계는 단절되어간다.

마주하는 대화에서 거친 표현과 과격한 행동으로 사건 사고가 끊이지 않는다. 모두가 평범한 사람들인데 자신도 모르는 사이에 끔찍한 범죄를 저지르곤 한다. 사실관계의 정확한 확인도 없이 활자화된 거짓 정보에 파르르 떨며 격하게 반응한다. 수많은 댓글 속에 이성적으로 사고하고 표현하는 댓글은 거의 없다. 자신과 다른 의견의 댓글에는 적의를 보이며 반응하고 심지어 행동으로 나타내기도 한다.

요즘 젊은이들을 보면 대다수가 TV 영화 채널에서 많이 방영해주는 미국의 좀비 영화에 나오는 좀비들 같아 보인다. 이성 없이 움직이는 송장 같다. 잠시도 스마트폰을 떠나서는 생활하지 못하는 것 같다. 음식점에서, 술집에서 친구와 대화를 나누며 심지어 헬스클럽에서 운동을 하면서도 손에서 놓지를 못한다. 끊임없이 보고 듣고 문자를 날린다. 마주앉아 대화하는 상대편은 보지 않고 눈은 스마트 폰에 머물러있는 경우도 허다하다. 스티브 잡스가 인류에 재앙을 뿌려놓고 떠나버린, 지구 멸망을 노린 우주인이 아닐까? 하는 생각까지 든다.

자신의 정신을 온통 가상공간에 띄워놓고 그 속에서 맴돌며 생활하는 모습을 보면 미래가 암담해 보여, 남의 일에 괜한 걱정까지 하게

사랑할 수 있어 행복하다

된다. '철수 씨, 너나 잘하세요.' 이영애 씨가 나를 보며 한마디 하는 것 같기도 하지만 걱정은 걱정이다. 참 오지랖도 넓다. '이보세요. 그들은 모두가 교수님이거나 국회의원에 잘나가는 연예인이랍니다. 모두가 당신보다 엄청 잘났어요.' 평범한 내 눈에도 이리 잘 보이는 현실을 그들은 잘 보지 못하나 보다. 어쩌면 그들이 사는 세상이 바른 세상이고 내가 보는 세상이 허구의 세상인지 도대체 구분을 할 수 없다. 애꾸눈 세상의 두눈박이 인간이 된 기분이다. 그래, 그러자. 그들은 그렇게 살고 나는 내가 믿는 방법으로 살면 된다.

요즘 갑질 논란으로 온통 시끄럽다. 누군가 도마 위에 오르면 순식간에 잘리고 부서지고 다져져서 벼랑으로 떠밀린다. 설명과 변명은 모두가 듣지 않는다. 그들의 판단이 잘못된 것이라고 시간이 지나 밝혀져도, 너무 많이 망가지고 부서져서 도저히 제자리로 돌아올 수 없는 상태가 된다. 지나간 시간은 아무도 돌아보지 않는다. 끊임없이 욕하고 난도질할 대상을 찾아 앞으로만 갈 뿐이다. 내 눈에는 모두가 갑질을 하는 것 같이 보인다. 자신을 보호받아야 할 '을'로 포장하고 나 아닌 모두를 '갑'이라며 근거도 없고 원칙도 없이 '아니면 말고' 식의 공격만 한다.

입이 있는 자 모두가 '갑'이다. 릴레이 경기처럼 아래로 아래로 '갑' 질이 전해진다. 심지어 인간의 서열이 끝나면 그 '갑'질은 길고양이나 동식물로 이어진다. 내가 제일 불쌍한 '을'이라며 눈물짓던 편의점의 아르바이트생이나 마트의 종업원도 분식점에 가면 '갑'질을 한다. 자신이 하는 행동이 남에게 얼마나 큰 상처를 주는지 전혀 의식하지 않고 마구 말하고 행동한다. 내가 돈을 내는 위치에만 서면 상대를 가리지 않고 깔보고 학대질이다.

　남에게는 친절한 사람이 가족이나 친척에게는 막 대하는 경우를 볼 수 있다. 소중함을 모르는 행동이다. 우선 주변부터 잘 챙겨보자. 친구, 동료, 친척, 소중한 가족을 말이다. 나와 부딪히며 함께하는 사람들에게 친절해 보자. 하루 종일 손님을 접하는 식당의 종업원에게 친절해 보자. 말로만 '언니야', '이모'하고 부르지 말고 언니처럼 이모처럼 대해줘 보자. 눈빛이 변하고 친절함도 형식적인 것이 아닌, 마음에서 우러나는 친절함으로 바뀔 것이다. 더 달라고 부탁하지 않아도 부족한 반찬이 채워지고 부드러운 눈길로 진정 감사할 것이다.

　아내와 가끔 가는 중앙시장에는 노점에서 채소와 건어물을 파는 할머니급 연세의 아주머니들이 많이 있다. 날씨라도 추워지면 더욱 안쓰럽게 보인다. 강릉의 말투는 투박하고 듣기 불편하다. 값이라도 물어 보려면 대단한 용기가 필요하다. 돌아오는 투박한 말투가 거슬리고 불편하기 때문이다. 세상에서 유일하게 '갑'질하며 장사하는 사람들인 것 같다. 몇 번 다니며 얼굴을 익히고 대화를 해보니 그들을 이해할 수도 있을 것 같았다. '갑'질이 아닌 나름의 어색함을 풀고 친해 보자는 말투였다는 것을 어렴풋이 이해는 하나 불편한 마음은 그대로다.

　재래시장에 가면 흥정하는 재미가 있어 좋다고들 한다. 하지만 아내와 나는 한 번도 흥정해 보지 못했다. 할 수도 없었다. '언감생심 흥정을?' 처음부터 그녀들이 '갑'이었고 거친 말투에 겁먹은 우리는 항상 '을'이었다. 처음 몇 번 물건의 상태와 값을 물어보았다가 돌아오는 거친 대답에 너무나 놀랐다. 중앙시장은 참 불쾌한 곳으로 다녀오면 기분이 나빠졌다. 그 뒤로는 친절하고 편리한 마트만 이용했다. 강릉 사람과 말투에 길들여지고부터 다시 시장에 가지만 가격 흥정은 생각도 않는다. 그들이 요구하는 금액을 고맙다며 공손하게 건넨다. 안면을 익혔는지 요즘은 그들이 먼저 가격을 깎아준다. 괜찮다고 하면 오히려 덤을 더 얹어준다. 그래도 아직 겁나고 무섭다.

대부분의 동화나 소설, 영화에서는 예쁜 사람이 친절하다. 세파에 찌들고 볼품없이 생긴 모습의 사람은 거칠고 무섭다. 영화 속의 영애 씨처럼 예쁘고 무서운 사람이 가끔 등장은 하지만 우리는 그렇게 느끼며 살고 있다. 우선 속을 모르니 겉모습만 보고 판단을 하게 된다. 누굴 탓할 일도 아니다. 누구나 다 그러니까 말이다. '이왕이면 다홍치마'라 했다. 나를 위해서 외모를 살펴 가꾸고 복장을 단정히 해야겠다. 거칠고 급 낮은 말은 사용하지 말고 얼굴에 웃음까지 띄운다면 더없이 좋을 것이다.

'짝사랑' 백날 해도 이루어지지 않는다. 말로 표현해 보자. 정말로 소중하고 아낀다면, 더더욱 말을 아끼지 말고 표현해야 한다. 느낌으로도 알 수 있지만 말로 들으면 더 실감나고 쉽게 알아차릴 테니 말이다. '짝사랑, 가슴앓이, 외톨이, 쓸쓸함, 외로움'은 다 자신의 감정을 표출하지 못하여 나타나는 현상이다. 진실하고 달콤하고 상냥한 말로 마음을 전해보자. 그렇다고 표현이 다 좋은 건 아니다. 들어서 느낌이 좋지 않고 거기다 기분까지 상하는 말은 절대 금물이다. 좋지 않을 표현은 저만치 구석으로 밀어 감추어두거나 아주 머릿속에서 지워버려도 좋을 것 같다.

바꿀 수 있는 것은 바꾸면 되지만 바꿀 수 없는 것은 방법이 없다.

버릴 수 없고 바꿀 수 없다면 그것은 정말 귀중한 것이다. 더 소중히 다루고 아끼는 정성이 필요하다. 내 주변에 있는 정말로 소중한 것들에게 정성을 다 해야 한다. 이제와 새삼 사귀기도 어려운 오래된 친구와 가족은 보물과 같은 존재다. 주고 또 주고 먼저 주고 아낌없이 주는 사랑이 필요하다. 받기를 바라지 말고 주기만 해도 행복한 그런 소중한 것들을 더 아끼고 존중해야 한다. 화내고 성내면 나만 손해다. 내 마음만 아프고 쓰려진다. 나를 가장 사랑하는 방법은 상대방을 기쁘게 해 주는 것이다. 주변이 행복해야 나도 행복하기 때문이다.

참, 쉽다. 누구나 다 알고 있다. 알면서도 그렇게 하지 않으니 문제다. 쉬운 것 같아도 실행하기는 녹록지 않은, 결코 쉽지만은 않다는 것이 문제다. 내가 나를 모르는데 남이 어찌 나를 알겠는가. 하지만 남이 아닌 가족은 내가 모르는 나를 대부분 정확하게 알고 있다. 그동안 내 주변의 소중한 사람들이 내게 했던 불평과 불만의 소리를 떠 올려 보자. '내가 뭘, 어쨌는데!'라는 불만의 마음일랑 깨끗하게 버리고 즐겁게 생각해야 잘 떠오른다. 그러면? 그걸 긍정적으로 수용하고 받아드려 개선하면 된다.

내가 들었거나 보았던 꼴불견들은 대강 이렇다.

– 내가 들었던 말 –

욕하지 마, 화(짜증)내지 마, 목소리가 너무 커, 청소 좀 해, 구시렁대지 마, 남의 일 참견하지 마

– 내가 본 꼴불견 –

스마트폰: 길가며 보기, 대화하며 보기, 음식 먹으며 보기, 운동하며 보기, 장소 가리지 않고 게임하기, 주변 의식하지 않고 큰소리로

통화하기

　시도 때도 없이 소란스럽게 떠들기(요즘은 중국인 보다 더 시끄럽고 난장판이다. 중국인이 흉볼까 걱정될 정도다. 나날이 언행이 천박해져 간다.)

　때와 장소 가리지 않고 쓰레기 마구 버리기(우리나라보다 더 더러운 나라를 아직 보지 못했으니 세계 1위가 분명하다. 내가 본 나라 – 대한민국, 중국, 태국, 캄보디아, 영국, 독일, 이탈리아, 오스트리아, 체코, 스위스, 크로아티아, 프랑스, 홍콩, 마카오)

　모두의 생각이 이런 것 같다. '내가 뭘! 어쩌라고! 네가 뭔데!' 그래서 이런 사람들에게 꼭 해주고 싶은 말이 있다. 내 입이 더러워지겠지만 도저히 못 참겠다. 곧 후회하더라도 하고 말겠다. '그래 너 잘 났다, 네 팔뚝 굵다.' 갑자기 귀가 간지럽다. 누가 내 말을 하는가 보다.

　'철수씨이~ 너나 잘하세요.'

# 복권 사는 날

– 당첨될 확률 8,145,060분의 1이 로또. 그래서 복권을 산다 –

∙
∙

　제584회 로또 당첨 번호 7, 18, 30, 39, 40, 41 보너스 번호 36이고 내 복권 번호는 2, 7, 30, 39, 40, 41 이다. '으악' 6자리 중 다섯 자리가 맞았다. 2 대신 열여덟(18)만 있었어도 1등 당첨……. 정말 '으악'이다.

　이런 열여덟. 발음대로 정말 18(열여덟)이다. 1등에 당첨되면? 이라는 달콤한 상상은 여러 번 해 보았으나 이런 경우를 생각해 본 적은 없었다. 열여덟인 상황이 분명한데도 섭섭하지는 않았다. 그냥 다섯자리의 수가 맞았다는 행운에 깜짝 놀랐고 신기했을 뿐이다. 드디어 나에게도 행운이 찾아왔다.

　기회가 있을 때마다 경품 행사나 행운권 추첨에 참여는 하였으나 큰 기대는 하지 않았었다. 참석자 대부분이 받을 수 있는 연말 망년회

　　　　　　　　　사랑할 수 있어 행복하다

선물 나누기 추첨에서도 당첨된 일이 없을 정도로 추첨과는 인연이 없었다. 그래도 매번 당첨자의 기뻐하는 환호성과 설레는 기대감, 부러움으로 번호를 확인하며 끝까지 자리를 떠나지는 못했다.

몇 년 전 처음으로 행운권에 당첨되어 엄청 좋아 했었다. 물론 내가 아닌 아내의 번호가 맞았지만 '부부일심동체' 무척이나 기뻤다. 부처님 오신 날을 경축해서 오대산 월정사에서는 옛길 걷기 행사를 했다. 월정사를 출발하여 상원사 주차장까지 스님들이 걸으셨던 옛길을 걸으며 자신을 돌아보는 시간을 갖자는 그런 뜻의 행사로 참석자가 많았다. 상원사 주차장에 도착하여 뒤풀이로 음악 공연과 경품권 추첨을 했다.

각지에서 들어온 경품이 산더미처럼 쌓여있어 당첨 가능성이 높았다. 'TV? 우리 집의 것이 더 좋아서 괜찮아', '쿠쿠 압력 밥솥? 밥솥 하나면 돼', '자전거? 에이 너무 커 어떻게 가지고 가' 경품이 끝나 가는데도 아내와 나는 기대를 가지고 수다를 떨었다. '마지막으로 오대산에서 채취한 곤드레 나물을 마을부녀회에서 보내주셨습니다. 감사의 말씀 전해 올리며 00번', '우~와, 맞았다!' 아내와 내가 감격해 소리쳤다. '우린 산나물이 제일 좋아' 그동안 구경만 하던 참석자에서 당첨자의 입장이 되니 행사가 더 재미나고 좋았다. 세상에서 제일 좋은 말은? '공짜'가 아닐까 하는 생각이 든 날이다. 입장료와 주차료가 공짜였고 음료수와 간식도 나눠주어 더 좋았다.

추첨에 신통한 능력이 없음을 감지했었는지, 나는 복권을 사본 적이 없었다. 두어 번 친구들과 술김에 재미삼아 구입한 적은 있었지만 혼자서 내 의지로 구입했던 일은 없다. 남들이 한심한 놈이라 여길 것 같기도 하고 돈도 아까워서다. 사실 쑥스러워서 복권 가게의 문을 열고 들어갈 용기가 없기도 해서다. 새 천 년이 시작되던 해에 이빈광 부장이 복권에 맞아서 소나타 승용차를 부상으로 받았다고 자랑을 했다. 주변에 알려진 구두쇠임을 확인할 수 있도록 말로만 티를 냈다. '복권에 맞고 싶으면 복권을 사! 게을러서 그것도 못하면서, 뭘 부러워해' 맞는 말이다. '우물을 파야 물을 마시지, 목마르면 우물을 파!' 한참을 더 주절거려서 얄미웠지만 경품은 부러웠다. '저 인간 장가를 잘 들었나?' 불공드리기가 취미였던 부인을 떠올리며 모두가 같은 생각을 하는 것 같은 표정들이다.

이빈광 부장의 말을 듣고 틀린 말은 아니라고 생각은 했다. 그렇다고 해서 복권을 사지는 않았다. 내가 복권을 사기 시작한 것은 10년도 더 지나 집을 이사하고 헬스클럽을 옮기면서부터였다. 운동이 끝나면 샤워를 마치고 헬스클럽 앞에서 아내를 기다렸다. 마침 마주 보이는 가게가 로또 가게였고 많은 사람이 드나들었다. '와~ 장사 잘 되네. 이래서 당첨금이 많았구나.' 하는 생각을 하다가 오래전 이빈광 부장의 말이 떠올랐다. 복권 판매소 간판 위로 번쩍이며 지나가는 전광판에 전 주의 당첨금이 대단했다.

그날부터 로또를 샀다. 가게에 전시된 홍보 포스터를 읽으며 복권에 대해 새로운 사실도 알았다. 특별하게 착한 일을 찾아하지는 못하여도 수입금의 50%를 공익사업에 쓴다는 로또를 착한 일하는 셈치고 한 장씩 산다. 1만 원을 내고 사면 5천 원은 착한 일에 사용된다니 맞지 않아도 조금은 보람이 있다고 생각이 되어서다.(일확천금을 노리는 속마음을 보기 좋게 포장하려는 얄팍한 속셈도 약간은 들어있음)

사랑할 수 있어 행복하다

1부터 45까지 숫자 중에서 여섯 자리를 맞추면 당첨이 된다. 당첨될 확률은 8,145,060분의 1이라고 한다. 낙하산이 안 펴질 확률은 10만분의 1이고 벼락 맞을 확률은 60만분의 1이라니 벼락에 10번은 더 맞아 죽어도 될 가망성이 없다. 그래도 매주 몇 명씩은 당첨자가 나오는 걸 보면 세상에는 벼락 맞을 정도보다도 더 운 좋은 사람들이 많은 것 같다.

내가 복권을 가끔 구입한다고 해서 아무 때나 사는 것은 아니다. 특별한 경우(좋은 일이나 나쁜 일이 생긴 날)가 아닌 날은 기분 좋은 꿈을 꾼 날 사게 된다. 돼지꿈이나 용꿈 등 만사형통 운수대통 된다는 꿈은 아니라도 뭔가 좋은 일이 생길 것 같은 꿈 말이다. '으악! 다섯 자리가 맞은 그 날'은 꿈에 부모님을 만났다. 돌아가신 부모님이 꿈에 깔끔하고 온화하고 평안해 보이는 기분 좋은 꿈이었다. 살아생전의 아주 즐거웠던 그런 날의 느낌이 잠에서 깨어서도 계속되어 부모님이 간절히 그리웠던 날이기도 했다. 당첨확률이 높다는 토요일 오후라 그런지 로또 복권 판매소에는 사람들로 바글거렸다. 가게 앞에 펄럭이는 '2등만 열 번. 이번엔 1등이다.'라는 현수막이 더 많은 사람을 불러 모으는 것 같았다. 그래서 나도 핑계를 만들어 사고 있긴 하지만…….

월요일 아침 컴퓨터를 켰다. 이미 신문을 통해 다 읽었으나 습관적으로 뉴스를 살펴보고 검색 창에 '로또'라고 쳤다. '아니 이거 1등?' 놀란 가슴을 진정하고 살펴보니 5개가 맞았다. '그럼 2등? 2등이면 5천은 되던데.' 1등이 아니라는 낙담보다 2등 당첨이라는 기쁨이 더 컸다. 돋보기를 쓰고 깨알 같은 글자를 살펴보니 3등이란다. 2등은 5개에 보너스 번호가 맞아야 한단다. 인터넷을 검색해 보니 3등은 대부분 150만 원을 넘지 않았다. 그래도 이게 어디냐 세상에나 스마트폰으로 복권사진을 기념으로 한 장 찍고 아내에게 전화를 걸었다. '몰(아내의 별명), 놀라지 마! 나 로또 3등 맞았어.', '뭐라고? 정말? 얼마나 돼?' 반응은 예상대로 '깜놀'이고 내 기분은 더욱 업 되었다. '정말 기분 최고다'라는 느낌을 제대로 즐겼다. 증상은 이렇다. 실실 웃음이 난다. 저절로 건들건들 몸이 흔들린다. 지나가는 사람에게 막 자랑하고 싶어진다. 온몸에 힘이 솟는다.

당첨금을 받으러 농협 은행으로 갔다. 세금 제하고 130만 원 조금 더 받았다. 만 단위 아래의 수는 확인해 보지 않았다. 그쯤은 대단치 않다. 정확하게는 기억에 없다. 로또에 맞아 통이 커졌나 보다. 기분으로 100만 원을 아내 통장에 입금해주고 시장통 먹자골목 명품 소머리국밥집에서 청하 1병을 반주로 점심을 맛나게 먹고 들어왔다. 요즘 알레르기 때문에 술을 멀리하지만 특별한 날이라 자축했다. 술맛이 기막히게 좋았다. 특별한 날이니 국밥을 '특'으로 시켜먹었다. 천원 더 비싼 특은 특별히 고기가 더 많다고 한다. 천 원 차이로 특별한 손님이 되는 기분이다. 사람들 대부분 호기롭게 '특'을 외치며 주문한다. 고기의 양보다는 장사 수완이 '특'인 것 같다.

1년 52주 앞으로 2년은 더 복권을 살 수 있다. 당첨 금액으로 사는 복권이라 한결 마음이 가볍다. 삶이 어렵다는 핑계로 어려운 이웃을 돕는 일에 적극적이지 못하였다. TV를 보다 ARS 방식으로 몇 통화씩 참여하거나 모금 활동에 소액을 보태는 정도였다. 길을 걷다 만나는 도움 청하는 이를 그냥 지나치지 않는 소박한 형태를 착한 일이라 한다면, 내 착한 행동은 아주 작은 것에 지나지 않는다. 부끄럽게도 로또를 구입하면서도 착한 일을 한다는 느낌이 더 많은 비중을 차지하는 것은 사실이지만, 마음 한구석으로 당첨의 달콤한 꿈을 포기한 적은 없었다.

마음속으로 억만 번을 더 외쳐 봐야 말짱 헛일이다. 일확천금의 꿈을 꾸려면 작은 시도라도 해야 그 꿈이 이루어진다. 나는 로또를 사는 것처럼 소박한 꿈을 꾸며 글을 쓴다. 로또를 지갑에 넣고 꾸는 꿈은 달콤하다. '그래, 요즘 20억은 되던데. 우선 10억은 아내 몫으로 통장에 넣어주자. 와, 그리고도 10억이나……' 만 원으로 일주일이 행복해진다. 그 중 5천 원은 좋은 일에 쓴다니 내 일주일치 꿈 값은 5천 원인 셈이다. 5천 원에 나는 몇 채의 빌딩과 전원주택을 지었다 허물었고 세상의 별나고 맛난 먹을거리와 별천지를 다 경험하였다. 아직은 3등이지만 언젠가 1등으로 당첨될지 누가 알겠는가?

우리나라에서는 로또가 당첨 금액이 가장 많은 복권으로 알고 있다. 매달 500만 원씩 지급한다는 연금 복권도 있고 즉석 복권도 종류가 다양하게 많다. 각종 스포츠에도 복권이 있고 복권 가게에 들어가 보면 그 많은 종류에 눈이 돌 지경이다. 토요일 저녁은 복권 가게가 장마당이다. 일주일을 기다리지 않고 바로 추첨이 있는 날이기도 하고 토요일에 당첨자가 가장 많이 나왔다고 하여 구입하는 사람이 많다고 한다. 구입자가 많으니 당연하게 당첨자가 많은 것은 자명한데도 말이다. 나는 꿈꾸는 날이 많이 남아있는 월요일이나 화요일에 복권사기를 좋아한다. 그러니 내 복권은 복 많은 복권인 셈이다. 토요일에 팔리면 수명이 고작해서 몇 시간뿐인데, 4, 5일은 가슴속에 안겨다닐 수 있으니 말이다.

일본의 어떤 사람은 직업이 복권 투자라고 했다. 복권을 자기 나름의 계산 방법으로 계산하여 당첨 가능한 번호를 선별하고 투자한다고 한다. 지금까지 당첨번호 중 가장 많이 당첨된 번호와 가장 적게 당첨된 번호를 나열하고 4:2 정도의 비율로 조합한단다. 몇 번의 2등과 3등의 당첨금으로 생활해 나간다니 전업 복권투자가인 셈이다. '세상에 이런 일이'와 비슷한 TV프로그램에서 소개한 내용이다.

요즘에는 TV프로그램 속의 일본인처럼 당첨 가능 숫자를 만들어 그 조합된 자료를 판매하는 인터넷 사이트들도 많이 생겨났다. 확률에 의한 수학이 아닌, 우연에 의한 행운까지도 수치화하여 사업을 하는 재미난 세상이다. 나도 한 번? 하는 생각으로 인터넷을 이용하여 자료를 모으고 나름의 표를 만들어 20개의 수 조합을 만들었다. 거금 10만 원을 투자하여 전업투자자로서의 가능성을 실험하였다가 아니고, 컴퓨터에 저장해 놓았다가 맞춰보았다. 예상이 적중했다. 물론 '꽝'이다. 3줄이 맞았다. 세 자리 5,000원 짜리로 1만 5천 원만 회수되었다는 말이다. 실제로 투자했다면 85%, 8만 5천 원을 날렸다는 결과다. 쫄딱 망했다는 말이다. 도저히 직업으로 하기엔 역부족이었다. 참으로 대단한 일본인이다.

세상은 참 요지경이다. 착한 자가 복 받는다는 순수한 믿음이 맞으면 좋을 것을, 꼭 그렇지는 않은 것이 세상인 것 같다. 로또로 일확천금한 행운아들 대부분이 행복하지만은 않은 삶을 산다고 한다. 어렸을 적 읽으며 '에이, 바보 같은 형제'라고 생각했던 의좋은 형제(길에서 주운 금덩이를 강물에 던져버렸다는 전래동화) 이야기가 새삼스럽게 떠오른다. 착한 일을 한 사람만 복을 받는 세상이었으면 모든 사람이 다 착했을 것을, 그렇지 못하여 아쉬움이 크다.

　모두들 당첨과 관계없이 복권을 사자. 쫓기며 숨어서 하는 도박만 이야 못하더라도 혹시나 하는 기대감은 충분히 즐길 수 있다. 안 되어도 괜찮아, 그래도 좋아, 착한 일을 한다는 마음으로 가볍게 한두 장씩이면 일주일은 충분히 부자로 살 수 있다. 5,000원으로 살 수 있는 가장 큰 행복이다.

# 꿈

– 아무도 모른다. 지금 이 순간이 꿈인지 생시인지 –

꿈이냐 생시냐? 나도 잘 모르겠다. 요즘은 영화와 만화는 물론 소설까지 주제가 판타지 하여 온통 주변이 판타스틱하다. 지금 내가 살고 있는 세상이 실제로 존재하는가 하는 의문까지 들 지경이다. 혹시 내가 상상 속의 가상의 공간에서만 존재하는 가상의 인물은 아닐까? 하는 의문이 들 때도 있다. 내가 만약 이야기 속에서만 존재하는 등장인물이라면, 이야기를 꾸며내는 작가에게 부탁하고 싶은 말이 있다. "여보세요……. 그저 잘 부탁드립니다." 깊숙이 허리 숙여 '꾸벅' 하고 말이다.

지금이 이야기 속의 이야기인지 실제로 존재하는 현실인지 도무지 알 수가 없다. 나는 지금 이 순간도 헷갈린다. 어찌되었건 나는 말을 계속해야 하겠고 말의 기준이 되는 시점도 필요하다. 그래서 나는 지

사랑할 수 있어 행복하다

금 이 순간을 현실이라고 가정하기로 하고 이야기를 시작하겠다. 내가 자주 꾸는 꿈은 재미나고 신기하거나 무섭고 징그러운, 또는 부끄러운 꿈이 대부분이다. 현실인가 상상인가를 헷갈리게 하는 '꿈'에 관해 할 말이 아주 많다.

내가 꾸는 징그러운 꿈은 뱀 꿈이다. 매번 등장하는 장소가 낯익고 비슷하여 내가 살았던 적이 있는 마을 같다는 느낌이 드는 곳이다. 기억 저편에서는 가물거리는데 정확하게는 떠오르지 않는, 이생이 아닌 전생의 기억은 아닐까 하는 생각마저 드는 장면이다. 날씨가 화창하여 기분이 상쾌하다. 푸르게 잘 자란 벼 포기 사이로 향기로운 바람이 불어온다. 풍년을 예감할 수 있는 상담의 논이 보기에 좋다. 넓은 논들이 구불구불 배미를 이루고 있고 사이로 작은 시냇물이 흐른다. 혼인색으로 예쁘게 치장한 피라미가 맑은 물속에서 반짝인다.

논둑을 따라 걷다 섬뜩한 느낌이 발아래로 느껴진다. 깜짝 놀라 내려다보니 커다란 뱀이 머리를 들고 혀를 날름거리며 빤히 마주 본다. 독사인지 물뱀인지는 분명치 않으나 굵고 긴 큰 뱀이다. 뱀도 놀랐는지 잠시 바라보다 스르르 미끄러지듯 둑 아래 냇가 풀숲으로 사라진다. 풀숲은 작은 소를 감싸 앉고 보기 좋게 어우러져있다. 작은 소의 물위로 여러 마리의 뱀이 헤엄을 친다. 오싹하니 징그럽고 무서웠지만 호기심이 더 컸다. 찬찬히 살펴보니 소 주변으로 엉켜있는 찔레나무덤불과 버드나무가지마다 온통 뱀이다. 가지에 몸을 칭칭 감고 붉은 혀를 날름거리며 바라본다. 작은 눈알을 반짝이며 째려본다. 너무 무서워 '으캬캭' 비명을 지르며 깨어난다. 꿈이다. 뱀 꿈. 뱀이 묵으면 용이 된다는데, 그 좋다는 용꿈은 한 번도 꿔보지 못했다. 징그러운 뱀 꿈만 꾼다. 뱀도 실하고 크면 좋은 꿈이라던 아내의 말을 떠올리며 혹시 큰 뱀은 없었나, 찬찬히 생각해 보기까지 한다. 큰 뱀이라는 기준이 애매하다. 아나콘다나 비단뱀은 확실하게 큰 뱀인데 우리나라에는 없으니……. 우리나라에서 큰 뱀이면? 길이는 한 발 정도에 팔뚝만한 굵기면 어지간할 것 같다.

대부분의 꿈은 내용에 상관없이 꿀 때마다 재미나고 흥미롭다. 하지만 어쩌다 가끔은 꿀 때마다 부끄러워 죽을 것만 같은 꿈을 꾸기도 한다. 동무들과 신나는 놀이 중이다. 장면과 배경은 현재와 과거가 섞여있다. 등장에서의 나이는 대중이 없었으나 마음은 항상 같았다. 그때가 어린 시절이면 재미난 놀이 중이었고, 어른인 시절이면 즐겁게 담소 중인 경우가 대부분이다. 아주 평범한 일상에서 이유 없이 갑자기 부끄럽다고 생각하며 두리번거린다. 거울이 없는데도 발가벗은 내 모습을 볼 수 있다. 입고 있던 옷이 사라졌다. 발가벗고 부끄러워 쩔쩔매며 종잇조각이나 주변의 물건으로 간신히 중요 부분을 가리고 애를 쓰며 피해 다닌다. 다행히 나 혼자만 쩔쩔매지 아무도 관심이 없다. 관심이 없다는 것은 깨어나서 장면을 돌아보며 하는 내 생각이지 꿈속에서는 부끄러워 죽을 것만 같아 애를 쓴다. 깨고 나면 정말 꿈이어서 얼마나 다행인지, 매번 감사하고 마음이 놓였다. 꿈 풀이 책을 쓴 사람도 이런 꿈을 꾼 경험이 있는지 나쁜 꿈은 아니라고 썼다. 부끄러웠지만 참 다행이다. '꿈보다 해몽'이라더니 위로가 많이 되어 마음이 편해진다.

큰 강에 많은 물이 흐르고 나는 고기를 잡는다. 거의 줍는 수준이다. 어떤 날은 물에 쓸려 떠내려가기도 한다. 꿈속에서도 나는 수영을

사랑할 수 있어 행복하다

잘한다. 기분 좋게 헤엄치며 즐기는데 갑자기 물이 줄어 모래사장에서 버둥거린다. '우씨~ 땅 짚고 헤엄치기' 꿈인데도 참 뻘쭘하다는 느낌이 든다. 어떤 날은 강으로 돼지가 떠내려 와 꿈에서도 '와~ 돼지꿈이다!' 하고 외친적도 있다. 혹시나 하는 기대로 하루를 지내지만 특별히 좋은 일은 생기지 않는다. 대부분은 꿈을 꿨던 기억도 하지 못하고 하루를 보냈지만, 가끔은 물에 빠진 돼지라 효험이 없어졌나하는 생각도 했었다. 큰 고기를 잡으면 길몽이라는데, 라는 생각을 꿈속에서도 한다. 꿈속에서도 길몽 꾸길 '꿈'꾼다.

내가 제일 싫어하는 꿈은 벼랑에 오르다 오도 가도 못하는 상황에 처하는 꿈이다. 아래는 까마득한 절벽이고 위를 보면 손잡을 곳을 찾을 수 없는 오를 수도 내려갈 수도 없는 진퇴양난의 상황에서 쩔쩔매는 꿈이다. 한 번도 떨어진 적은 없지만 꿀 때마다 끔찍하다. 오래전에 영월 연당에 고기잡이 갔다가 경험한 일 때문에 꾸는 꿈이라는 생각이다. 절벽이 가로막아 갈 수 없는 건너편 명당이 아쉬웠다. 이쪽에서는 고기가 잡히지 않았다. 빤히 바라다 보이는 명당이 그림의 떡이다. 망설이다 용기를 내어 보따리를 싸서 메고 절벽에 붙었다. 미리 보아놓은 코스를 따라 위로 오르며 넘으면 어려움이 없어보였다. 간신히 절벽의 중간지점까지는 올랐지만 여기가 끝이다. 꼼짝도 할 수 없다. 발을 디딜 곳도 손가락 한마디 걸칠 곳도 없다. 등에 멘 배낭과 고기잡이 장비로 힘이 더 들었다. 확 벗어 버릴까 말까 망설여진다. 그냥 굴러 떨어지면 많이 다칠 것 같아 버티다 어려워지면 내려 뛰기로 작정했다. 검푸르게 여울져 흐르는 물이 다행이다 싶다. 발을 더듬어 지나왔던 곳의 돌부리를 찾고 조금씩 뒤로 물러났다. 식은땀으로 온몸이 젖었다. 그때를 생각하면 지금도 '하나님 부처님 고맙습니다.'라는 말이 절로 중얼거려진다. 두 번 다시 생각하고 싶지 않은 장면이 꿈속에서 재연된다. 절벽이나 건물의 창틀 또는 높은 망루 위나 나무로 장면을 바꿔가며 내 꿈에 등장하는 장면 중 하나가 되었다.

내가 제일 좋아하는 꿈은 하늘을 날아(?) 다니는 꿈이다. '아무리 꿈이라지만 사람이 날다니' 하는 생각으로 몸을 더듬어 보았다. 날개도 없고 슈퍼맨의 망토도 없지만 하늘을 날아다녔다. 지면과 가까이 날거나 아주 높이 날아올라 시원하게 풍경을 바라보며 즐기는 꿈이다. 내 마음대로 몸이 날아오르니 그 기분은 정말로 최고다. 하늘을 날다 중간에 잠이 깬 날은 너무도 아쉬워 다시 한 번을 간절히 생각하며 잠들면 꿈이 이어지기도 한다. 연속극처럼 꿈이 이어져 꾸어지기도 하는 신기한 일이다. 귓가로 스치는 바람소리까지 '쑥쑥' 느껴지는 신나고 재미난 꿈이다.

어린 시절에는 꾼 적이 없는 나는 꿈을 어른이 되어 꾸기 시작했으니 더 신나는 일이다. 남들에게 자랑할 만한 일이나 나는 아직 남들에게 말한 적은 없다. '난, 가끔 신나는 꿈을 꿔. 하늘을 나는 꿈이야.'하고 자랑하기는 뭔가 좀 뻘쭘하다는 생각에서다. 어쩌면 남들도 하늘을 나는 꿈을 꾸는데 나와 같은 생각 때문에 말하지 못하는지는 알 수 없는 일이다. 하지만 나는 꿈속에서 나처럼 날아다니는 사람을 한 번도 만나지 못했다. 그러니 물어보나 마나 하늘을 나는 신나는 꿈은 나만 꾸는 꿈이 확실하다.

인터넷을 사용하기 전에 꿈의 내용이 너무나 궁금해서 꿈 해몽 책을 한 권 샀다. 요즘은 컴퓨터나 스마트폰을 이용하면 즉석에서 다양

사랑할 수 있어 행복하다

한 해몽을 볼 수 있지만, 나는 아직은 책이 더 믿음직하다는 생각이다. 누군가 부지런한 사람이 자료를 많이 올려놓아 내가 가지고 있는 책보다 내용이 훨씬 다양하지만 그래도 책이 더 좋다. 꿈 해몽은 믿거나 말거나 전적으로 자신의 맘이지만 풀이 내용이 나쁘면 기분도 나빠진다. 엄청 좋은 꿈이라고 생각한 꿈이 흉몽으로 해몽되기도 하고 흉몽이 분명한 꿈이 길몽으로 해몽된 경우도 많다. 길몽이라면 은근히 하루가 기대되며 기분이 좋아진다.

꿈보다 해몽이라 했다. 이왕지사 좋은 게 좋다. 어느 날부터인지 스포츠신문에나 실리던 오늘의 운세가 신문마다 실리기 시작했다. 오랫동안 구독하던 신문의 운세난 내용이 대부분 부정적이라 아침부터 기분이 언짢았다. 별 일도 아닌데 참 별꼴이다. 나름 이유가 있었겠지만 마음이 꼬부라진 사람인 것 같다. 여러 신문을 비교해서 가장 긍정적인 내용의 운세가 실리는 신문으로 바꿨다. 많은 사람의 생각이 나와 같았다면 그 신문은 타격이 컸으리라는 생각이다. 신문을 바꾸어서 그런지 아침마다 기분이 상쾌하고 하루가 기대된다.

길몽을 꾸는 방법으로 전문가들의 공통된 의견은 편안한 잠자리를 꼽는다. 내 경험으로 보아도 맞는 말이다 싶다. 그 한 예로 거실 소파에 누워 잠들었을 때, TV나 라디오에서 나는 소리에 따라 꿈의 내용이 바뀌는 것이다. 그 내용이 나쁘면 꿈도 그와 같은 내용으로 흉몽이 꿔지고, 좋은 내용의 방송이나 잔잔한 음악이 연주되면 꿈의 내용도 행복했던 경험이 여러 번 있다. 경험에 의하면(순전히 내 경험) 깨어나서 기분이 좋은 꿈이 길몽이라고 생각한다. 너무 더럽고 징그럽고 무서운 꿈도 흉몽 같지만 하루를 조심하여 생활하게 하니 그 또한 길몽이라는 생각이다. 길몽이냐? 흉몽이냐? 의 구분은 자기 마음속의 느낌으로 결정된다. 긍정적인 마음이면 모두가 길몽이 된다. '그래, 그래서 오늘도 좋은 일이 생기겠네?' 이렇게 생각하면 모두가 길몽이 된다. '꿈' 정말 꿈같은 것이다.

사랑할 수 있어 행복하다

# 당신 참 열심히 사셨네요

– 부러워하지 않으면 부러울 게 없다 –

.

.

조금은, 아주 '쬐끔'은 더 나아졌으려니 생각되기도 하지만 지금의 상황보다 큰 변화는 없으리라는 생각이다. 돌아보는 지금이야 여유롭고 넉넉하여 당시의 상황보다 더 좋은 묘수가 보일는지는 알 수 없는 일이나, 그땐 그때 나름의 최선의 선택이었다. 그래도 매일이 뼈 빠지게 힘든 견디기 어려운 나날들이었다. 사람 좋은 척 '그래도 그때가 좋았어.'라고들 말하지만, 나는 그렇지 않다. 내가 다시 그 어렵던 시절로 돌아간다 해도 큰 반전의 히든카드는 없을 거라는 생각이 들어서이다.

지금까지 살아온 날들을 모두 무효로 하고 과거로 돌아가서 다시 한 번 살아보라고 기회를 준다 해도 절대 사양이다. 과거로 돌아간다 해도 딱히 뾰족한 묘수가 없을 것이라는 걸 알고 있기 때문이다. 내 주변의 상황이 모조리 바뀌지 않는 한 바뀔 게 없다. 그때 나는 이미 내 힘으로 할 수 있는 일은 입에 단내가 나도록 열심히 해봤었다. 혹시라도 차 마시며 여유롭게 글을 쓸 수 있는 지금의 내 처지보다 더 못해진다면, 하는 생각만으로도 충분히 몸서리쳐지는 악몽 같은 상상이기에 돌아가기는 싫다.

콩 심었는데 팥이 나지 않는 것과 같은 이치다. 청각장애에 시각장애까지 있는 '헬렌 켈러' 이야기는 교과서에 수록되어 대부분 알고 있는 감동적인 이야기이다. 장애인 모두가 헬렌 켈러와 같았다면 우리는 그의 존재조차 모르고 있을 것이다. 장애를 극복한 초인적인 인간 승리의 결과로 그를 존경하고 우러르며 칭송하는 것이다. 좋은 집안에서 태어났다. 경제력과 인격을 갖춘 부모를 가졌다. 무서운 병에 걸려 청각과 시각을 잃었으나 수화를 이해하는 친구가 있었다. 가정교사로 일생을 함께하며 도움을 주는 앤 설리번 선생님을 만났다. 좋은 두뇌의 소유자였다. 어려서 성홍열과 뇌막염에 걸리지 않았다면 헬렌 켈러는 어떤 사람으로 일생을 살았을까? 뇌막염으로 지능이 낮아졌다면? 그의 부모가 우매하고 가난했다면? 그가 가진 배경 중 한 가지라도 빠졌더라면 그는 어떻게 되었을까? 하는 것은 누구라도 쉽게 예견할 수 있을 것이다.

'한석봉'은 가난하지만 교육열이 높았던 그의 어머니로 인해 만들어진 인물이다. 몰락한 집안을 일으켜 세우려는 한 많은 여인의 몸부림으로 길러졌다는 사실이다. 한석봉의 효성과 어머니의 정성으로 말이다. '맹모삼천지교'라는 일화 속에 '성인 맹자'가 탄생하였다. 좋은 교육 환경을 찾아 세 번을 이사한 고사는 우리가 익히 잘 알고 있는

사랑할 수 있어 행복하다

이야기다. 성공한 사람에게는 그를 도운 의지의 도우미가 있었고 자신들도 그에 못지않은 은근과 끈기 그리고 영리한 두뇌를 소유했다는 공통점이 있다.

장황하게 늘어놓는 이 이야기들로 나의 처지를 변명하거나 할 생각은 전혀 아니라는 걸 밝혀두고 싶다. 내가 은근 슬쩍 속인다 해서 속을 사람도 없을 테니 하는 말이다. 그들과 다른 삶을 살아온 것은 그들보다 덜 영리하고, 덜 열정적이었다는 것들 모두를 다 인정한다는 말이다. 하지만, 내가 왜? 지금처럼 밖에 살 수 없었는지에 대한 약간의 변명은 하고 싶다.

보통 사람들이 다들 하는 말이지만, 철수의 경우는 특별했노라고 이해해 주었으면 하는 바람에서 하는 이야기다. 부모님께는 정말 죄송한 말이라 주저되지만, 이해해 주시리라 생각하고 말해보겠다. 의식주 해결 외에는 조금의 여유도 없었던 경제 사정이 나의 다른 삶을 막은 가장 큰 장애물이었다고 말이다. 하지만 부모님의 책임만은 아니다. 나라면 도저히 그 상황을 견디지 못했을 텐데도 이렇게 길러주신 부모님의 책임은 나보다는 훨씬 작다는 것도 밝히고 싶다. 비율로 나타내면 나와 부모님의 책임은 8:2 정도는 될 듯싶다. 지하에 계신 부모님께는 죄송하지만, 20% 정도는 책임져 주십사 말씀드리며 책임을 지워도 될 것 같다.

일제 말에 결혼하시고 신혼 시절 피난 나오신 부모님의 일대기는 한 편의 드라마다. 아주 흥미진진한. 그 시대의 부모님들 대다수가 그러하셔서 베이비붐 시대를 살아온 우리 세대들은 어느 정도 이해는 하고 있다. 부모님들의 이야기로 영화를 만든다면 '국제시장' 그 이상

일 것이 틀림없다. 맨땅에 헤딩하기 식으로 버텨 오신 삶의 과정 일부를 함께한 내가 생각해도, 참 대단하시다. 가족을 생각하는 초인적인 정신력이 그들이 가진 밑천의 전부였다. 생을 이어가는 방편이 구걸과도 같았던 시대에도 부모님 덕에 가난이 무섭지 않았다. 하루하루가 즐겁기만 했다. 가난의 고통은 온통 부모님 몫이었으니 내 삶에서는 아쉽기는 했지만 절박하기는 덜했다.

현재의 내가 만족스럽지 못한 것에 20%를 부모님께 떠넘기는 뻔뻔함은 어려운 시절을 살아오며 몸에 찍힌 낙인과도 같은 상흔 때문이다. 그 시절을 살아온 세대에게는 대다수가 특유의 몸에 배인 이기적이고 몰염치한 끈적끈적한 DNA를 간직하고 있다. 많은 형제들과 먹을거리를 놓고 경쟁하던 DNA. 60명이 넘는 학급의 친구들과 경합하던 DNA. 불공정한 심판인 담임은 가난한 제자들에게는 냉혹한 치한이자 가해자로 기억될 정도였다. 공정한 게임은 없었다. 이기기 위해서 보이지 않는 반칙도 허용되던 시절. 모두가 처절한 싸움꾼이었던 DNA 때문이라고, 뻔뻔하고 비겁하지만 핑계를 대고 싶다.

인생은 공평하지 않다. 공평하다고 말하는 사람이 주변에 있다면 경계해야 할 인물이다. 아주 나쁜 놈일 경우가 많다. 자유, 평등, 공평, 국민, 민주 등을 입에 자주 올리는 사람들은 사기성이 짙은 사람이거나 망상가인 경우가 대부분이다. 자기 힘으로 일하지 않고, 가난하고 열심히 일하는 사람들에게 붙어 기생하는 사람들의 특징이다. 선동하고 부추겨 싸움을 붙이고 뒤로는 부자와 권력자에 빌붙어 이익을 취한다. 참 염치없는 해충 같은 부류로 인간 이하 쓰레기와 같다. 이런 쓰레기가 우리 주변 여기저기에 참 많기도 하다. 인자한 모습의

사랑할 수 있어 행복하다

가면을 쓴 악귀 같은 인간들이 국민을 위하여 불철주야 일한다며 꺼떡거린다. 너무 냄새나고 더러워서 벼락도 피해가는 모양이다.

　내가 알고 있던 부잣집 아이들 대부분은 지금도 부자다. 탄생부터 지금까지 부자다. 가난했던 아이들은 형편이 많이 좋아졌다지만 그들과 비교하면 역시 가난하다. 예외적으로 몇 명은 자신의 능력을 과대평가하여 사업을 크게 벌였다 말아먹은 경우도 있고, 근검절약과 타고난 사업 수완으로 부자가 된 경우도 있지만 대체로 큰 변화는 없다. 치맛바람을 일으키며 자식교육에 힘쓴 어머니(내 새끼를 위해서 가난한 집 아이들을 교실 밖으로 내쫓는 만행을 저지르던 천벌 받을 인간 – 어찌된 일인지 아직도 천벌은 내리지 않았다.)를 가진 친구들은 일류 학교를 졸업하여 엘리트 코스를 밟아가며 승승장구 잘들 산다. 그들에게는 시련도 실패도 없는 세상이다. 부동산을 많이 물려받은 친구들은 평생 부자다. 좋은 얼굴로 희희낙락 살아가는 부러운 친구들이다. 어찌나 빠르게 가격이 오르는지 적금을 들거나 계를 들어서는 도저히 구입할 수 없는 것이 부동산이다. 그런 것은 내가 사는 것이 아니고 물려받는 것이란다. 내 책임이 아니라고 우겨 봐도 마음의 불편함은 가시지 않는다.

　누구나 상식적으로 다 아는 부자 되는 방법이 있다. 가격이 오를 만한 부동산을 구입하여 꼭지에서 팔아 차익을 챙긴다. 같은 방법으로 주식이 있다. 문제는 투자할 종잣돈과 정보가 없다는 것이다. 죽어라 아껴서 작은 종잣돈을 마련하여도 정보가 없으면 몽땅 꽝이다. 대부분 불량한 정보로 쪽박을 찬다. 그런 개미들이 부자 공룡을 먹여 살린다. 도저히 그들의 자금력과 정보력을 따라갈 수 없으니 그림의 떡이다. 의식주를 해결해야 하는 절박함에 자식의 교육비까지 더해져 가난한 부모는 부자 될 기회를 잡지 못한다. 뱁새는 째져라 가랑이를 벌려도 여전히 뱁새다.

하루하루의 삶이 모여 사람을 늙게 만든다. 남들은 모두 아는데 자신만 모른다. 하루하루 야금야금 조금씩 늙으니 그 얼굴이 그 얼굴처럼 보여 알아채지 못한다. 매일 대하는 부부만 모르고 있다. 늙은이들이 그래서 주책없다는 소릴 듣는다. 늙음을 인정하고 언행에 신중을 기해야 한다. 나이 들어 젊은이들 언어로 말하거나 차리고 나서면, 무척 세련된 것 같다고 본인은 생각하지만 듣고 보는 사람들은 많이 불편하고 괴롭다. 나잇값도 못한다며 별꼴이라고 흉본다. 나름 노력하고 돈 들였는데 헛힘만 쓴 꼴이다. 스스로 제 무덤을 파고들어 앉은 모양새로 이편저편에서 왕따 당한 외롭고 불쌍한 노인이 된다. 세상은 내 맘대로만 살 수 없다. 무리 속에 흡수되고 동화되어 너무 튀는 자기만의 색은 드러내지 않아야 무리 없이 살아갈 수 있다.

가까이에서 즐거움을 찾는다. 매사에 감사하는 마음으로 살아간다. 나와 가까이 있는 사람부터 잘 대해준다. 나와 함께하는 상대해주는 사람이 가장 소중한 보배로운 존재다. 그가 있어서 먹고 마시고 이야기하며 살아갈 수 있다. 지금의 나에게 가장 절실하게 소중한 것이 무엇일까 잠시만 생각해보자. 친구? 집? 돈? 다 아니다. 그가 없으면 하루도 버티기 어려운 내 아내다. 그의 소중함을 알기위해 그가 없다는 가정을 해보자. 생각만으로도 모골이 송연해진다. 오늘 저녁 아내는 친구들과 저녁 모임이 있다고 한다. 하루가 자유롭고 행복하다. 아내 없이 지내는 행복도 존재한다. 하지만 그 행복은 아내가 돌아온다는 사실로 만들어진 잠시 허구의 행복이다. 내일도 또 내일도

사랑할 수 있어 행복하다

계속된다면 나는 절대 견디지 못할 것이다.

긴 세월이 흘렀다. 지금의 나에게 만족한다. 바꿀 수 없으면 순응할 줄 알아야 행복해진다. 지나간 시간에 미련을 두지 말자. 바뀔 수 없음에 가슴앓이 할 필요는 절대 없다. 그냥 이대로 살면 된다. 지금보다 더 큰 변화나 없었으면 좋겠다. 나에게 변화란 손실을 말하기 때문이다. 정지된 인생에서는 변화 없음이 행복이다. 지금만큼만 오래도록 지냈으면 하는 바람이 크다. 매일매일 변함없는 날이 행복하다.

내 생에서 지금 이 순간이 가장 만족스러우며 행복하다. 위를 쳐다보지 않으니 부럽지 않고 아래를 내려다보지 않으니 불쌍하지 않다. 사람이니까 그냥 조금 부러워하고 조금 동정하며 사는 요즘이 너무 좋다. 내 생에 봄날인가 보다. 변함없는 세월이 계속되기를 간절히 바라지만 나는 또 변하리라는 것을 이미 알고 있다. 그래도 받아들이며 내 생긴 모양대로 살아야지 별 수 없는 일 아닌가.

낙양성 십리 허에 높고 낮은 저 무덤은

영웅호걸이 몇몇이며 절세가인이 그 누구며

우리네 인생 한 번 가면 저 모양이 될 터이니

에라~ 만수 에라~ 대신이야

가수 김세레나가 80년대 후반 부르던 성주풀이라는 노래다. 고운 한복을 맵시 있게 차려입고 한들한들 춤을 추며 부르던 장면이 삼삼하다. 세월 앞에서 장사 없다더니 알아보기 어려운 모습으로 TV에 출연했다. 그가 부르던 노래의 노랫말이 사실로 다가왔다. 왕년에 잘나가던 액션 배우들이 모두 모여 만들었다는 영화를 보고는 많이 놀랐다. 실베스터 스탤론, 아놀드 슈왈제네거, 돌프 룬드그렌, 장 끌로드

반담, 해리슨 포드, 척 노리스, 이연걸, 웨슬리 스나입스, 브루스 윌리스, 안토니오 반데라스, 멜 깁슨을 보며, 가는 세월은 그 누구도 막을 수 없다는 세월의 무상함을 진하게 느꼈다. 한 사람만 출연해도 충분히 흥행에 성공했었던 스타들이 무더기로 출연했다. 늙은이들의 액션은 귀엽게 보였다고 말하고 싶지만, 사실은 안쓰럽고 주책없어 보여 보기에 민망했다. 품위 있게 늙기도 만만찮게 어려운 것 같다. 가는 세월을 잡아보겠다고 성형을 하고 지방 이식에 필러와 보톡스 주사를 많이 맞아 괴기스럽게까지 보였다. 세월이 흐른다고 모두가 보기 좋게 늙는 건 아닌 모양이다. 젊어서는 보이는 모습이 예쁘고, 늙어서는 온후한 연륜이 드러나야 멋지게 보인다. 내일 또 내일. 남아있는 내일들은 알 수 없는 미지의 세상이다. 내일이 궁금하고 기다려진다. 미지의 세계는 찾아가지 않아도 제 알아서 차례로 다가온다.

아내가 결혼식 날 찍은 사진을 보며 말한다. '너무 이쁘고 멋지다.' 36년 전 우린 정말 예뻤다. 아내에게 말해주고 싶다. '지금 당신 모습이 더 이쁜데' 좋으라고 하는 말이 아니다. 예나 지금이나 아내는 항상 예쁘다. 나는 가끔 아내 몰래 스마트폰으로 찍어 놓은 사진을 보며 감탄한다. '우~ 멋지다. 예쁘고' 그리고 살며시 말해준다. '당신 참 열심히 잘~사셨네요.'

# 기분이 좋다

— 네 기분이 좋다고 꼭 나도 좋은 것은 아니다 —

.

.

마음이 편하면 기분이 좋다.

기분이 좋아 마음이 편하다.

네가 나를 미워하면, 미워한다고 표현하면, 내 마음이 편치 않다. 표현하지 않고 미워한다 해도 대개는 느낌으로 알 수 있다. 아무 느낌도 없다면, 그의 맘속에서 나는 무관심과 무의미로 존재감이 전혀 없는 경우라 하겠다. 아무리 애를 써도 좀처럼 어찌지 못하는 해결이 어려운 문제다. 그저 내가 할 수 있는 것은 나 홀로 좋아하거나(짝사랑) 가치 없는 일이고 의미 없는 존재라 스스로에게 인식시키며 자신을 위로할 수 있을 뿐이다. 상호 간 관계가 맺어지려면 서로에게 끌리는 또는 멀리하고 싶다는 마음이 있어야 가능해진다. 기분이 좋다거나 나쁘다는 것도 그 대상에 관심이 있을 때만 가능한 일이다. 그래서 기회는 언제나 존재하는 법이다. 애써 의미를 부여하며 주변을 맴도는 우직스러운 행동이 뜻밖의 효과를 나타내기도 한다. 어쩌다 가끔이라는 문제점만 극복할 수 있는 끈기만 있다면 말이다.

주머니가 풍족하면 조금 배고파도 참을 만하다. 내가 원하는 시간, 원하는 장소에서 먹고 싶은 음식을 먹을 수 있으니 문제가 아닌 것이다. 돈 떨어지고 당장 사정을 호소할 대상도 없는 날, 배가 고프면 참 많이 슬프고 암울하고 그렇게 비참할 수가 없다. 그런 날은 수저만 놓고 돌아서도 다시 배가 고파진다. 그래서 더 참을 수 없도록 허기를 느끼게 된다. 배가 불룩한 상태로도 느끼는 공복감의 원인은 대부분이 그리움(외로움)의 다른 표현인 경우가 많다. 배고픔의 해결은 쉽다. 배부르게 먹기만 하면 되는 고통이고 고민이다. 하지만 그리움이나 외로움으로 느끼는 고픔은 해결에 어려움이 많다. '사랑' 참 쉬운 듯 어렵다. 매일 외쳐 찾아도 항상 목마름과 배고픔으로 허기를 느낀다. 그 놈의 사랑 주머니는 내 지갑만큼이나 자주 비워져 사람을 껄떡이게 만든다.

사람의 마음은 마음가짐에 따라 그 느낌이 천차만별이니 항상 긍정적으로 여유롭게 생각하고 행동하면 행복한 생활을 할 수 있다고 선지자들은 말한다. 과연 모든 사실을 다 알고 있는 현명한 현자는 매일이 행복했을까? '저 원수 같은 인간 때문에 못 살아! 못 살아!'를 외치는 아낙은 왜? 아직 잘 살고 있을까? 선의의 거짓말이라며 거짓말로 자신의 일탈을 얼버무리며 아내를 속이고 다독이며 불행한 듯 사는 내 친구는, 왜? 행복해 보일까. 보이는 것이 아닌, 어쩌면 정말로 그들이 행복한 건 아닐까. 사랑이랑 행복은 애초의 참모습이 그렇게

사랑할 수 있어 행복하다

생겼을 것 같다. 행복한 삶이 그렇게 쉽다면, 세상은 정말 살만할 텐데 말이다.

연말정산을 하며 세금을 많이 떼어간다며 모두가 아우성이다. 경제를 활성화 시킨다며 월급에서 세금을 조금 떼고 주며 소비를 많이 하라고 해서 생긴 결과란다. 불평이 많으니 담당 부처에서 대책을 마련했단다. 예전처럼 많이 떼고 연말정산에서 돌려주면 되지 않겠냐고. 개인적으로 보면 지금의 방법이 더 이익이건만 일단은 2월 봉급에서 왕창 소급하여 제하니 꼭 도둑맞은 기분인 것이다. 사실 이익인 건 맞지만 기분은 나쁘단다. 줄 만큼 주고, 받을 만큼 받으면 공평하다는 것은 알지만, 마음은 그렇지만은 않다. 그 대상이 좋아함이나 사랑일 때는 더하다. 그저 많이만 받고 싶어진다. 늘 목마르고 배고픔을 느끼며 껄떡거린다.

12,900일을 12,900번쯤 들었을 아내의 말이 오늘 새롭게 마음을 호비는 건 사랑이 부족하거나 불만이 있어서가 아니다. 너무 많이 한 학습 효과도 미묘하게 파고드는 불쾌한 느낌은 해결할 수가 없다. 사나이라고 큰소리치는 친구들이 모여 호기롭게 마시며 호연지기를 뽐낸다. 이야기가 돌고 흘러 나라 걱정에서 직장으로, 요즘 삐쳐있는 친구 문제로 흐른다. 자식과 아내 문제로 넘어가면 대개가 비슷하게 공감하며 서로를 다독이며 위로한다. 30년 머리를 맞대고 열 내어 토론했건만 결말은 비슷하게 끝난다. '그래도 넌 괜찮은 편이야.', '그래 마누라가 최고지······.'

25,000명이 달린다. 의암호를 돌아 삼악산에 이르면 소리를 지른다. 마주보는 산 절벽에 소리가 메아리쳐 끝없이 이어진다. 단풍 든

산자락이 곱고 중도와 붕어섬도 그림 같다. 발 빠른 러너들이 계속해서 추월한다. '아~ 난, 왜 이리 느린가? 달리기를 그만 둘까?' 벌써 죽겠는데 추월은 자꾸 당하고 발은 무겁고 아직 절반도 못 달렸다. 뒤쪽에서 메아리가 계속된다. U자로 커브진 의암호를 따라 수없이 많은 사람이 내 뒤에서 달리고 있다. 방송국 헬기를 보니 선두는 벌써 춘천댐을 지나나 보다. '이게 어디냐, 난 아직 앞쪽에서 달리고 내 뒤에 더 많은 사람이 있는데' 갑자기 없던 기운이 솟구치며 걸음이 빨라진다. 호흡이 고르고 다리도 가볍다. 벌써 여러 명을 앞지르고 입가에 미소가 번진다. 만사 마음먹기에 따라 처한 상황이 180도 달라진다. 인간의 마음, 참 갈대 같다. 그래도 뿌리가 튼튼하여 마음은 놓인다.

금강굴을 지나 마등령, 공룡능선을 타고 죽음의 계곡 쪽으로 내려오는 코스다. 새벽 4시에 모여 차를 타고 비장한 표정으로 설악산으로 향했다. 아직 매표소에 불이 켜지지 않아 어둡다. 표 파는 사람이 출근 전이다. 입장료가 굳었다. 징조가 좋다. 매표소 입구에 앉아 등산화 끈을 조이며 장비를 챙긴다. 막 출발하려는데 매표소에 불이 켜지며 쪽문이 열린다. "표 사서 들어가세요." 만 원을 내고 표를 샀다. 괜히 억울하고 빼앗긴 기분이 들었다. 조금 들어가 벤치에 앉아 준비할 걸. 매표소의 불빛이 미치는 자리에서 차를 따라 마셨다. 다들 한마디씩 했다. 오늘의 운세가 그다지 좋지 않을 거라 의견이 일치된다. 모두 조심을 하자며 출발을 서두른다. 처음부터 표를 사서 입장했다면 운세가 어쩌고 하는 일은 없었겠으나 공짜로 들어갈 뻔하다 돈을 내게 되니 개운치 않다. 역시 만사는 마음먹기에 따라 희비가 뒤바뀌는 것 같다.

사랑할 수 있어 행복하다

금강굴 험한 길을 오르며 일행 한 명이 헐떡인다. 하산하겠다며 뒤로 처졌다. 이제 시작인데 상태가 좋지 않단다. 어렵지만 현명한 판단이다. 오늘 코스가 하루에 넘기에는 벅찬 코스라 어찌해 볼 도리가 없다. 다음 기회에 다시 오자며 위로하고 조심해 내려가라는 말로 아쉬움을 달래며 혼자 올랐다. 앞서가던 일행 두 명이 기다려 주지 않았다. 등산은 개인적인 행위라는 나와는 다른 생각을 가진 사람들인 모양이다. 도움 받을 생각도 없었지만 망설임 없이 앞서간 동료가 야속해지는 건 어쩔 수 없다. 참 인정이 야박한 사람들이다. 남들에게 이 상황을 말하게 된다면 대다수의 나와 같은 사람들은 이렇게 말할 것이다. '설마~아' 일행이나 동료라는 말이 어울리지 않는 사람들이다.

두 사람을 놓쳐서 전 구간을 혼자 등반했다. 보조를 맞추어 걸을 필요가 없으니 한결 마음이 상쾌했다. 내 맘대로 걸어서 약속 시간에 도착만 하면 된다. 평상시 독립군이던 내 맘에 드는 산행이 되어 다행이다 싶고 행복해진다. 넓은 설악이 모두 내 차지가 되었다. 선한 자들만이 등산을 하지는 않는 것 같다. 그들은 산에 오르며 무슨 생각을 하는지, 남보다 더 빠르게 올라야 직성이 풀리는지, 뒤처진 일행의 안부는 궁금하지도 않는지, 정상에 올라 바라보는 장관인 산맥을 굽어보며 마음속으로 어떤 감흥을 느끼는지 도무지 짐작할 수가 없다. 일행이라는 생각을 했던 내 자신이 머쓱해진다. 혼자 오르는 발걸음이 가벼워진다. 때로는 혼자일 때가 더 좋기도 하다. 참 묘하게도 부자가 된 느낌으로 기분이 좋아졌다. 등산 참 묘하다.

한동안 재미없어 건성으로 보던 텔레비전 드라마가 요즘 들어 부쩍 재미난다. 주말 드라마 두 편, 월화 드라마, 수목 특별 드라마. 금요일을 빼고는 매일 저녁 재미가 쏠쏠하다. 아침에 일어나고 싶은 시간에 일어나 신문을 보며 커피를 마신다. 아내가 준비한 견과류를 곁들여 마시며 신문을 보는 시간이 행복하다. 아내가 신문의 몸통을 먼저 보고 나는 경제면과 문화면 쪽을 읽는다. 처음엔 약간 불만이었지만 길들여지니 요즘은 그러려니 한다.

인터넷 서핑을 하다가 싫증이 나면 게임(바둑, 고스톱)을 몇 판 한다. 상대방이 없는 게임이라도 이기는 재미가 쏠쏠하다. 연속으로 몇 판 내리지면 컴퓨터를 끝낸다. 무료 회원이라 유료 회원으로 유도하기 위해 게임 머니가 불어나지 않도록 프로그래밍 되어있는지 잠깐 사이에 무료로 이용하는 하루치 게임 머니가 바닥이 나기 때문이다. 이유 없이 억울해진다. 결코 내 실력이 부족해서 그렇다고는 인정하기 싫다. 인터넷이 아니라도 할 일은 널려있다. 읽다가 진도가 나가지 않아 놓아두었던 책을 몇 장 읽기도 하고, 머리에 퍼뜩 떠오르는 생각을 주제로 글쓰기도 한다. 이놈은 묘한 구석이 있어 까딱했다가는 점심을 굶게 되기도 한다.

정해진 시간은 없지만 보통 12시부터 오후 두 시 사이에 점심을 먹는다. 귀동냥으로 얻어들었던 맛 집을 찾아가 먹을 때는 두 시가 지나서 식당이 한가할 때를 이용한다. 혼자서 한 테이블을 차지하고 앉으면 눈총을 맞을 수 있기 때문이다. 남들의 눈에는 외톨이로 불쌍해 보일 수도 있겠으나 아무렴 어떠랴. 나는 참 편하고 행복한데, 내가 이상한 건가? 느긋하게 포만감을 즐기며 어슬렁거리다 들어와 자전거를 타거나 오전의 일을 반복해서 한다.

5시쯤 아내와 만나 운동을 간다. 헬스에서 2~3시간 운동을 하고

사랑할 수 있어 행복하다

씻고 집에 오면 8시다. 저녁 먹고 설거지하고(나는 매니저라 뒤처리는 내 차지다. 다듬기, 삶기, 설거지, 각종 보조) 후식을 먹으며 연속극을 본다. 가끔 격하게 몰입하다 잔소리를 듣는다. 특히 목소리가 크다고 자주 한소리 듣는다. 기분이 상해 고쳐보려 하지만 매번 반복적으로 야단을 맞는다. 그래도 아내와 함께 보내는 이 시간이 너무나 행복하다. 이 생활보다 더 좋은 방법이 없을 듯하여 다른 계획은 아예 세울 생각을 하지 않는다. 막 좋아서 소리라도 지르고 싶은 심정이다.

경험하지 못한 세상을 살아가는 불안함은 모두가 같을 것이다. 현직에서 물러나면 세상은 나를 어떻게 대접할까? 나는 뭘 하며 살아갈까? 그 많은 시간을 어떻게 보내지? 걱정 마시라. 여전히 시간은 흐르고 생활에 적응하며 하루가 짧게 느껴진다. 여전히 읽고 싶은 책을 내일 읽겠다며 미루고 오늘 해야지 했던 일을 하지 못해 아쉬움으로 남는다. 모양이 변했을 뿐 인간이기는 매한가지다. '뭐하며 지내세요?' 만나는 지인들이 가장 많이 하는 말이다. 40년을 일하고 이제 좀 쉬면서 빈둥거리는데 그들의 눈에는 걱정스럽게 보이나 보다. '응. 백수가 과로사할 지경이야. 뭐가 바쁜지 자전거도 못타고 책도 못보고 오라는 데는 없어도 갈 곳도 많고 하루가 너무 짧아.', '그래, 너희가 게 맛을 알아?' 설명으로 이해할 수 없는 일을 어찌 대답하리요. 다만 한결같은 내 대답은 '기분이 좋고 즐겁고 행복하다'다.

1990년 개봉된 영화 「백 투 더 퓨처」 두 번째 시리즈에 나오는 미래의 장면이 2015년 10월 21일이라고 TV 뉴스에서 말한다. 미래가 현실이 되었고 영화 속의 장면들이 현실화 되었다고 신기해하며 비교하는 프로다. 과연 영화에서처럼 시카고 컵스가 우승을 할 수 있을까? 어쩌면 지금의 나의 행동들을 과거로 또는 미래로 여행 온 내가 보고 있을 것만 같다. 허공 속의 나에게 팔을 들어 반갑게 흔들어 주었다. '내가 보여?' 다른 세상의 나도 지금의 나처럼 매일 매일이 기분 좋은 날들이었으면 좋겠다.

사랑할 수 있어 행복하다

# 행복

−행복을 찾으려면 등잔 밑을 보라 −

．

．

　맛있게 내린 커피를 마시며 아내는 신문을 본다. 예전엔 내가 보던 신문을 아내가 먼저 본다. 나는 신문 속에 끼워온 경제면을 읽는다. 내용이 거시적이라 미시적인 부분까지 세밀하게 읽어도 대강의 윤곽만 이해할 수 있는 수준이라 대강대강 훑어보며 넘긴다. 그래도 경제면에는 띠별로 보는 오늘의 운세가 있어 큰 불만은 없다. 내 몫과 아내 몫의 운세를 크게 읽어준다. 한국인 모두를 12지신으로 분류하고 출생년도로 나누어 풀이한 별 의미도 없는 운세지만 재미삼아 읽는다. 동갑 나이의 그 날의 운세가 모두 같다는 전제하에 믿거나 말거나는 순전히 본인 마음이다. 순전히 심심풀이 '뻥'이라고 믿고 있지만, 운세가 좋은 날은 괜히 기대도 되고 기분도 좋아진다. 그리고는 별로 관심 가는 기사가 없어 아내의 신문을 티 나지 않게 흘근거리며 커피

맛을 즐긴다.

사과를 깨끗하게 닦아 먹기 좋게 잘라 예쁜 접시에 올려낸다. 호두, 아몬드, 블루베리, 피스타치오를 담은 견과류 접시도 함께 낸다. 가끔은 호밀 빵을 토스터에 구워 한 쪽 씩 먹기도 한다. 나는 내가 직접 블루베리와 오미자로 만든 잼을 발라먹고 아내는 오미자 맛이 싫다며 바싹하게 구운 빵을 구수하고 맛있다며 그냥 먹는다. 사실은 나도 오미자 맛이 강한 잼이 싫다. 몸에 좋다 하고 버리기 아까워서 먹는다. 건강식도 좋지만 오미자만으로 만든 잼은 '쓰큼시큼' 맛이라기에는 좀 그렇다. 아무도 모르게 버릴 것만 같은 생각이 자꾸 들어 블루베리를 넣어 다시 만들었다. 양만 무지 많아졌고 맛은 아주 조금 순해졌다. 스스로 위로하느라고 억지로 이유를 붙였지만, 사실은 그대로다. 혹 떼려다 더 붙인 꼴이다. 와장창 꿀을 넣어 맛있다며 스스로에게 최면을 걸며 나만 먹는다. 2년을 먹었는데 아직도 많이 남았다. '이휴~'

화장실 사용과 양치를 끝내면 온실을 살피고 화초를 돌본다. 베란다에 만든 길고 좁은 온실이라 둘이 교차하려면 엉덩이가 부딪힌다. 넓은 것보다 좁은 것이 더 좋다고 이때는 생각한다. 아내의 탱탱한 촉감으로 마음까지 넉넉해진다. 열심히 한 운동의 효과가 좋은 것 같아 흐뭇하다. 나는 물을 주고 아내는 묶은 잎을 따고 가위로 모양을 잡아준다. 새로 나오는 꽃대를 발견하면 마치 제 공인 양 엄청 자랑을 한다. 먼저 발견한 사람이 모든 공을 차지한다. 여름에는 더위 때문에 힘들어하고 겨울에는 추위 때문에 힘들어하는 화초들로 함께 고통스럽다. 여름철 천장에 차양을 만드니 햇빛 부족으로 곰팡이 병이 생기

269 　　　　　　　　　　　　　　　　　　　　　사랑할 수 있어 행복하다

고 겨울엔 전기 히터를 구입해 틀었더니 전기세가 엄청나다. 진딧물과 응애가 나를 괴롭히고. 예쁜 꽃 보기에 공짜가 없다.

점심은 함께 준비한다. 백미+발아현미+흑찰현미+황색가바쌀+야생귀리+렌틸콩+검은콩을 넣어 짓는 밥을 아내는 잘하지 못한다. 내가 해야 먹을 만하다. 물을 잘 맞추어야 먹을 수 있는 밥이다. 건강에는 좋다지만 아내의 불평이 점점 많아진다. 요즘은 백미의 양을 조금 많이 하여 불평을 줄였다. 둘이 살아 한 끼에 성인 밥그릇으로 한 그릇이면 족하다. 밥을 하여 사발에 담아 냉장고에 보관하고 무르게 데워 먹는다. 밥이 떨어진 날은 둘이 서로 좋아한다. 이날은 햇반을 먹는다. 반지르르 윤기 흐르는 하얀 쌀밥, 입 안에서 살살 녹는 쌀밥 맛이 최고다. 나는 가끔 일부러 밥을 떨어트리기도 한다. '어머, 밥이 없네. 할 수 없지 햇반 먹자.' 아내는 밥이 떨어지면 나보다 더 좋아한다.

아내의 반찬 솜씨는 집안에서 모두 인정해 주는 솜씨다. '오빠 참 행복한 사람이야. 매일 맛있는 음식을 먹을 수 있고' 라고 막내 여동생은 부러워하기까지 할 정도다. 명태포 조림. 잡채. 엘에이 갈비. 부추생절이. 청국장에 뽁닥장(강된장). 식탁에 오르는 반찬이 모두 맛있다. 나는 황태구이와 더덕구이가 전문이다. 아내 말은 내가 만든 것이 더 맛있다고 이 두 가지는 꼭 나에게 부탁한다.

손이 많이 가는 썩어리(명태 아가미) 김치는 함께 담는다. 내가 썩어리를 다듬고 무를 채 썰어 절여놓고 파, 양파, 양념을 준비하면 셰프인 아내가 배합을 해 준다. 엿기름가루 조금, 액젓을 넣고 고춧가루를 적당하게 넣어준다. 비비기는 내가 한다. 힘 좋은 남자의 일이다. 간이 적당한지 맛보는 일은 아내의 몫이다. 생김치를 먹기도 찜찜하지만 내가 먹어서는 어느 정도의 간이 익어서 맛있는지 아직 구별해 내지 못하기 때문이기도 하다. 앞으로도 쭈욱 나는 배우지 않을 것 같다.

오후에 함께 장을 보러 간다. 중앙시장에 들러 마트로 가거나 마트에 들러 중앙시장으로 간다. 카트를 밀고 찬거리와 과일을 고른다. 식탁 옆에 그때그때 메모해 놓은 메모지를 들고 오지만, 그날 나온 물건을 살피며 예정에 없던 찬거리도 많이 사게 된다. 어떨 때는 정작 목표했던 물건은 잊고 다른 것만 잔뜩 사서 돌아오기도 한다. '견물생심'이라더니 딱, 맞는 말이다. 배가 출출한 날은 좌판에 앉아서 군것질도 한다. 재래시장 먹자골목에는 강릉 빈대떡집이 맛있고, 이마트에서는 잔치국수가 먹을 만하다.

장보기를 마치고 아내가 여성복 집에 들어가면 나는 얌전히 카페에서 아이스크림을 먹거나 커피를 마시며 잡지책을 본다. 모델들이 너무 예쁘다. 그래서 나는 또 행복해진다. 가끔은 여성복점에 함께 들어가지만 여자들만 있어 어째 뻘쭘한 것이 어색하여 아내의 물음에 대강 잘 어울린다고 대답한다. 아주 아니올시다만 빼고는. 지금까지 내 옷을 내가 사본 적이 없다. 나의 심미안을 믿지 못하는 아내가 사 준다. 내가 고르면 다 촌스럽다고 한다. 그래서 나는 아내가 골라주면 그냥 입는다. 처음에는 별로인 것 같아도 사람들이 좋다고 하면 '역시 아내의 안목은 뛰어나군.' 하고 속으로 감탄하며 입는다. 반응이 별로인 옷은 옷걸이에 걸어뒀다가 해를 몇 번 넘기고는 수거함에 버린다. 이때도 언제나 아내는 이렇게 말한다. '필요한 사람이 입을 수 있으니 버리는 것은 아냐. 좋은 일에 속해.'

사랑할 수 있어 행복하다

장을 보아온 날은 저녁 준비할 것이 엄청나게 많다. 모두 손보아 잘 갈무리해야 하기 때문이다. 매니저인 내가 재료를 다듬고 셰프인 아내가 양념을 한다. 구이와 전은 내가 굽고 지진다. 생선구이는 냄새가 너무 심해 다용도실의 창문을 열고 구워낸다. 간수 빠진 왕소금(생선을 구워먹을 때 질 좋은 왕소금은 달콤하고 고소하기까지 하다. 청정 갯벌에서 만든 정말 좋은 소금이다.)을 뿌려 생선을 굽는 동안 손 빠른 아내는 서너 가지나 새로운 요리를 해낸다.

아내는 나물을 참 맛있게 무쳐낸다. 들기름과 참기름을 잘 조합하여 오묘한 맛을 낸다. 생채로 무치는 경우에는 올리브유를 쓰지만 삶아서 무칠 때는 들기름과 참기름이 들어가야 제 맛이다. 이때 나물의 맛은 나물 삶기에 달렸는데 내가 그 중요한 과정을 담당한다. 아내는 잘하지 못하는 분야다. 잎이 부드러운 나물은 끓는 물에 빠른 속도로 파랗게 삶아내고 대가 굵은 나물은 대 부분을 먼저 물에 넣고 삶고 무르면 잎 부분을 삶아낸다. 찬물에 넣어 더 이상 무르는 것을 방지해야 식감 좋은 나물을 먹을 수 있다. 중요한 양념하기는 역시 셰프 몫이다.

저녁 식사를 마치면 후식으로 포도나 배, 주로 제철 과일을 먹는다. 아내가 준비하는 동안 내가 설거지를 한다. 대부분 세척기에 넣지만 그때도 수세미질을 잘해야 깨끗하게 세척된다. 건조대 위에 나머지 그릇을 보기 좋게 정렬하고 행주질로 마무리 한다. 행주를 잘 빨아서 널어놓고 아내를 바라본다. '이 정도면 칭찬 정도는 아끼지 말아야지?' 하는 표정을 지으며. 아내의 칭찬은 참 짜다. 아주 꼼꼼히 하여도 자주 아내에게 지적을 받는다. 내 눈에는 보이지 않았던 것을 아내

는 신통하게도 잘 발견해 낸다. '우~~씨~'

재밌는 드라마가 있으면 자기 전까지 행복해진다. 텔레비전 드라마 담당자들은 이점에 유의해서 잘 만들었으면 한다. 막장 드라마가 아니어도 재미있는 드라마를 만들 수 있는데 쉽게 시청률만 생각하며 만드는 것도 있는 것 같다. 의식이 없고 자격 없는 이들은 스스로 물러났으면 좋겠다. 심한 막장드라마는 가족이 함께 볼 수도 없다. 아버지를 아버지라 부르지 못하던 시절 길동이 아버지 정도는 이야깃거리도 못되는 시절이다. 아내와 떠는 수다가 재미지다. 이야기 주제와 생각이 같아서 더 재미나고 찰지다. 너무 재미있어 자지 않으려 노력하며 버티는 늦은 밤까지도 행복하다. 눈꺼풀이 무거워 도저히 참을 수 없을 때까지 함께 있다 각자의 방으로 들어간다. 얼른 자고 일어나 커피 마시며 떠들어야지. 커피 마시고 수다 떨고 밥 먹고 수다 떨고 과일 먹고 수다 떨고 시장가며 수다 떨고. 떨고. 떨고.

사랑할 수 있어 행복하다

# 첫사랑

- 네가 있어 내가 존재한다 -

·
·

    대강 줄잡아 보아도 강당 안에 모인 여자는 70명은 넘어 보였다. 140명 중에 반이 넘게 여자다. 모두가 정장 차림으로 화장도 곱다. 한 마디로 '와~ 이쁘다~아'다. 아침엔 너무 늦게 도착하여 지정된 자리를 찾아 앉기에도 시간이 빠듯해서 미처 보지 못했지만 이제는 다 보인다. 신입 사원 집무 교육이 시작되어 넘치는 의욕과 사명감으로 긴장하여 두 시간정도 강사의 말을 들었으나 내용이 신통치 않다. 큰 키 탓에 학교생활 20여 년 동안을 뒷자리에만 앉다보니 지정석인 중앙의 맨 앞자리가 어색하고 불편했다. 강사 콧등의 땀구멍까지 다 보일 정도고, 침이 튀는 것 같아 더럽기까지 하다. 번호와 이름을 큼직하게 붙여놓아 자리를 옮길 수도 없다.

    내가 의자를 45도로 삐뚜름하게 놓고 앉은 것은 내 교육 태도와는 전혀 상관이 없는 일이었다. 좁은 장소에 많은 자리를 만들어 내 자리와 강사의 자리가 너무 가깝다는 데 문제가 있었기 때문에 강사들도 이해하고 좋아했다. 코앞에서 빤히 쳐다보는 눈길은 서로가 불편했기 때문이다. 또 왼쪽으로 돌린 것은 내 왼편은 강당의 중앙으로 자리를 띄어놓아 다리를 내 놓기도 좋고 특히 시선이 자유로웠다. 더 좋았던 것은 내가 의도하지 않았는데도 왼쪽은 여자들의 좌석이 배치되어있어 덤으로 고맙기까지 했기 때문이기도 하다.

좌에서 우로, 앞에서 뒤로, 다시 반대로 한 번 더. 눈동자를 굴리며 스캔. 또 스캔, '코가 납작하다. 뚱뚱하다. 가슴이 좀……' 강사의 말씀이 지루하지 않다. 내용이 어떠했는지 내 알 바 아니지만 열심히 떠들어 모두의 주의를 끌어주니 그저 감사할 뿐이다. '등잔 밑이 어둡다'는 속담, 정말 꼭 맞는 속담이다. 제일 앞, 강사의 코앞이 이 강의실에서 가장 사각지대일 줄이야. 하느님, 부처님, 예수님, 신령님, 고맙고 감사합니다.

'심장 정지. 콧구멍 벌름벌름. 입술은 헤 벌어지고' 들판에 가득 찬 수백 마리의 누우 떼 속에서 만만한 먹잇감을 찾아내는 사자의 눈빛으로 나는 정녕 찾아내고야 말았다. 눈썹이 보일랑 말랑하게 가지런히 자른 앞머리. 회색 털실을 꼬아 만든 머리 끈으로 양옆으로 묶은 삐삐머리(말괄량이 삐삐는 4년 뒤에 TV에 방영되었다.), 어깨 위에서 찰랑거리는 단발머리, 시원하게 뻗은 목선과 이어지는 치골, 동그란 어깨에 큰 가슴, 내가 좋아하는 남색 티셔츠에 건강한 팔뚝, 가늘고 긴 손가락에 잘 다듬어진 길쭉한 손톱, 클레오파트라를 능가하는 자태에 후광이 비치는 듯 눈부셨다.

쉬는 시간엔 여자의 정보를 얻기 위해 그 마을 출신 남자들과 어울렸다. 검고 긴 말상 얼굴의 상진이가 아는 체를 하며 말을 건넨다. "철수야, 느 동네 얼라들은 왜 그래 예쁘나. 죽겠다.", "쩌그 쟤, 너 아나?" 일이 잘 풀리려니 나와 친하게 지내는 순길이를 보고 목을 매며 달려든다. "어, 좀 알지. 왜? 소개 시켜줘?" 대단찮게 일도 아니란 척 말하니 꼴까닥 넘어간다. 너도 단발머리를 나에게 소개해 준다면 나도 좋다고 했다. 내 말을 전해들은 순길이는 정말 못생긴 남자라며 깔깔댄다. 내 사정을 듣고는 순순히 만나준다고 했다. 자기는 미팅으로 끝이지만 내가 잘되면 나중에 한턱내라는 약속을 받아내는 건 잊진 않는다. 단발머리에게 다가가 수작을 건네는 상진이가 미덥지 못했다. 단발머리가 배시시 웃으며 내 쪽을 힐끗거리고 뭐라 뭐라 말을 했다.

'에고 상진이를 믿은 내가 바보지. 이제 와서 싫다는데 내가 다시 말할 수는 없는 노릇이고.' 괴롭고 지루하게 시간은 더디 흘렀다. 이젠 왼쪽으로 돌아앉아 여자들을 볼 수도 없고, 앞을 향해 앉아 제 자랑이 태반인 강사의 말만 들었다. 우산도 쓸 수 없어 무수한 침방울을 맞으며. 하지만 앞을 향해 앉았어도 내 눈에는 단발머리만 떠올라 보여 긴 시간을 참을 수 있었다.

'지성이면 감천'이라고 나의 간절한 소망을 누군가 들어주셨나 보다. 교육이 끝나고 각자의 근무지로 돌아가기 위해 모두 헤어졌는데 멀리서 기차를 기다리는 단발머리가 보였다. 주위엔 방해꾼도 없고. "미안했습니다. 기분 상하셨다면 사과드립니다. 하지만 장난은 아니었습니다. 많은 여자들 중에 가장 예쁘고 빛나게 돋보여 실례를 범했습니다. 내 마음은 진심이었습니다. 꼭 만나고 싶습니다." 웃기만 하던 단발머리가 떠났다. 가끔 허공에 단발머리가 보이는 증상이 있었지만, 어느 날부터인지 그 일 자체를 잊고 지내게 되었다.

"정형! 왔어, 선희 씨가." 내가 잊은 사건을 동료들은 기억하고 있었던지 서너 명이나 달려와 소식을 전해준다. "누구? 선희?", '내 첫사랑 단발머리'란다. 나도 모르는 사이에 단발머리는 총각들 사이에서 '철수의 첫사랑 여자'로 불려졌었나보다. 좀처럼 여자에게 별 관심을 보이지 않던 내가 한동안 끙끙댔더니 그렇게 보였었나보다.

그 뒤의 이야기는 뻔해. 그 둘은 불처럼 타올랐고. 어쩌고 저쩌고……. 그리고 37년이 흘렀다. 그의 기분에 따라 내 기분도 변한다. 그가 웃고 즐거워하는 모습에 나는 너무 행복해한다. 슬퍼하거나 아파할 때는 내가 아픈 것보다 더 괴롭다. 내 눈에 콩깍지는 아직도 단단히 붙어 있나보다.

아직도 나는 그의 마음을 이해할 수 없다. 내가 보았던 최상의 여자가 어떻게 나에게 마음을 줄 수 있었는지. 순간의 선택이 긴 시간의 어려운 세월의 시작임을 그도 충분히 알았을 텐데. 아내는 아직도, 아니 오히려 그때보다도 더 나를 사랑하는 것 같다. 이젠 지나온 시간의 아쉬움과 괴로웠던 일들마저도 그리운 나이가 되었지만 나는 지금도 그 날을 진정으로 감사하게 생각한다. 이기적인 생각이라 나 자신도 생각하지만 어쩌란 말인가. 정말 그녀가 좋은 걸.

어느 것이 첫사랑인지 하는 문제는 어느 눈이 첫눈이었나 하는 것만큼이나 애매한 구석이 많다. 초등 1학년 때 내가 좋다며 꼭 시집오겠다고 다짐하던 이름도 기억나지 않는 쌍갈래머리 계집애였나? 교복 태가 고왔던 앞집 여고생 누나였나? 국어시간이 기다려지게 했던 중학교 안덕순 국어선생님이었나? 긴 머리면 무조건 좋았던 시절의 긴 머리 여대생이었나? 여자. 여자. 여자는 항상 주변에 많이 있었다. 일기예보에서 내린다는 눈이 첫눈인지, 예고도 없었는데 부슬부슬 내리며 녹아버리는 눈이 첫눈인지, 대룡산 정상만 하얗게 덮였던 눈이 첫눈인지?

무엇이 첫눈인지 첫사랑인지는 순전히 자기 마음이다. 그래서 나는 해마다 발자국이 찍힐 정도로 내리는 눈이 첫눈이고, 생각만 해도 가슴이 싸아 해지는 아내가 첫사랑이라고 말이다. 사실 어깨에 내린 눈과 신발에 묻은 눈을 털며 '와~ 눈 좀 봐'라거나 '눈이 많이 왔어!' 정도의 말은 해줘야 '눈'이라고 말할 수 있는 것 아니겠어? 사랑도 그렇다고 생각해. 한 번 보고 두 번 보고 자꾸만 보다가 좋아진 여자는 사랑이 아닌 거야. 그냥 좋은 여자야. 첫눈에 심쿵 한 여자가, 그 후로도 계속 심쿵 한 여자가 첫사랑 여자인 게 맞아.

나는 지금도 하루에 두 번씩 심쿵 한다. 아내의 소리를 들으며 잠에서 깨어나 아내를 보며 놀란다. 심장에서 쿵하고 소리가 나는 느낌으로 벌떡인다. 아내는 아침부터 너무 예쁘다. 헬스 주차장에서 운동을 끝내고 샤워 후 나오는 아내를 보며 나는 다시 한 번 '심쿵' 한다. '저 여인은 어쩌자고 날마다 더 예뻐지는 거야.'

# - 부록 -

·

·

'그 뒤의 이야기는 뻔해. 그 둘은 불처럼 타올랐고. 어쩌고 저쩌고'
가 너무 궁금할 것 같아 아주 조금만 알려줄게. 여기까지 차례로 잘
읽어온 사람은 이미 다 알고 있는 이야기지만 건성건성 건너뛰며 읽
은 사람을 위해. 요즘의 젊은이들은 도저히 이해할 수 없겠지만 사랑
은 원래 좀 이상해.

78년 7월 첫눈에 반하다. 79년 4월 다시 만나다. 7월 양가 인사 후
결혼 승낙 받다. 10월 친구들 중 1등으로 결혼하다. 80년 6월 '하니'
탄생. 82년 제리 키우다 사망. 86년 비행기 타고 유럽 여행. 87년 카
페 베니스 개업. 89년 짱구 가출 사건 발생. 91년 꼴라 입양. 2002년
월드컵 4강과 마라톤에 깊이 빠지다. 그리고 쭈~욱 시간이 흘러 2014
년 9월 '짱구' 밀라노에서 결혼식 올리다. 2015년 4월 '하니' 선교장에

서 전통혼례 올리다. 두 번이라도 주인공은 같은 놈들이다. 이래서 짱구다. 덕분에 재미지다. 이렇게 37년이 지났다. 그리고 지금도 나는 그녀 생각만으로도 가슴이 벌름거린다.

후기

요즘 아이들은 모르는 말.

'철수야~ 노올자~'

베이비부머들이 가장 흔히 듣던 친구 찾는 소리다.

영희, 기영이, 숙자, 애자, 미자, 복남이, 선희, 영자들만 아는 말이다.

놀 줄도 모르는 요즘 아이들이 우리를 답답하다며 무시한다. 보고 듣고 경험하지 않은 일은 이해할 수 없고 어렵다. 불과 60년 전의 일들인데도 그들에게는 고인돌 시대의 이야기나 다름없나보다. 가슴 뛰고 아린 소중한 추억도, 젊은이들에게는 부모 세대의 고루한 이야기로만 들리는 것 같아 아쉬움이 크다. 아이가 자라서 어른이 됨을 믿지 않는 것 같다.

미니스커트 입고, 장발 단속도 당하고, 나팔바지에 개다리 춤부터 고고까지. 게다가 자유를 외치며 민주화 운동을 한 사람들이라는 것을 도무지 인정해 주지 않는다. 죽어라 일하며 우리 힘만으로 살아온 우리를 보고 쓸모없는 세대라 무시하면서도 의지하고 손은 벌린다.

먹여주고 키워줬더니, 취직시켜 달란다. 차 사달란다. 장가(시집)보내 달란다. 집 사달란다. 게다가 애까지 키워달란다. 반지 사고, 시계 사고, 살림살이 다 사고, 차 사고, 집 사고, 옷 사고, 사돈댁에 선물까지 바리바리 사다 바치고……. 주변 우리 또래 사람들이 모여서 제 자식 흉보는 말이다. 누굴 탓하랴 지들이 그렇게 키운 것을. 제 손으로 제 눈 찌른 격이지. 게다가 요즘은 자식에게 얻어맞는 것은 뉴스도 아닌 세상이 되었다. 다행히 내 주변에는 이런 등신 같은 친구는 없는 것 같아 마음이 놓인다.

그래도 요즘 세상은 참 살만하다. 신천지요, 천당이다. 의·식·주가 풍부하고 시간도 많다. 바닷가 솔숲 오솔길이나 남대천변을 스적거리며 자전거를 탄다. 파도, 바람, 갈매기, 오리, 왜가리 지나치는 산책객들. 그날그날 바람의 방향에 따라 남대천에서 바닷가 솔숲 쪽으로 타거나 바닷가에서 남대천변으로 탄다. 가끔은 주문진 방향의 바닷가나 비행장을 지나 안인방면으로 방향을 잡기도 한다. 되도록이면 한적한 길을 골라 내 맘대로 탄다.

쉬엄쉬엄 타면서 이 생각 저 생각으로 지루하지 않다. 시간이 멈추었거나 빠르게 흘러도 별 상관이 없다. 생각이 꼬리를 물고 계속되고. '그래, 그땐 그랬었어.', '그랬지.' 되짚어 생각했던 기억들을 정리하고 적어본다. 글쓰기가 생소하고 낯설지만 참 재미지다. 작가라는 직업도 꽤 재미있겠다는 생각이 든다. 직업으로 하면 재미없을지는 알 수 없지만 느낌은 참 좋다.

　돋보기 쓰고 읽는 나이는 되어야 공감할 이야기들이다. 1955년은 고작 60년밖에 지나지 않았는데도 말이다. 서른 가지의 이야기가 모였다. 아내와 딸이 읽어보고 재미있다고 말해준다. 언제나 내 편이어서가 아니라 정말 재미있단다. 이렇게 좋은 능력을 왜 이제야 찾아냈냐며 기분을 맞추어 준다. 모두가 다 이렇게 말해주면 진정 고맙겠다.

　생각만으로도 가슴이 따뜻해지고 두근거리는 선희. 글을 읽으며 아빠를 더 많이 알게 되었다는 예쁜 딸 하니. 하니를 좋아하는 안드레아. '고맙고 사랑해' 사랑할 수 있는 사람이 있어 항상 행복하다.


　'나는 참 복도 많은 놈이다.'

대한민국과함께성장해온
베이비부머세대에게
행복한에너지가팡팡팡
샘솟으시기를 기원드립니다!

**권선복**
(도서출판 행복에너지 대표이사, 한국정책학회 운영이사)

대한민국은 그 어느 나라보다 기구한 역사를 보내 왔습니다. 지정학적으로 중요한 위치에 자리하여 끊임없이 열강의 침략을 받아야 했습니다. 어쩌면 '한恨'이 우리 민족 정서가 된 것도 당연한 일인지 모릅니다. 근대에 와서도 일제강점기, 육이오동란이라는 비극을 겪어야 했습니다. 당시 동방의 이 작은 나라가 우뚝 일어설 거라고 생각한 이는 아무도 없었습니다. 하지만 한강의 기적을 거치며 보란 듯이 경제대국으로 성장한 대한민국을 떠올리면 자랑스럽기 그지없습니다. 그리고 그 성장과정에는 애환을 함께한 이들이 있습니다. 바로 베이비 부머 세대입니다.

책 『청춘이고 싶다 청춘이 아니어서』는 우리 대한민국이 현재에 이르기까지 온갖 열정을 다해 삶을 살아온 베이비부머 세대의 추억과 희로애락을 담고 있습니다. '철수와 영희'로 대변되는 어린 시절의 기억에서부터 시작하여 대한민국의 역사와 그 궤를 함께한 성장과정을 생생히 그려내고 있습니다. 이제는 은퇴를 눈앞에 두거나 이미 은퇴를 하고 현장에서 한 발짝 물러선 그들이지만 열정 하나만큼은 청년들 못지않게 여전히 뜨겁다는 사실을 책을 통해 저자는 증명하고 있습니다. 늘 가정과 직장과 나라를 돌보느라 자신의 꿈을 뒤로 미뤄둬야 했던, 하지만 지금 우리나라를 만든 장본인들인 베이비부머 세대에게 큰 응원의 박수를 전합니다.

선진국 진입을 목전에 둔 대한민국이지만 그 미래는 그리 밝지만은 않습니다. 세계적인 경제 불황과 국내외의 정치적, 군사적 불안요소가 우리 발목을 잡고 있습니다. 이럴 때일수록 미래의 주역인 청소년들과 청년들이 힘을 내주어야 합니다. 이 책이 우리 젊은이들에게 하나의 귀감이 되어 주길 바라오며, 모든 독자분들의 삶에 행복과 긍정의 에너지가 팡팡팡 샘솟으시기를 기원드립니다.

## 50년 호텔&리조트 외길인생

### 나승열 지음 / 값 15,000원

책 『50년 호텔&리조트 외길인생』는 평생을 호텔&리조트 사업에 바쳐온 관광 분야의 전문가이자 산증인이 전하는 우리 관광업계의 과거와 미래, 비전과 희망에 대해 담고 있다. 우리 관광 역사의 뒷이야기는 물론, 날카로운 혜안으로 빚어낸 칼럼들은 충분히 한 권의 사료史料로서 빛을 발하고 있다.

## 그대로 정원

### 김미희 글, 정나무별 사진 / 값 15,000원

『그대로 정원』은 전원생활과 정원 가꾸기에 대한 60여 편의 이야기와 140장의 사진을 담고 있다. 2천 평에 이르는 거대한 정원이 그 자체로 아름다운 삶이 되는 과정을 생생히 묘사하고 있다. 현대인들의 따뜻한 봄비처럼 적시는 글과 사진들은 현대인들의 삶에 소중한 선물이 되어줄 것이다.

## 행복마법

### S. Ren Yuk 지음 / 값 13,800원

책 『행복마법』은 다양한 키워드를 통해 행복에 대해 정의를 내리고 어떻게 하면 행복하게 살아갈 수 있는지에 대해 소개한다. 사랑, 연애, 인생, 외모, 나이, 품덕, 지혜, 쾌락 등 우리가 늘 고민하는 가치들을 자세히 살펴보고 일련의 알고리즘을 통해 어떻게 행복한 삶이 완성되는지 설명하고 있다.

## 역동적 거버넌스

### Boon Siong Neo, Geraldine Chen 지음 / 값 33,000원

책 『역동적 거버넌스』(Dynamic Governance)는 세밀하고 결정적인 정부의 도전적 과제들을 다루고 있다. 이 책은 정부가 어떻게 좋은 결정을 하고, 그것을 실행하고, 그리고 위기를 초래하지 않으면서도 수정할 수 있는가에 대해 싱가포르의 사례를 통해 제시한다.

## 넘어진 후에야 비로소 나를 본다

### 김세미 지음 / 값 15,000원

이 책은 실패와 좌절 후에 부족한 점은 무엇이었는지 점검하고 다시 도전할 수 있도록 독자를 독려한다. 현재 한국이미지리더십 연구소 대표이며 국가원로회의 전문위원으로 활동 중인 저자가, 20여 년 사회생활 경력을 토대로 전하는 위기관리 및 자기경영 노하우가 책 곳곳에서 빛을 발하고 있다.

## 가슴으로 피는 꽃

### 위재천, 신영학 지음 / 값 15,000원

책 『가슴으로 피는 꽃』은 하상 신영학 시인의 시와 도진 위재천 시인의 시가 이마 위에 쏟아지는 봄 햇살처럼 밝게 빛나는 시집이다. 사랑하는 사람에게 보낼 고백이 담긴 편지처럼, 정성스레 써 내려간 시편들은 우리네 삶의 평범하지만 온기 넘치는 광경을 고스란히 담고 있다.

## 열정으로 이룬 꿈, 마흔도 늦지 않아

### 이철희 지음 | 값 15,000원

책 『열정으로 이룬 꿈, 마흔도 늦지 않아』는 마흔셋이라는 (업계에서는 많이 늦은) 나이에 정식 은행원의 꿈을 이룬 이철희 전 IBK기업은행 지점장의 인생역정, 성공 스토리, 자기계발 노하우를 담고 있다. 이미 KBS에서 방송된 강연 100도씨를 통해 자신의 이야기를 세상에 알렸지만, 거기에 다 담지 못했던 에피소드와 온기 가득한 삶의 여정이 감동적으로 펼쳐진다.

## 맛있는 삶의 레시피

### 이경서 지음 | 값 15,000원

『맛있는 삶의 레시피』는 암담한 현실을 이겨내게 하는 용기와 행복한 미래를 성취하게 하는 지혜 독자에게 전한다. 책은 각각 '맛있는 삶, 좋은 인간관계, 자신만의 꿈'이라는 커다란 주제 아래 마흔다섯 가지 에피소드를 다루고 있다. '행복한 삶은 무엇인가?'라는 화두를 독자들에게 던지고, 생생한 경험을 바탕으로 한 행복론論을 온기 가득한 문장으로 풀어낸다.

하루 5분 나를 바꾸는 긍정훈련

# 행복에너지

‘긍정훈련’ 당신의 삶을
행복으로 인도할
최고의, 최후의 ‘멘토’

‘행복에너지
권선복 대표이사’가 전하는
행복과 긍정의 에너지,
그 삶의 이야기!

인터파크
자기계발 분야 주간
**베스트 1위**

권선복 지음 | 15,000원

**권선복**

도서출판 행복에너지 대표
지에스데이타㈜ 대표이사
대통령직속 지역발전위원회
문화복지 전문위원
새마을문고 서울시 강서구 회장
전) 팔팔컴퓨터 전산학원장
전) 강서구의회(도시건설위원장)
아주대학교 공공정책대학원 졸업
충남 논산 출생

책『하루 5분, 나를 바꾸는 긍정훈련 - 행복에너지』는 ‘긍정훈련’ 과정을 통해 삶을
업그레이드하고 행복을 찾아 나설 것을 독자에게 독려한다.
긍정훈련 과정은[예행연습] [워밍업] [실전] [강화] [숨고르기] [마무리] 등
총 6단계로 나뉘어 각 단계별 사례를 바탕으로 독자 스스로가 느끼고 배운 것을
직접 실천할 수 있게 하는 데 그 목적을 두고 있다.
그동안 우리가 숱하게 ‘긍정하는 방법’에 대해 배워왔으면서도 정작 삶에 적용시키
지 못했던 것은, 머리로만 이해하고 실천으로는 옮기지 않았기 때문이다. 이제
삶을 행복하고 아름답게 가꿀 긍정과의 여정, 그 시작을 책과 함께해 보자.

# 『하루 5분, 나를 바꾸는 긍정훈련 - 행복에너지』